Anett Diell lebt mit ihrem Partner im Süden Deutschlands, umgeben von Natur und Kreativität. Bereits in der Grundschule entwickelte sie eine besondere Faszination für das geschriebene und gesprochene Wort, und drückte es in Geschichten und Darstellung aus. Ihre Werke veröffentlicht sie seit 2021 unter ihrem Pseudonym und wird durch die Agentur Ashera vertreten. Alle ihre Projekte vereinen die Idee von Held:innen, die noch solche werden müssen.

ANETT DIELL

Eine Leiche zur Beichte

Der B&B Mordclub

Erstausgabe November 2023

Copyright © 2023 dp Verlag, ein Imprint der
dp DIGITAL PUBLISHERS GmbH
Made in Stuttgart with ♥
Alle Rechte vorbehalten

Eine Leiche zur Beichte

ISBN 978-3-98778-790-4
E-Book-ISBN 978-3-98778-048-6

Covergestaltung: Larissa Siepmann
Umschlaggestaltung: ARTC.ore Design
Unter Verwendung von Abbildungen von
shutterstock.com: © Maisei Raman, © Dave Knibbs
Lektorat: Ulrike Maria Berlik

Satz: dp DIGITAL PUBLISHERS GmbH
Druck und Bindung: Books on Demand GmbH, Norderstedt

Vorwort

Liebe Leserinnen und Leser

Ich freue mich, dass Sie sich auch meinen zweiten Band der Cosy-Crime-Serie im englischen Snugford zu Gemüte führen wollen, und heiße Sie hiermit in selbigem Willkommen. Ich hatte große Freude daran, diesen „gemütlichen" Krimi zu entwerfen, seine schrulligen Charaktere auf- und weiterleben zu lassen und in ein entsprechendes Setting einzubetten.

Auch der zweite Band beginnt mit der genretypischen Gemütlichkeit, die er aber vor allem im dritten Part, das empfinde zumindest ich so, verlieren wird. Tauchen wir folglich ein in Snugfords Beschaulichkeit und sehen zu, wie sie nach und nach von überspannten Dorfbewohnern, Tatverdächtigen, die es faustdick hinter den Ohren haben, oder gar Ermittlern, die teilweise immer noch nicht wissen, wo ihnen der Kopf steht, in Kleinstteile zerstäubt wird. Viel Freude beim Lesen!

Halt, stopp! Eine kleine Sache noch. Jene, die sämtliche Werke meiner frisch erblühenden Karriere kennen, dürften hier eine nette Überraschung erleben, während andere womöglich irritiert die Stirn runzeln. Daher sei nun schon einmal verraten und vorgewarnt, dass es in diesem Band zu einem Cameo-Auftritt eines ganz besonderen Haustiers kommen wird – wobei ich diese Bezeichnung sofort zurücknehmen muss, denn ein Haustier ist dieses erhabene Wesen natürlich nicht.

Herzlich

Die Autorin

A thing is not necessarily true because a man dies for it.
Oscar Wilde

Prolog

Beim Anblick des Toten drehte es ihm den Magen um. Er konnte sich nicht vorstellen, dass jemals ein Mensch auf kreativere – und erschreckendere - Weise erhängt worden war. Gänsehaut kroch über Jay Jamesons Körper, während die Augen starr auf den Mann am Jesuskreuz gerichtet waren. Nicht auf Jesus, sondern den armen Tropf direkt darunter. Die Stola war um den Körper der Jesusfigur geschlungen worden, das Ende des Stricks lag um den Hals des Toten, dessen Füße einen halben Meter über dem Mittelgang der St. Luke's Church baumelten. Der Zustand der linken Gesichtshälfte und die Blutspuren am Hemdkragen zeugten von einer abscheulichen Gewalttat ... und DCI Jameson musste sich leidvoll eingestehen, dass es sich hierbei übereindeutig nicht um einen Unfall handeln konnte ...

Part Eins –
Do not trouble yourself until trouble troubles you.

Kapitel Eins

Snugford, einige Zeit zuvor

Überm Wald stand die Sonne am Himmel, strahlend schön und die Blätter und Früchte an den Bäumen und Sträuchern liebkosend, was Snugford jedoch nicht dazu motivierte, aus seiner Trägheit zu erwachen. Die Mittagspause war den Bewohnern heilig, mochte der Sommer endlich ins Land gezogen sein oder nicht. Es wäre schlichtweg eine Verschwendung, deswegen zu viel Energie einzusetzen. Es gab ja nichts zu erleben und um die Mittagszeit noch weniger.

Und exakt deshalb war Jay Jameson, seit drei Monaten vollständig akzeptierter Detective Chief Inspector der Gemeinde Snugford, um diese Zeit unterwegs. Mittagspausen, in denen es nichts zu erleben gab, trafen genau seinen Geschmack. Jetzt, wo es das Wetter zuließ, genehmigte er sich gerne einen Spaziergang durch das Dörfchen. Er genoss die Ruhe, die Friedlichkeit und die Sonnenstrahlen auf der Haut. Es gab nichts Angenehmeres als diese dörfliche Behaglichkeit. Kaum zu glauben, dass es Zeiten, und die lagen nicht lange zurück, gegeben hatte, in denen es hier anders zugegangen war. Unsichere Zeiten, während derer die Leute einander nicht über den Weg getraut hatten – und Jay ihnen allen kein bisschen. Aber mit seiner erfolgreichen Festnahme des Gemeindepriesters Father Custom hatte sich wieder Ruhe in Snugford eingestellt. Die Leute gingen ihrem Tagwerk nach – inzwischen mit einem Lächeln auf dem Gesicht trafen sie ihren Detective Chief Inspector auf der Straße. Was um diese Zeit nicht viele waren. Die meisten verbrachten ihre Mittagspause zu Hause, nur wenige promenierten wie Jay durch die Gegend. Dazu musste man schon einen triftigen Grund haben. Wie die alte Janet Sweetfinger zum Beispiel, die laut Getuschel der anderen aus ihrem Winterschlaf erwacht war. Kälte sei nichts für ihre alten Knochen, daher komme sie erst aus ihrem Häuschen, wenn die Temperaturen die zwanzig Grad erreichten. Das bedeutete, dass man sie etwa drei Monate im Jahr sah. Außer zur sonntäglichen Messe. So war ihr Jay bekannt und sie nickte ihm höflich zu, als sich ihre Wege kreuzten. Jay erwiderte ihr Nicken mit einem Lächeln, das sich beim Anblick der nächsten nahenden Dame verflüchtigte.

„Guten Tag, DCI Jameson, wie nett, Sie zu sehen. Wunderbares Wetter, was?" Lady Mortimer sah ihrer gleichnamigen Hündin mit jedem Tag ähnlicher. Beide waren klein, gedrungen und verfügten über ausgiebige Falten im Schulter- und Halsbereich. Sie unterschieden sich darin, dass die Bulldogge vorne breiter als hinten war und ihre Besitzerin hinten breiter als vorne. Letzten Endes waren sie beide vorrangig speckig.

„Ich grüße Sie, Lady Mortimer", antwortete Jay und trat einen Schritt außer Reichweite der Bulldogge, „in der Tat ein schöner Sommertag."

„Noch ist laut Kalender Frühling", sagte Lady Mortimer. „Erst am Wochenende ist es so weit, vom Sommer zu sprechen. Freuen Sie sich auf das Mittsommerfest?"

Jay freute sich selten auf Feste. Er fand sie laut und überfüllt und im Falle Snugfords versprachen sie aufgrund der Blaskapellengruppe melodische Disharmonie. Aber er war stets bereit, sich vom Gegenteil überzeugen zu lassen.

„Ich bin gespannt darauf."

Diese Antwort befriedigte Lady Mortimer und das Gespräch fand einen höflichen Ausklang. Bedauerlicherweise war es lang genug gewesen, um Bulldogge Mortimer die Möglichkeit einzuräumen, ein neues Häufchen zu legen – unweit von Jays Fuß entfernt. Wie so oft nicht auf den Boden achtend, wäre er mit Sicherheit hineingetreten, hätte nicht in eben dem Moment, in dem er den Fuß hob, Robbie Nelson mit seinem Postfahrrad etwas zu schwungvoll die Spur gewechselt. Jay musste ausweichen und verpasste somit um Haaresbreite den Haufen. Glück gehabt. Von diesem nichts ahnend schlenderte er weiter.

Snugford war wirklich ein herrliches Örtchen. Friedlich, freundlich, überschaubar. Vom B&B aus benötigte man nur wenige Schritte zum zentralen Marktplatz, dem Lebensmittelpunkt der Snugforder, um den sich die meisten Örtlichkeiten formierten. Der Teeladen zum Beispiel, der sich schräg gegenüber von seinem Präsidium befand. Und wären nicht die Marktstände im Weg, hätte er mit einem Fernglas von seinem Bürofenster aus womöglich direkt in Zoey Blooms Schaufenster sehen können. Er strich sich räuspernd über das Gesicht. Wenn man ein Fernglas besäße und es auf diese Weise nutzte ...

Jay widerstand dem Impuls, sich nach dem Teeladen umzudrehen und setzte seinen Spaziergang in Richtung des Villenviertels fort. Er musste sich noch Gedanken um das heutige Abendessen machen. Eine Neuheit, die er immer wieder vergaß. Für gewöhnlich brauchte er sich zumindest ums Essen niemals zu sorgen. Neuerdings ...

„Ah, einen famosen guten Tag wünsche ich, DCI Jameson. Was haben wir herrliches Wetter heute!" Die Stimme der Baronin von Lockspridge riss ihn aus seinen Überlegungen und er hob den Blick. Wie immer war die Baronin Ton in Ton und äußerst stilvoll gekleidet und wie immer hatte sie ausreichend Zeit, um für ein Schwätzchen zu halten. Das war schon in Ordnung. Sie besaß ja keinen Hund mit Schließmuskelproblem. „Genießen Sie Ihre Mittagspause, mein Lieber?"

„Oh, ja, durchaus", antwortete Jay und erwiderte ihr Lächeln, fragte sich, wie lange noch, denn sie hörte nicht auf, ihn anzustrahlen.

„Was machen Sie gerade, wenn die Frage erlaubt ist?" Sie trat noch einen Schritt näher, will heißen, fast auf seinen Fuß. Ihr Parfüm drang in seine Nase.

„Ach, na ja, ja, wieso sollte sie nicht erlaubt sein?" Er hüstelte unter dem aufdringlichen Geruch. „Ich gehe ein paar Akten durch."

„Ah", sie nickte, ihr Gesichtsausdruck nahm eine mitfühlende Note an, „Sie Ärmster, wie langweilig."

„Nicht doch." Jay winkte ab. „Die Probleme kommen früh genug."

Das kamen sie immer. Nicht einmal Snugford stellte darin eine Ausnahme dar, so sehr er sich der Illusion bei seinem Amtsantritt hingegeben hatte.

Baronin von Lockspridge legte ihm eine Hand auf die Schulter und klimperte mit den Wimpern. „Ach, Sie haben vielleicht recht und es sich außerdem verdient. Nach dem aufregenden Mord im Teeladen."

Ehe sie beide den Eindruck gewinnen konnten, sie stünde zu nah bei ihm, nahm sie die Hand wieder fort und empfahl sich ihm. Er winkte ihr, sich umdrehend, hinterher, die Gedanken waren längst woanders. Sein Blick fand besagten Teeladen, der zwischen den Ständen der Marktleute hervorlugte und sein Herzschlag beschleunigt sich. Ehe der sich überschlagen konnte, räusperte sich Jay. Er wandte die Augen in die entgegengesetzte Richtung zu den Villen und strich sich die Haarsträhnen aus dem Gesicht – immer noch irritiert darüber, dass sie jetzt so viel kürzer waren. Seit nämlich Maggie die Schere ausgerutscht war. So nannten sie den Unfall. Sie hatte sich angeboten, ihm mal eben rasch die Spitzen zu schneiden und, nun ja, sie hatte ein paar Zentimeter zu viel erwischt – man konnte ja nicht alles können. Es war nicht weiter tragisch. Das nächste Mal würde er gleichwohl in den Friseursalon der Lovflats gehen oder es ganz lassen mit der neuen Frisur. Veränderungen waren nicht sein Ding, jedenfalls nicht, was sein Aussehen oder Verhalten anging. So was musste gut überlegt sein. Inzwischen hatte er sich an den sogenannten *Bro Flow* gewöhnt. Dass seine Frisur so hieß, wusste er von Liv, die ihm geholfen hatte, sie anständig zu stylen. Seine mittellangen Haare wurden mit Livs Anweisung nach hinten gekämmt und mit etwas Wachs in Form gebracht. Eine dezent aufwendige und langwierige Sache, jedenfalls, wollte man sie jeden Tag durchführen. Das erschien ihm unmöglich. Vor allem, an Tagen, an denen er spät dran war. An solchen standen die Strähnen dann wirr vom Kopf. Nicht dramatisch. Allein für besondere Ereignisse musste er sich bemühen ...

Wieder wanderte sein Blick zum Teeladen. Seine Fußspitze zuckte in diese Richtung. Ding Dong. Die Kirchturmuhr am östlichen Ende des Marktplatzes verriet das Ausklingen der Mittagspause und so räusperte er sich und wandte sich wieder seinem Präsidium zu, war kaum weitergekommen, als vor seinem Spaziergang.

***

Er wurde bereits vor seiner Dienststelle erwartet, und es roch nach Ärger. Jay erspähte Romilda Wickelson mit ihrem Sohn Ronald, und wie es aussah, hatte er irgendetwas ausgefressen. Die Wickelsons waren die Nachbarn der Nelsons, und anders als diese nahmen sie ihre Kinder recht hart ran, wenn es um Verfehlungen noch so simpler Art ging. Im Grunde müsste das Jay nicht tangieren, aber damit wurden die Wickelsons zu jener Sorte Mensch, die dafür sorgte, dass es einem Detective Chief Inspector mitnichten langweilig wurde. Jeder andere DCI außer Jay hätte es für unter seiner Würde betrachtet, sich mit ihrem Pipifax herumzuärgern. Jay nahm es mit Gleichmut hin.

„Dem Himmel sei Dank, da sind Sie ja!“ Mrs Wickelson bestürmte Jay, noch ehe er den Mund zu einem Grußwort geöffnet hatte. „Stellen Sie sich diese Ungehörigkeit vor: Ronalds Fahrrad wurde gestohlen!“

Jay blinzelte. Es klang allerdings nach einer Ungehörigkeit. Und Unsinnigkeit. Wer sollte das Fahrrad eines Grundschülers klauen? Alle siebenundfünfzig Schüler der SF Primary School verfügten über Fahrräder, weil die Radprüfung Teil des ersten Schuljahres war – kein Grund, sich gegenseitig zu bestehlen. Erwachsene konnten auf so kleinen Dingern nicht fahren. Was sollte der Blödsinn?

„Bestimmt ein harmloser Lausbubenstreich", sagte Jay mit seinem freundlichen Lächeln, das nicht erwidert wurde.

Mrs Wickelsons orangerote Haartolle wackelte, ihre Brauen zogen sich steil zusammen. „Laus- was?"

„Na, nun, ein … ein Jungenstreich, von einem Klassenkameraden."

„Das ist ja wohl nicht harmlos!" Sie echauffierte sich sehr gekonnt, was Jay unmissverständlich klarmachte, dass von ihm auf der Stelle und ohne Aufschub erwartet wurde, den Tatort aufzusuchen. Er unterdrückte ein Seufzen und lächelte stattdessen. „Wo hast du dein Fahrrad denn das letzte Mal gesehen?" Er wandte sich bewusst an Ronald, der mit hochrotem Kopf neben seiner Mutter stand, vielleicht peinlich berührt von ihrem Auftritt.

„Ich hab's wie jeden Morgen vorne bei den Fahrradparkplätzen abgestellt, direkt vor der Schule - und abgeschlossen." Das versicherte er mit Nachdruck. Jay glaubte ihm, seine Mutter sah skeptisch aus. Sie verfügte über die flexibelsten Augenbrauen, die Jay kannte. Sie konnte sie beide gleichzeitig oder einzeln gewinnbringend einsetzen. Im Moment hing die rechte geschwungen über ihrem Auge, aus dessen schmalem Schlitz sie ihren Sohn fixierte.

„Na fein, dann gehen wir am besten direkt dorthin und sehen uns die Sache mal an."

Es war ein Fußweg von zehn Minuten, und eigentlich hielt es Jay für überflüssig, überhaupt ein Fahrrad für so eine kurze Strecke zu bemühen. Wie zu erwarten, fanden sie kein Rad vor. Dafür eine verbeulte Trinkflasche, einen rostigen Fahrradschlüssel und jede Menge Müll. Ein Teil davon klebte Jay bereits am Schuh: Eine mutwillig auf den Boden geschleuderte Bananenschale, in die er natürlich getappt war – *das* war eine Ungehörigkeit. Hatten die hier keinen Pausenhofdienst? Egal.

„Der Schlüssel ist nicht von dir, oder?"

„Wo denken Sie hin!" Es war Mrs Wickelson, die die Frage beantwortete. „So ein altes Ding. Ronald hat ein nagelneues Islabike. Wahrscheinlich wurde es deshalb gestohlen."

Das war noch nicht erwiesen.

Ein Blick auf Ronalds Äußeres weckte Erinnerungen in Jay. Die Schnürsenkel seiner Turnschuhe waren mehr schlecht als recht zugebunden, seine Jacke hing verdreht unter seinem Schulranzen am Körper, und in seinem Gesicht war - dank der üppigen Sommersprossen nicht sehr auffällig, nichtsdestoweniger da - ein Rest seines Pausenbrotes zurückgeblieben. Vermutlich Erdnussbutter. Ronald erinnerte ihn in seiner gesamten Erscheinung an sich selbst. Inzwischen wusste er, wie die Leute ihn nannten. Schusselig. Er war in seiner Kindheit nicht ein einziges Mal bestohlen worden. Die

Dinge waren trotzdem verschwunden. Und irgendwie war es immer seine Schuld gewesen …

„Hören Sie mir zu?"

Nein. Er hätte Mrs Wickelson gerne gefragt, ob sie denn etwas von Relevanz geäußert hatte, aber so unfreundlich war er nicht. Stattdessen umrundete er das Schulgebäude und tat konzentriert. Als das nagelneue Islabike nirgendwo zu finden war, wandte er sich wieder an Ronald. Beim Sprechen verlagerte er sein Gewicht aufs linke Bein.

„Gehen wir noch mal deinen Tag durch, Ronald. Du bist heute Morgen aufgestanden, hast gefrühstückt, die Zähne geputzt", er zählte es an seinen Fingern ab, „hast das Haus verlassen und bist mit dem Fahrrad hierhergekommen. Wo genau hast du es abgestellt?"

Ronald deutete auf das Mäuerchen, das die Straße zum Schulareal abgrenzte. „Da. Ich bin meistens spät dran und parke immer da." Was er nicht sagte … Jay ging zum Mäuerchen. „Da bist du dir sicher, ja? Es gibt hier keinen Fahrradkeller, in den du es gestellt haben könntest?"

„Doch, da will ich bloß nicht rein, die Deckenlampen sind immer kaputt."

Nachvollziehbar. „Fein. Dann hast du es abgeschlossen, bist in den Unterricht gegangen, hast in der Pause dein Erdnussbutterbrot gegessen", die Augen Ronalds weiteten sich, die seiner Mutter schnellten zu seinem Gesicht, „und als du nach der letzten Schulstunde rauskamst, war es nicht mehr da." Ronald nickte, was nicht leicht war, während seine Mutter ihm mit einem Taschentuch über die Wangen rubbelte. „Tja, das ist seltsam. Hier liegt nirgendwo ein geknacktes Fahrradschloss herum. Hast du den Schlüssel noch bei dir?"

Ronald griff in seine Jackentasche und erbleichte. „Nein."

Mrs Wickelsons Augen sprühten Funken. „Nein? Du hast ihn dir klauen lassen? Oder verloren?!"

„Ich weiß es nicht." In Ronalds Augen traten Tränen. „Ich dachte, ich hätte ihn und ..." Er verstummte. Ein nachdenklicher Ausdruck trat auf sein Gesicht, die Stirn warf kleine Fältchen. Anschließend färbten sich seine Wangen puterrot. Er sah flüchtig zu seiner Mutter hinüber, anschließend Jay an. „Jetzt fällt es mir wieder ein. Ich bin heute früh ohne den Schlüssel aus dem Haus und musste noch mal zurück, aber ich habe ihn auf die Schnelle nicht gefunden und es war schon kurz nach acht. Also bin ich einfach zu Fuß gegangen."

Die beiden Erwachsenen starrten ihn an. Mrs Wickelson schnappte nach Luft. Jay lächelte.

„Mit anderen Worten, du bist heute nicht mit dem Fahrrad los?"

Ronald schüttelte den Kopf.

Jay wandte sich an Mrs Wickelson. „Haben Sie daheim nachgesehen, ob das Fahrrad dort ist?"

„Nein, wir haben uns im Dorfladen getroffen. Das machen wir immer so, wenn er von der Schule kommt und ich von der Arbeit."

„Das heißt, es ist voraussichtlich noch dort." Eine logische Schlussfolgerung. Fall gelöst.

Mrs Wickelson griff in ihre Tasche und brachte ihr Handy zum Vorschein. „Ja, hallo, Darling, bist du zu Hause? ... Ah, gut. Könntest du mal eben nachsehen, ob

Ronnys Fahrrad in der Garage steht? ... Hm. Großartig. Danke."

Sie legte auf und sah ihren Sohn mit schmalen Lippen an. Dieser erwiderte den Blick schuldbewusst. „Tut mir leid."

Mrs Wickelson atmete einmal tief ein und aus, ehe sie sich an Jay wandte. „Sie müssen meinen Sohn und die Unannehmlichkeiten entschuldigen. Er würde seinen Kopf vergessen, wäre der nicht fest."

Jay lächelt nachsichtig. Was er nicht alles vergessen und verloren hatte, sogar seinen Kopf zuweilen. Das wuchs sich raus - zumindest bei den anderen.

„Ein jedes Ding muss Zeit zum Reifen haben", erklärte er in Shakespeares Worten, weil der nun mal immer die besten zur Hand hatte. Mrs Wickelson schien nicht der Sinn nach Poesie. Sie verabschiedeten sich voneinander und Jay sah ihnen nach. Das war Snugford. Die schlimmsten Vergehen bestanden in Diebstählen, die keine waren. Er unterdrückte ein Schmunzeln. So. Jetzt auf zu den Akten.

***

Jay kehrte später als gewöhnlich von der Arbeit zurück – immerhin erwartete ihn im B&B derzeit niemand, und das verschob seinen Tagesrhythmus zuweilen. Einen Moment lang stand er im Hausflur und wunderte sich nicht zum ersten Mal darüber, wie still ein Ort sein konnte, wenn zwei Personen weniger anwesend waren. Wobei Liv streng genommen ihre eigene Behausung besaß, dort nur so gut wie nie war. Es sei denn, sie hatte Männerbesuch. Phasenweise konnte sie sich daher über einen längeren Zeitraum vermehrt bei sich aufhalten.

Jay streifte ziellos durch den Flur, hinauf in sein Zimmer, um seine Sachen wegzulegen, zurück in den Flur und in die Küche. Sie sah seltsam aus, so verwaist. Er fand es trotzdem eine gute Idee, dass sich Maggie und Liv diese Auszeit gönnten und seit knapp einer Woche die Thermalbäder Baths unsicher machten. Sie waren schließlich in einem Alter, das gelegentliche Kurbesuche erlaubte, und die Urlaubssaison war noch nicht angebrochen. Das hieß, kaum Gäste im B&B. Außer ihm. Dem Dauergast. Er hätte längst nach einer anderen Bleibe Ausschau halten können, aber es kam wieder und wieder etwas dazwischen, und mittlerweile erinnerten ihn die beiden Ladys immer seltener daran. Es kam ihm außerdem eigenartig vor, das B&B zu verlassen. Ein unnötiger neuer Schritt, den er noch aufschob. Wer weiß, warum ...

Mechanisch hatte er angefangen, den Kaffeefleck wegzuputzen, den er am Morgen auf dem Tisch hinterlassen hatte. Wo er schon dabei war, konnte er gleich in der gesamten Küche aufwischen. Es war nur recht, dass er für Ordnung sorgte, solange die Ladys nicht da waren. Fast hätte er dabei die Zuckerdose vom Tisch gefegt und legte den Lappen schließlich bei Seite. Ein paar Minuten stand er noch so rum, einzig begleitet vom Ticken der Standuhr. Indem er feststellte, dass es kurz vor acht war, machte sich ein verspätetes Hungergefühl in ihm breit. Er runzelte die Stirn. Ach Mist, er hatte vergessen, etwas zum Abendessen zu besorgen. Maggie hatte recht. Er war verschusselt. So ehrlich musste man mit sich sein.

Kapitel Zwei

Die St. Luke's Church hatte sich verändert. Nicht äußerlich, in dem Punkt kein bisschen, aber atmosphärisch. Der feierliche Touch war passé. Die Dorfgemeinschaft unruhig. Sie erschien immer noch genauso zahlreich wie eh und je. Jay bemerkte jedoch den Umschwung – und fand ihn lächerlich. Es war eine Kirche, was erwarteten die Leute da? Eine Menge. Es fehlte der Messe ihrer Meinung nach die Routine, die sie gekannt hatten.

Father Custom war seit Herbst 1993 der Fels gewesen, auf dem Snugford seinen Glauben baute, ein Priester mit den immer gleichen, verlässlichen Riten und Normen.

Sein Nachfolger war in jeder Beziehung anders. Er war zunächst mal verdammt jung, keine vierzig Jahre alt. Größe und Aussehen nach haftete ihm etwas Jungenhaftes an. Da half ihm auch sein bronzefarbener Bart nicht. Er war maximal eins siebzig klein, das Haar etwas dunkler als der Bart und die Augen groß, tiefblau und ausdrucksstark. Mit dieser markanten Erscheinung stach er aus Sicht der meisten zu sehr ins Auge. Seine gesamte Art und Weise aufzutreten, lenkte von seinen Worten ab. Und seine Stimme – Herr im Himmel – seine Stimme wurde während der Predigten viel zu emotional. Es mangelte an den ruhigen, salbungsvollen Schwingungen, die ein Priester benötigte. Nicht, dass sich irgendwer den mörderischen Father Custom zurückwünschte, aber der hier, Father Smith, war in keiner Weise ein würdiger Nachfolger für die anspruchsvollen Snugforder. Eine Meinung, die die eher freigeistig Denkenden unter ihnen nicht teilten. Liv fand ihn zum Anbeißen und Maggie eine gute Seele, während sich Jay keine Sekunde Gedanken über ihn gemacht hatte. Letzten Endes beinhaltete seine Heilige Messe das, was eine Messe eben beinhaltete. Eine Predigt, ein Gebet, Fürbitten, das Einsammeln der Kollekte und die Wandlung mit dem Abendmahl. Letzteres hatte eine Woche zuvor einen mittelschweren Skandal ausgelöst, da angeblich der Messwein verunreinigt gewesen war. Was zur Folge hatte, dass beinahe das gesamte Dorf unter einer Magenverstimmung zu leiden hatte. Die Tratschweiber der Gemeinde waren sich einig, dass dies nur auf einen Fehler Father Smiths zurückzuführen sein konnte („Er hat den Wein bestimmt schon geöffnet und nicht korrekt gelagert!"), und entsprechend tief war er gesunken.

Und dafür gab es noch etliche andere Gründe. Spürbar verändert hatte sich nämlich auch die musikalische Begleitung. Die Orgel war in den Hintergrund getreten, ebenso der Kirchenchor, weil der junge Priester eine Band eingeführt hatte, die es verstand, die alten Kirchenlieder mit erheblich mehr Schwung und Dynamik zu interpretieren, was Jay für eine feine Sache hielt – der Großteil der anderen hingegen nicht. Für die einen, weil sie dadurch vielleicht von ihrem gepflegten Schläfchen abgehalten wurden, für die anderen, weil es eben nicht mehr das Geringste zu tun hatte mit den Messen vor Hunderten von Jahren.

„Er hat schon wieder das Knien in Richtung des Tabernakels vergessen", tuschelte Laura Abbet gerade der Frau des Bürgermeisters in der Reihe vor Jay zu, und diese nickte mit geschürzten Lippen. „Er hat keine Ahnung von den liturgischen Haltungen."

Von Jays Standpunkt aus verschmerzbar - er fand die vielen Rituale und Abläufe reichlich übertrieben und fragte sich, ob sie wirklich nötig waren, um dem Herrn näher zu sein.

„Er hat generell wenig Ahnung. Ich habe mich bereits an den Bischof gewandt, aber er scheint zu beschäftigt, um sich um unser Dorf zu kümmern. Zum Glück ist Peter Coleman ein so tüchtiger Messdiener, sonst würde dieser Father Smith die Hälfte unter den Tisch fallen lassen." Das war die alte Thelma, die sich noch nicht mal bemühte, ihre Stimme großartig zu senken. Deshalb saßen diese Klatschweiber so weit hinten – um sich über jeden Fehltritt des neuen Priesters mokieren zu können.

Wie um ihre Worte zu bestätigen, reichte Peter Coleman das Weihrauchfass an den Priester weiter, der sich bereits an die Menge gewandt hatte, um verfrüht das Gebet zu sprechen. Jays Meinung nach ging der Father mit dem Fauxpas sehr elegant um, lächelte seinem Messdiener zu und häufte nachfolgend, ohne beschämt zu sein, die Körner des Weihrauchs auf die glühende Kohle. Der Weihrauch erfüllte die Sitzreihen und Father Smith sagte ruhig: „Wie Weihrauch steige mein Gebet zu dir empor." Daraufhin rief er zum Gebet aus. „Wie eingangs gesagt, können sich diejenigen, die möchten, niederknien. Wem die Bänke zu hart sind, lässt es bleiben. Der Herr erhört uns immer."

Eine Behauptung, die die Gemeinde zutiefst verstörte und im Anschluss an den Gottesdienst diskutiert wurde.

„Jetzt hat er es schon zum dritten Mal betont, das ist ja die Höhe!" Elinor Moncreif, heute ohne ihren Gatten, dem nicht wohl war und der nicht von ihr genötigt wurde, zur Messe zu kommen, seit „dieser Stümper Father Smith sie versaute", stemmte die Hände in die Hüften. „Als ob wir nicht knien könnten. So hart sind die Kniebänke nicht! Das ist Fichtenholz, nicht besonders hart."

„Recht hast du!" Laura Abbet nickte mit zusammengekniffenen Augen.

Die gläubigen Kirchgänger hatten sich wie immer vor der Kirche versammelt und funkelten zu dem jungen Priester hinüber, der im Kircheneingang stand und die Heraustretenden verabschiedete.

„Wer nicht mehr in der Lage ist, dieses simple Zeichen von Demut vor Gott zu bekunden, sollte sich in der Kirche nicht blicken lassen."

„Eine Schande, dieser Father Smith. Ist euch aufgefallen, dass er eine lila Stola trug? Bei einer gewöhnlichen Messe!" Die Frau des Bürgermeisters konnte auch anders als lieb und nett. Ihre Wangen glänzten wie rote Äpfel. „Das ist die Bußfarbe! Die trägt man allenfalls im Advent oder zur Fastenzeit noch, ansonsten zur Beichte", führte sie mit Nachdruck an.

Mrs Moncreif rümpfte die Nase und schüttelte den Kopf. „Vielleicht büßt er schon im Voraus für all seine

Fehler", sagte sie düster. „Wer hat diese Katastrophe eingestellt?"

„Ich glaube, es war, weil er ein vortreffliches Zeugnis vorlegen konnte. Die allerbesten Noten." Alle Blicke wandten sich Moira Lovflat zu. Die sechzehnjährige Tochter des Grundschullehrers und der örtlichen Friseurin, beides wichtige Berufe, lächelte und in ihrem Gesicht ruhte ein Ausdruck, der weit entfernt von Missbilligung war. Im Gegenteil, ihre Augen lagen geradezu schwärmerisch auf Father Smith. Sie bemerkte nicht, dass die Umstehenden empört die Luft anhielten, und fügte hinzu: „Ich finde seine Messe so erfrischend und … schön." Das letzte Wort war nur noch ein Hauchen, derweil sie ihre Finger um die braunrosa gesträhnten Haare wickelte.

Die Augen ihres Vaters flitzten zwischen den Gemeindemitgliedern hin und her, er packte Moira am Arm und zischte: „Wirst du den Mund halten, dummes Ding? Du hast keine Ahnung, was du da redest. Zeugnisse, also bitte. Daran kann es kaum gelegen haben. Das ist im Falle der Einstellung eines Priesters vollkommen irrelevant!"

Moira schmollte ein bisschen. Sie bemerkte die Mienen der Umstehenden, senkte die Lider und schwieg für den Rest des Gesprächs. Ihre Hände trommelten auf ihre klobige schwarze Handtasche.

Jay hatte genug gehört und wollte sich eben abwenden, denn diese Lästergemeinschaft missbehagte ihm, als jemand sich der Menschentraube anschloss, der sie um hundert Prozent aufwertete.

„Meine Lieben, seid nicht zu streng mit dem neuen Priester. Er ist erst wenige Wochen hier und muss sich noch einleben."

Die Liebenswürdigkeit in Zoey Blooms Stimme wurde von einer gesunden Portion Entschlossenheit begleitet, und obwohl sie nicht viele Worte gemacht hatte, beruhigten sich die Gemüter bei ihrem Anblick. Vielleicht kam es auch nur Jay so vor – wobei sich sein Gemüt bestimmt nicht beruhigte, sondern in einen Zustand freudiger Nervosität umkehrte. Zoey war ein wandelnder Sonnenaufgang und zu jeder Tageszeit bezaubernd. Sie trug ein sommerliches grünes Hosenkleid, dem es nicht an Feierlichkeit fehlte. Im Deckhaar ihrer kastanienbraunen Locken saß ein geflochtenes Zöpfchen. Jays Herzschlag hüpfte mit jedem Wort aus ihrem Mund.

„Ich bin sicher, Father Smith meint es denjenigen gegenüber gut, die schon etwas älter sind und für die das Knien dadurch beschwerlicher wird." Ein erstklassig angeführtes, sehr logisches Argument. Jay konnte nicht verhindern, zu nicken. Sogar der ein oder andere Umstehende tat das. „Was die lila Stola angeht, habe ich gehört, dass sie in bestimmten Gemeinden zum Beispiel auch für Beerdigungen eingesetzt wird. Wer weiß, welche Bedeutung sie außerdem hat? Unabhängig davon bin ich überzeugt, wenn man ihn einfach darauf anspricht, wie es hier gehandhabt wird, lässt er sich drauf ein. Er wirkt wie ein Mann, mit dem man reden kann. Und wir sind doch alle Menschen, die der Nächstenliebe fähig sind, nicht wahr?"

Zwar waren Laura Abbet, Elinor Moncreif und der Bürgermeisterfamilie anzusehen, dass diese Bemerkung sie immer noch nicht besänftigte, aber sie beließen es mit ihrer Empörung und wechselten das Thema. Immerhin wollten sie sich nicht sagen lassen, sie würden die Caritas mit Füßen treten. Beeindruckend. Zoey hatte es innerhalb kürzester Zeit geschafft, hier in Snugford eine Frau zu werden, deren Worte Gewicht hatten. Jay betrachtete sie noch einen Moment versonnen, sah dem Sommerschal um ihren Hals dabei zu, wie er von der leichten Brise hin und her gewiegt wurde, und wollte gerade zu ihr gehen, als ihm auffiel, dass sie bereits in ein Gespräch verwickelt worden war. Von Finley Odell. Jay runzelte die Stirn. Wann war der denn dazugestoßen? Er hatte seine Ballonmütze vom Kopf genommen und schlenderte mit Zoey davon, beide lachten und amüsierten sich prächtig über irgendetwas. Na ja. Rein spekulativ. Vielleicht war Zoey auch nur höflich.

Sei es, wie es sei, Jay verließ in grüblerischer Stimmung den Kirchplatz.

***

„Na, wie schlägt sich Snugford so ohne uns?"

Jay wertete es als Zeichen ihrer Freundschaft, dass Maggie und Liv alle zwei Tage aus ihrem Urlaub anriefen, um zu plauschen.

„Ach, ganz recht, ganz recht", beantwortete Jay Livs Frage mit einem abwesenden Blick aus dem Fenster, „alles wie immer."

„Wie ist das Wetter? Also hier in Bath ist es traumhaft." Livs Tonfall war schwärmerisch. Im Hintergrund hörte Jay das Wasser plätschern und nahm an, dass sie auf irgendwelchen Liegen im Badebereich saßen.

„Ganz recht, würde ich sagen."

„Wie kommst du in der Küche klar? Hast du alles gefunden?" Das war Maggie, die Stimme klang etwas leiser, mutmaßlich war sie weiter vom Lautsprecher entfernt.

„Ja, vielen Dank, es ist alles bestens. Ich habe gestern an der ein oder anderen Ecke geputzt."

„Ach, i wo, das musst du nicht. Wir sind in drei Wochen wieder da und dann ist ohnehin der Sommerputz für die Hochsaison an der Reihe."

In der Leitung herrschte einen Moment Stille, weil Jay mit seinen Gedanken bei der Hochsaison war. Richtig. Die stand unmittelbar vor der Tür. Eigentlich hatte er vorgehabt, Zoey bis zu diesem Zeitpunkt zumindest nach einem Date gefragt zu haben – bevor sie womöglich beschloss, nach ihrem Sabbatical wieder nach Kendal zurückzukehren. Oder ihm ein Tourist zuvorkäme …

„Wie geht es unserer lieben Zoey?"

Wahrscheinlich hatte Liv beabsichtigt, die Stille in der Leitung zu beenden, stattdessen währte sie noch einige Atemzüge länger. Jay verlagerte sein Gewicht vom linken aufs rechte Bein und wieder zurück. Vor kaum einer halben Stunde war sie mit Finley lachend davongeschlendert …

„Oh, ja, nun ja, ich weiß nicht recht …" Er räusperte sich. „Und wie läuft es bei euch? Ist das Kurleben immer noch so erquicklich?"

„Es ist famos“, erwiderte Liv nach einem Zögern. „Die Leute hier sind sehr zuvorkommend, die Angebote vielfältig und die Thermallandschaft überaus erholsam. Natürlich kommen wir auch sonst auf unsere Kosten, es gibt erfreulicherweise den ein oder anderen vielversprechenden, männlichen Hintern.“

„Liv, ich bitte dich.“ Er hörte Maggie stöhnen, während Liv leise kicherte.

„Ah, ja, das klingt ja recht nett so weit.“

Livs Tonfall verändert sich. „Jay-Jay, was ist los?“

Ihre Stimme klang beinahe streng. Er fühlte sich wie ein ertappter Schuljunge. Erst recht, seit sie ihn mit diesem Spitznamen anredete. „Nichts, ich habe nur … Ihr wisst ja, ich habe viel im Kopf und schweife manchmal etwas ab. War ich unhöflich?“

„Nein“, erwiderte Liv, „bloß geistig abwesend und ich würde zu gerne erfahren, wo.“

Jay fuhr mit dem Finger die Holzrillen am Fenstersims ab. „Och, nirgendwo im Speziellen …“

„Bei Zoey Bloom?“

Er verschluckte sich.

„Dachte ich es mir.“ Liv seufzte. „Mein Lieber, du hast dich hoffentlich an meine Worte gehalten? Mach dich nicht zu rar, schau immer wieder bei ihr im Teeladen vorbei, völlig zwanglos, und irgendwann, wenn der Augenblick passt, fragst du sie unverfänglich, ob ihr ein Eis essen wollt.“

Klang unkompliziert. Die Sache mit dem Augenblick war das Problem. Woher sollte er wissen, wann der passte? Heute ja schon mal nicht, denn sie war mit Finley beschäftigt gewesen …

Liv atmete hörbar ein. „Herrje, hast du sie etwa schon gefragt?"

„Hat sie ihm einen Korb gegeben?" Maggies Stimme erklang aus dem Hintergrund. Jay runzelte die Stirn. Täuschte er sich oder verhielten sie sich wie Teenager? Aus dem Alter waren sie raus. Das würde auch Maggie so sehen. Andererseits: War man je aus dem Alter heraus, verliebt zu sein? Eigentlich nicht. Das würde auch Liv so sehen.

„Nein und nein", sagte Jay und kratzte sich am Hinterkopf. „Es schien nie der passende Moment und deshalb kam ich noch nicht in die Verlegenheit, den Korb zu bekommen."

Liv lachte auf. „Deinen Humor hast du immerhin noch." Welchen Humor? „Dann ist doch alles wunderbar. Morgen nimmst du es in Angriff. Frisiere dich anständig nach Feierabend und geh auf einen Tee bei ihr vorbei. Trink ihn an der Theke und quatsch ein bisschen mit ihr über das Wetter, weil es in Snugford eben dazugehört …"

„Bloß nicht", mischte sich Maggie ein, „lass das Wetter weg und komm gleich zur Sache. Und lass um Himmels willen Shakespeare zu Hause."

„Psst, nein, das Wetter gehört dazu, das nennt sich ungezwungener Small Talk, ehe es ernst wird." Jay schwirrte der Kopf. Ernst wird? „Dann kommst du auf ihre neusten Teesorten zu sprechen, die formidable sind, und dass man ihren Tee einfach immer trinken kann, zu jeder Jahreszeit, wobei jetzt ja eindeutig die Sommersaison eingeleitet wird und du das Eis vom Sonnenhof schon immer mal probieren wolltest." Liv machte eine Kunstpause. „Und nun kannst du sie fragen, ob ihr da gemeinsam hinwollt. Klingt das nach einem guten Plan?"

Nach einem sehr guten. Gut durchdacht, simpel durchführbar. Das sollte kein Problem sein.

„Ja, ich danke sehr für den Tipp, ihr beiden."

***

Das Problem offenbarte sich anderntags im Teeladen. Es nannte sich Finley Odell. Jay hatte früher Schluss gemacht und eine verhältnismäßig lange Zeit im Bad zugebracht – damit beschäftigt, seine Haare mit Wachs zu bändigen, was ein eher semierfolgreiches Unterfangen geblieben war. In Kombination mit dem legeren Leinenhemd und der Sonnenbrille im Haaransatz ließ es sich zeigen. Bei Finleys Anblick ärgerte er sich, dass er nicht früher losgegangen war, so wäre er diesem zuvorgekommen. Wie bereits am Tag zuvor nahm er Zoey in Beschlag, trank seinen Tee an der Theke und schäkerte mit ihr. Unerhört. Dachte er sich, wo es bei der einen Schwester nicht hingehauen hatte, versuchte er es einfach bei der nächsten? Er hätte ihn für den Besitz und die Bewirtschaftung seiner Cannabisfarm einbuchten lassen sollen. Jawohl.

Jay presste die Lippen aufeinander und versuchte, nicht zu grimmig dabei auszusehen. Unschlüssig stand er in der Tür des Teeladens, konnte jetzt nicht mehr umkehren, aber eine zwanglose Tasse Tee an der Theke schied ebenso aus – sie war ja besetzt. Zoeys Blick fand ihn, wie er da in der Tür stand, mit einem Fuß drin und dem anderen draußen, und ihr Lächeln erhellte ihre

Züge. Als hätte ihn das magnetisch angezogen, trat er vollends ein.

„Wie schön, Sie zu sehen, DCI Jameson, Sie waren eine Weile nicht hier."

Tatsächlich? Gefühlt war er immer hier. Er schaffte es, zu lächeln. „Oh, nennen Sie mich Jay, nicht ... Sie wissen schon, das klingt so ..."

„Offiziell?" Finley grinste. „Stimmt. Man will ja nicht immer mit seiner Berufsbezeichnung angesprochen werden. Sonst würde ich ja Mr Automechaniker heißen und du Teeladentante." Er lachte, und zu Jays Ärger fiel Zoey mit ein.

„Teeladentante, also echt. Los, verschwinde in deine Autowerkstatt."

Waren sie beim Du? Seit wann denn das?

„Ist ja gut", antwortete Finley und setzte seine Mütze auf. „Einen angenehmen Tag ihr zwei." Und er marschierte bester Laune aus dem Teeladen.

Jay sah ihm nach. Sämtliche Ungezwungenheit, die er sowieso nie besessen hatte, war endgültig dahin. Zoey räumte Finleys Tasse in den Spüler in der angrenzenden Küche und kehrte summend zurück. Jay konzentrierte sich und dachte an Livs Worte. Das Wetter, er musste irgendwie aufs Wetter zu sprechen kommen. Und kein Shakespeare, bloß kein Shakespeare.

„Was macht das Arbeitsleben? Ist irgendetwas Nennenswertes vorgefallen in letzter Zeit?"

Die Frage brachte Jay aus dem Konzept. „Bei der Arbeit? Nein. Ich habe ... es ist so ruhig wie eh und je." Er strich sich eine der gewachsten Strähnen, die seiner Frisur entglitten war, hinters Ohr. „Aber das Wetter ist sehr schön." Er runzelte die Stirn. War das zu aufgesetzt? War es überhaupt passend? Er hätte es anders formulieren müssen. Irgendwie mit einer Verbindung. *Es lässt sich bei schönem Wetter besser arbeiten* oder *Im Büro bekommt man leider so wenig vom schönen Wetter mit* oder *Nicht jede Wolke erzeugt ein Gewitter.* Was? Himmel nein, nicht schon wieder Shakespeare!

„Ja, das stimmt." Zoey betrachtete ihn schmunzelnd. „Der Sommer hat sich Zeit gelassen. Ich hoffe, er wird dafür umso länger dauern."

Ein idealer Zeitpunkt, um auf das Eis zu sprechen zu kommen, aber er hatte ihren Tee noch nicht gelobt und außerdem musste er dringend noch etwas anderes erfahren ...

„Finley scheint Ihren Tee sehr zu mögen. Verständlich, er ist ja auch f..." Wie hatte es Liv genannt? „... formvollendet?" Hatte er es als Frage formuliert? Formvollendet? Was redete er da! Am liebsten wäre er auf der Stelle aus dem Laden gestolpert. Das verlief alles andere als nach Plan. Zoey sah ihn mit diesem Lächeln an, das in den Mundwinkeln leicht zitterte. Es war ein wirklich schönes Lächeln, er konnte es nur nicht einordnen.

„Wie die meisten hier, trinkt er täglich eine Tasse Tee, ja. Der Laden geht unglaublich gut. Ich verdiene fast mehr als mit meinem Lehrerinnengehalt. Ist das zu fassen?"

Jay schüttelte den Kopf und fiel in ihr Lachen mit ein. „Nein, das hätte ich ebenfalls nicht erwartet." Er runzelte die Stirn. „Nicht, weil der Tee nicht gut genug wäre oder Ihre Art nicht wundervoll, sondern, hm, weil man, nun ja, als Lehrerin ja nicht schlecht verdient, nicht wahr?" Sie war so liebenswürdig, sein Gestammel nicht zu kommentieren.

„Genau. Es ist verblüffend. Ein Grund mehr, das Geschäft am Leben zu erhalten und hierzubleiben."

„Das sehe ich genauso", bestätigte er und strahlte sie an. Zu breit und zu lang. *Frag nach dem Eis.* Er tat es nicht. Stattdessen zuckte er heftig zusammen, als sich die Ladentür öffnete und zwei Kundinnen eintraten. Es handelte sich um Laura Abbet und ihre Cousine Mary, die auf Besuch war. Lästige alte Weiber, vollkommen unpassend ihr Auftritt. Jetzt konnte er das Eis vergessen. Jay und Zoey sahen sich noch einen Wimpernschlag lang an. Schließlich wandte sie sich an die beiden Damen.

„Was darf es sein, Mrs Abbet und Mrs Abbet?"

Die beiden waren scheinbar in Hochstimmung. Sie grinsten und lachten wie Teenager. „Wir hätten gerne vom Rosenblütentee in der rosa Dose."

„Das passt zum Anlass."

Laura und Mary Abbet kicherten.

„Zum Anlass?" Zoey füllte ihnen den Tee ab und sah sie dabei fragend an.

Laura Abbet winkte ab. „Nicht so wichtig, Kindchen. Vielen Dank für den Tee. Der wird uns besonders schmecken."

Sie bezahlten und verließen lachend den Laden. Hatten die was von Finleys Plantage geraucht? Zoey schaute ihnen irritiert hinterher, quittierte es allerdings mit einem Schulterzucken und sah wieder Jay an.

„Was kann ich eigentlich Ihnen Gutes tun?"

Jay starrte sie an. Gutes tun? „Mir? Ach so ..." Er könnte jetzt fragen, ob sie mit ihm ausging. Eis essen oder was auch immer, aber war es der passende Moment? „Nichts. Ich wollte nur …“ Er war ein Narr, wie ihn Shakespeare nicht hätte besser beschreiben können. Wobei die Narren bei seinem Lieblingsdramatiker besser wegkamen, als das auf Jay in diesem Augenblick zutraf.

„Eine Tasse Tee vielleicht?“

Er nickte. Ja. Eine Tasse Tee. „Genau deshalb bin ich hier.“

***

Zehn Minuten später verließ er den Teeladen mit dem Geschmack von Himbeeren auf der Zunge, der erst im Abgang bitter wurde. Weil dieser Besuch streng genommen eine Katastrophe gewesen war. So ehrlich musste er mit sich sein. Die Chance auf ein Rendezvous wurde immer unwahrscheinlicher, so wie er sich anstellte. Herausgefunden, in welcher Beziehung Zoey zu Finley stand, hatte er auch nicht.

Er hob gerade noch rechtzeitig den Blick, um nicht mit dem Mann zusammenzustoßen, der ihm eben entgegenkam – oder vielleicht war der ausgewichen. Es handelte sich um Father Smith und sie lächelten einander zu. Von einem missverstandenen Mann zum anderen. Der Father steckte an diesem Tag in einem Anzug ohne Priesterkragen (über dessen Fehlen jeder andere als Jay bestimmt die Nase gerümpft hätte) und trug eine Melone auf dem Kopf.

„Guten Tag, DCI Jameson, wie schön Sie zu sehen. Geht es Ihnen gut?“

Man konnte sich auf die Empathie dieses Mannes verlassen, das machte ihn aus Jays Sicht über all die Kritik der Dorfbewohner erhaben. Die Snugforder waren immer höflich und grüßten einander, die wenigsten fragten dabei allerdings nach dem gegenseitigen Befinden.

„Oh, na ja, ja, es gestaltet sich so weit passabel, würde ich sagen."

Der Priester lächelte und sah ihn ernst an. „So weit? Lastet Ihnen etwas auf der Seele?"

„So drastisch würde ich es nicht formulieren und bestimmt ist es für einen Geistlichen kein Grund ... Ich meine, es handelt sich um ... hm ..."

„Die Liebe?"

Jay blinzelte. Es bedurfte keiner weiteren Bestätigung seinerseits, Father Smith nickte verständnisvoll. „Ja, die kann einem ganz schön zusetzen."

„Haben Sie damit Erfahrung?" Das sollte er besser nicht, sie wollten hier mit Sicherheit keinen zweiten Father Custom.

Der Priester lächelte traurig. „Selbstverständlich. Wer hat das nicht? In meiner Jugend hat sich mein Herz ständig gebrochen angefühlt. Das ist bis heute manchmal so."

„Sollten Sie nicht ...?"

Wieder dieses traurige Lächeln, ehe Father Smith erwiderte, ohne dass Jay seine Frage präzisieren musste: „Oh, sicher. Das bin ich. Ich spreche nicht von der Liebe zu Frauen. Das ist lange her und ich vermisse es nicht. Aber auch in der Liebe zu Gott stößt man hin und wieder an seine Grenzen. Vor allem, wenn man sich in der Welt umsieht." Das sollte er nicht zu laut sagen, sonst würden ihm die Snugforder endgültig Gottlosigkeit vorwerfen. Ein Priester, der an seiner Liebe zum Herrn zweifelte – wo käme man da hin! „Dann mache ich das genauer, mich in der Welt umsehen, meine ich, und stelle fest, dass sie wunderschön ist und dass auf ihr Dinge geschehen, die nur ein liebender Schöpfer fertigbringt."

Jay war uneins mit sich, ob er das ebenso sah, fand jedoch, dass es schön klang und genau nach den Worten eines würdigen Priesters.

„Also, DCI Jameson, was immer Sie grübeln und zweifeln lässt, sehen Sie genau hin und Sie werden erkennen, dass es noch Hoffnung gibt."

Jay sah ihn an und lächelte. „Danke." Father Smith hatte diese Art an sich, die einen irgendwie überzeugte. „Was ist mit Ihnen? Lastet Ihnen auch etwas auf der Seele?"

Jetzt war es der Father, der lächelte. „Sie haben ein scharfes Auge." Er seufzte und sandte den Blick zum Himmel. „Zum gegenwärtigen Zeitpunkt: ja. Aber es wird sich finden."

„Falls Sie von den Leuten hier sprechen, bin ich überzeugt davon, dass sich alles zum Guten wendet", erwiderte Jay, ohne zu überlegen. „Sie sind anfangs gerne misstrauisch, und haben ihre eingefahrenen Ansichten. Ich habe die Erfahrung gemacht, dass sie sich von ihnen trennen können. Zu gegebener Zeit."

„Hm." Father Smith nickte. „Ich danke Ihnen für dieses Gespräch. Es tut gut, sich so offen auszutauschen."

Das konnte Jay bestätigen. Seiner Meinung nach war Father Smith der erste Priester, mit dem man wirklich gut reden konnte. Auf Augenhöhe. Und das nicht nur, weil sie ziemlich exakt gleichgroß waren. Oder einen ähnlichen Bart trugen. Wieder tauschten sie ein Lächeln, Worte waren nicht nötig.

Die Begegnung hätte ihnen beiden den Tag verbessert – wäre nicht Moira Lovflat in den Moment geplatzt. „Father Smith, Father Smith, es ist etwas Schreckliches passiert!"

Der Priester wandte sich der Teenagerin zu. Ihre besorgte Miene wich einem Strahlen, als sich ihre Blicke trafen. „Was ist passiert?"

„Mr Moncreif ist tot."

Jays Herzschlag setzte aus. Warum lächelte das dumme Ding dann? Mr Moncreif war tot? „Was heißt tot?", fragte er, ehe der Priester reagieren konnte. „Tot im Sinne von ... gestorben oder ..."

„Er wurde nicht ermordet, keine Sorge", erwiderte Moira, ohne den Blick von Father Smith zu wenden. „Seine Frau sagt, er hat nach dem Mittagsschlaf nicht mehr die Augen aufgemacht." Dann war der Schlaf vielleicht einfach noch nicht beendet ... Eine Hoffnung, die sich mit ihrer nächsten Bemerkung auflöste. „Sein Herz hat aufgehört zu schlagen, sagt sie, und Gott hat ihn zu sich geholt. Deshalb habe ich gedacht, ich hole Sie, da sie sicher Ihre Unterstützung benötigt." Sie flatterte mit den Augenlidern und legte ihre Hand auf Father Smiths Arm. „Denken Sie nicht?"

Father Smith zog seinen Arm, ohne brüsk zu wirken, zurück und nickte. „Selbstverständlich."

Er schenkte Jay einen flüchtigen Blick und eventuell dachten sie beide dasselbe. Es war eher unwahrscheinlich, dass Elinor Moncreif, die größte Zweiflerin an Father Smiths Heiliger Messe, ausgerechnet seine Unterstützung so kurz nach dem Tod ihres Mannes suchte. Dennoch empfahl sich der Priester und folgte Moira, während Jay zurückblieb und versuchte, nicht zu beschämt darüber zu sein, dass er erleichtert war. Kein Mord. Nur ein Dahinscheiden, das die Snugforder bereits seit Jahren prophezeiten. Schließlich war Mr Moncreif schon seit einiger Zeit mehr tot als lebendig gewesen.

***

Tatsächlich schockierte die Nachricht über das Ableben des Gatten Elinor Moncreifs niemanden im Dorf – wenngleich alle ihr tiefstes Mitgefühl vermittelten. Immerhin litt Mrs Moncreif für jeden bestens sichtbar. Sie hatte sämtliche Farben aus ihrem Leben verbannt, der Garten war kahl, die Vorhänge an den Fenstern grau und sie selbst trug nur noch Schwarz. Auf die unbedachte Bemerkung Laura Abbets, Mr Moncreif habe gewiss seinen Frieden gemacht und sie, Elinor, könne nun aufatmen und einmal an sich denken, explodierte die Witwe und warf ihre einstige Freundin mit Schimpf und Schande aus dem Haus, auf dass sie es nie wieder betrete. Begegneten sie sich von da an auf der Straße, hagelte es zornige Blicke und die ein oder andere Beschimpfung. Weshalb nach diesem Vorfall niemand mehr zu behaupten wagte, es wäre für den alten Moncreif eine Erlösung gewesen zu sterben.

So war die Stimmung in Snugford auch ohne Mordfall auf dem Tiefpunkt und Jay froh, sich den gesamten Tag in seinem Büro mit Nonsens zu beschäftigen und nach Feierabend schnell ins B&B zu entfernen – wenn

39

er nicht gerade mit jemandem zusammenstieß, der ihn zwingend davon abhielt.

„Sind Sie wieder in Gedanken, DCI Jameson?" Zoey lächelte verschmitzt und verbesserte sich: „Ich meinte: Jay."

Er errötete unter diesem Namen und nickte. „War ich mutmaßlich, wobei ich nicht sagen könnte, bei welchen ... Sie haben einen neuen Schal." Es fiel ihm eben erst auf, als er endlich den Blick von Zoeys Augen wandte und den Rest ihrer Gestalt wahrnahm.

„Stimmt, es ist jetzt viel wärmer, da benötige ich etwas Luftigeres. Es hat den Anschein, Ihnen entgeht nicht alles, was?"

Er lachte. „Das will ich hoffen, sonst hätte ich ein Problem." Hatte er das nicht? Sie blickten einander an, die Sekunden tippelten dahin, und Jay Jameson tat das, was er in Zoey Blooms Gegenwart am besten konnte. Schweigen. Er sollte etwas sagen. Schnell. Könnte er es noch einmal mit dem Eisessen versuchen? Dann müsste er Liv nicht beichten, dass er trotz ihres wohlgemeinten Ratschlags versagt hatte. Aber war es gegenwärtig angebracht? Mr Moncreif war gerade gestorben und alle in dieser Solidaritätstrauerstimmung. Konnte man sich da mit Frühlingsgefühlen beim Eisessen vergnügen? Wobei es fraglich war, ob es für Zoey ein Vergnügen wäre – andererseits könnte sie dann auch ablehnen. Was sie bestimmt tun würde. Dennoch wusste er das nicht mit Sicherheit und er musste es zumindest versuchen, oder nicht? Um der Liebe willen, die kostbar war und wunderbar und nicht verschenkt werden sollte. Ja. *Liebe ist dein Meister, denn sie meistert dich!* Er konnte diesen Moment meistern, indem er ihn nicht verpatzte. Dazu müsste er den Mund aufbekommen.

„Ja, nun … ein schöner Schal." Er räusperte sich. „Ich meine sehr schön."

„Danke."

Er nickte, lächelte, lächelte, nickte – und zack –, wieder verpatzt. Weil der Moment zu schnell vorübergegangen war. Weil Jays Langsamkeit ihm ein ewiges Verhängnis blieb. Plus, weil sie mitten im Zentrum Snugfords standen, in dem man nie lange allein war.

„Ah, DCI Jameson, Miss Bloom, meine Grüße!" Peter Coleman, der Messdiener in der St. Luke's Church, kam ihnen mit langen Schritten entgegen – übrigens nicht, weil er schnell laufen würde, sondern einzig aufgrund seiner enorm langen Beine. Eigentlich war alles an ihm lang und schmal, außer die Hosen, die waren ihm zu kurz. Er überragte Jay um eineinhalb Köpfe, brachte es aber zustande, so zu wirken, als seien sie gleich groß. Jay mochte ihn, obwohl er ihn kaum kannte. Der Kerl musste einem einfach sympathisch sein. Mit diesem Lächeln, das immer da war und immer beruhigte. Mit dieser Art, ungepflegt zu scheinen, es jedoch mitnichten zu sein. Er trug das blonde Haar gerade so kurz, dass es noch ungekämmt wirken konnte. Seine hellen Bartstoppeln verhießen, dass er eine Rasur in den letzten Tagen verweigert, bestimmt nicht versäumt hatte. Peter Coleman versäumte nichts. Die Kirche war in einwandfreiem Zustand, da er sich bestens um sie kümmerte. Er wusste, wann der Father das Weihrauchgefäß, das Weihwasser oder die Bibel benötigte, wann es Zeit war, die Glocken zum Gebet zu läuten und, und,

und … Man konnte sich zu hundert Prozent auf ihn verlassen – das wusste Jay von Maggie und Liv, die ihn sehr schätzten. Vielleicht wurde ihm diese Zuverlässigkeit gelegentlich zum Verhängnis, denn er wirkte manchmal etwas müde. Das schmale, sommersprossige Gesicht war blass und eingefallen, doch davon abgesehen strahlte er Heiterkeit und gute Laune aus – auch jetzt, obwohl man annehmen könnte, dass ein Todesfall, der die Gemeinde beschattete, nicht allzu viel Grund zum Strahlen gäbe.

„Guten Tag, Mr Coleman, schön, Sie zu sehen." Jay war stolz auf sich, dass er zumindest seinen Gruß an ihn stotterfrei erwidern konnte. „Was tragen Sie da mit sich herum?" Er deutete auf den riesigen, länglichen Sack, der locker von einem Mann mit Peter Colemans Größe über der Schulter getragen werden konnte.

„Ach, das ist die Amtskleidung Father Smiths. Ich muss damit in die Wäscherei. Irgendein Scherzkeks hat sich erlaubt, den Talar rosa zu färben. Oder fast pink. Ich habe die Firmlinge im Verdacht, aber Father Smith hat seine schützende Hand über den fünf und will keine große Sache darum machen. Also kein neuer Fall für Sie, DCI Jameson." Er zwinkerte und Jay und Zoey lachten. Es klang wunderschön zusammen, und er warf einen verstohlenen Blick zu ihr hinüber.

Sie spielte mit ihrem Seidenschal, während sie fragte: „Wer sonst sollte sich so einen Scherz erlauben? Es sieht wirklich nach einem Jugendstreich aus."

„Meine Rede", erwiderte Peter Coleman, ehe sich eine Falte auf seiner Stirn bildete. „Außer denen fällt mir nur noch meine Frau ein, die so was machen würde. Wenn sie sauer auf mich ist, wäscht sie meine weißen

Hemden absichtlich mit etwas Rotem oder Violettem." Er zuckte mit den Schultern. „Rachsüchtiges Biest." Er setzte dieser Bemerkung ein Lachen nach. „Nehmen Sie mich nicht ernst. Manchmal muss man kurz über seine Ehe fluchen, damit die Wut raus ist und man sie wieder zu schätzen weiß. Natürlich ist Greta eine tolle Frau." Einzig von Maggie wusste Jay, dass Peter Coleman über einen unverbesserlichen Sarkasmus verfügte – unverbesserlich deshalb, weil er ihn perfekt tarnte –, was als der Grund zu bezeichnen war, warum Jay annahm, dass Greta das Gegenteil von toll war – oder in einem anderen Sinne.

„Ach, ich wusste nichts von einer Frau in Ihrem Leben", sagte Zoey mit hochgezogenen Brauen. „Ich habe Greta noch nie gesehen."

Peter Coleman nickte. „Verständlich. Sie kommt selten aus diesem Loch, das sie Poststation nennt, raus. Sie gehört ihrer Familie seit drei Generationen und entsprechend ernst nimmt sie die Arbeit. Obwohl es nicht sonderlich viel zu tun gibt, seit Robbie die Post ausfährt – aber das habe ich nie gesagt." Wieder zwinkerte er und schulterte den Kleidersack des Fathers. „Tja, ich sollte dann mal weiter, damit Father Smith zu Mr Moncreifs Beerdigung nicht wie eine Erdbeerfee aussieht. Die Witwe Moncreif ist schon säuerlich genug, weil die Zeit bis zur Beisetzung auf ein Maximum ausgereizt werden muss. Aber ausnahmsweise sind wir unschuldig daran, dass sie diese Spezialanfertigung für den Sarg verlangt hat und sich dadurch alles verzögert." Er zwinkerte und nickte ihnen zu, ehe er weiterging.

Zoey winkte und beobachtete ihn, wie er ein Liedchen pfeifend dahinschritt. „Ich finde, er und unser neuer

Priester sind ein super Gespann. Das macht die Messen sehr viel frischer als früher." Ein Schatten legte sich flüchtig über ihr Gesicht, den sie mit einem Lächeln vertrieb. An Father Custom zu denken, musste immer noch schmerzhaft sein. Zoey war dennoch eine Frau, die nach vorn sah und die die Ideen ihrer Schwester weiterlebte. Auf diese Weise war Lyla immer um sie.

„Da haben Sie recht. Ich mag sie beide, unabhängig davon, was das Dorf von Father Smith hält."

Zoey lächelte ihm zu. „Es freut mich, dass wir immerhin zu zweit sind. Die werden sich hoffentlich einkriegen." Damit drehte sie sich auf ihren blauen Ballerinaschuhen um und steuerte ihren Teeladen an – der immer noch Lylas Namen trug. „Ich habe mich sehr gefreut, mit Ihnen zu plaudern, Jay. Auf bald."

Ob sie sich über ihn lustig machte? Es konnte unmöglich eine Freude sein, sich sein Gestammel und die unsinnigen Phrasen anzuhören. Jay blickte ihr nach und seufzte. Seine Brust schmerzte, aber ausnahmsweise nicht, weil er verspannt war. Es saß ein leidendes Herz darin. *Ist Lieb' ein zartes Ding? Sie ist zu rau, Zu wild, zu tobend; und sie sticht wie Dorn.*

Kapitel Drei

Es hatte etwas Surreales an sich, dass es in dieser Woche zwei vollkommen konträre Festlichkeiten geben sollte. Eine Trauerfeier direkt zu Beginn auf der einen und zwei Tage später ein *Fest des Lebens* auf der anderen Seite – so nannten die Snugforder die Feier zur Sommersonnenwende. In der Hoffnung, Sonne und Wärme würden das Dorf ein paar Monate lang beleben. Für den Moment bezweifelte Jay dies, weil Elinor Moncreif abwechselnd für hitzige oder gramumflorte Atmosphäre sorgte – und das nicht nur an der Trauerfeier. Mit Belebtheit hatte das wenig zu tun. Andererseits, der hitzige Part vielleicht schon.

Jay räusperte sich und versuchte, seine Gedanken zu bündeln. Das hier war eine Beerdigung. Da sollte man trauern. Auch wenn man den Verstorbenen kaum kannte. Trotzdem rieb er sich auf der steinharten – diese Gedanken durfte er nicht laut äußern – Kniebank die Kniescheiben wund während des stillen Gebets für Mr Moncreif. Wobei das Knien eher für dessen Gattin war, um ja keinen Unmut in ihr heraufzubeschwören. Der Zug dürfte gleichwohl abgefahren sein. Ihr Unmut war spürbar, sichtbar und hörbar. Sie vergaß vor lauter Wut über Father Smith völlig, um ihren Mann zu trauern. Über die sachgemäß schwarz gestaltete Kirche konnte sie sich nicht mokieren, dafür aber über die

Trauerrede („Er hat die Fakten verdreht, so habe ich
ihm das nicht gesagt!"), über den Gestus des Fathers
(„Hat er jetzt beim Kreuzzeichen zuerst auf die Brust
und dann die Stirn gedeutet? Ich glaube, er hat erst auf
die Brust gedeutet!") oder die musikalische Fehlbeset-
zung („Was haben Schlagzeug und E-Gitarren an einer
Beerdigung zu suchen? Das ist kein Schulauftritt.").
Sollte irgendjemand an diesem Tag ernsthaft um Mr
Moncreif trauern wollen, räumte ihm dessen Witwe
dabei wenig Chancen ein.

Als sie alle vor dem Grab versammelt standen, weinte
sie wie ein Klageweib. Für etwa fünf Minuten, ehe sie
von einer auf die andere Sekunde feststellte, dass
Father Smith im Begriff war, einen weiteren unverzeih-
lichen Fehler zu begehen.

„Wir sprechen nun die Fürbitten, um für das ewige
Leben des Verstorbenen zu …"

„Nein, das tun wir nicht, Father Smith", unterbrach
sie ihn mit bebender Stimme. „Erst haben Sie die Güte,
meinen Gatten mit der Erde zu bedecken. Alles in der
korrekten Reihenfolge, wenn ich bitten darf."

Father Smith ließ sich nicht aus der Ruhe bringen,
sein Lächeln allerdings verschwand in seinem Bart. Er
streckte die Hand nach der Schaufel aus, warf die Erde
auf den Sarg und sprach: „Von der Erde bist du genommen und zur Erde kehrst du zurück. Der Herr aber wird
dich auferwecken."

Witwe Moncreif sprach jedes Wort mit und nickte
grimmig. „Jetzt kommen die Fürbitten."

Father Smith nickte ihr zu. „Ich danke Ihnen."

Ein Spruch, der ihm den Todesstoß versetzt hätte,
könnten Blicke töten. Elinor Moncreifs Augen glühten

wie das Fegefeuer selbst. Es gelang ihr, es zu löschen, indem ihr wieder einfiel, wo und warum sie hier war, und sie ein paar letzte Tränen für ihren Gatten verdrückte. Jay verlagerte das Gewicht von einem Bein auf das andere, während er in der Schlange der Trauernden stand. War es möglich, an einer Beerdigung nervös zu werden wie ein Schuljunge, nur weil man der Witwe kondolieren musste? Vielleicht. Vor allem in Fällen wie diesen, in denen die Witwe eine Giftspritze war. Oder wie Peter Coleman später raunte, als Jay an ihm und Father Smith vorüberging: „Mach dir nichts draus, sie war schon immer ein Biest.“

Father Smith lächelte schmal. „Mag sein. Ich bin trotzdem froh, dass ich von der Idee abgekommen bin, mich der Band mit meiner E-Gitarre anzuschließen. Dann hätte sie mich vermutlich mit ins Grab geschubst.“

***

Daran hielt der Father sich zwei Tage später immer noch, als die Stimmung in Snugford erheblich besser war und ein Gitarre-spielender Priester sie kaum hätte schmälern können. Jay hätte es nicht für möglich gehalten, nichtsdestoweniger herrschte zum *Fest des Lebens* wie auf Knopfdruck fröhliche Ungezwungenheit und Feierlaune. Die Snugforder hatten ihre Marktstände in Schießbuden, Verkaufshäuschen mit Süßspeisen und anderen Leckereien umgewandelt, eine kleine Minieisenbahn für die Kinder durchzog den Dorfplatz und natürlich war die Blaskapelle samt unbegabter Spieler von Anfang bis Ende zugegen. Jay

hätte beileibe nichts gegen die Band des Fathers einzuwenden gehabt, wenn sie dadurch das Gedudel dieser
sogenannten Dorfmusiker für ein paar Lieder unterbrochen hätte. Von der musikalischen Folter und dem
Umstand abgesehen, dass es Jay prinzipiell zu laut und
überflutet mit Reizen aller Art war, gefiel ihm das Flair
des Abends. Die Frauen trugen weiße Sommerkleider
und Blumenkränze aus Korn- und Mohnblumen oder
Margeriten auf dem Kopf. Die Tische und Bänke – an
deren Aufbau sich Jay rege beteiligt hatte – waren ge-
säumt mit Windlichtern, in denen Duftkerzen brannten, die sowohl dem Auge als auch der Nase schmei-
chelten. Snugfords rotbraune Feldsteinhäuser zierten
Wimpel und Fähnchen – und all das hatten die Bewohner innerhalb von nur zwei Tagen herbeigezaubert. Ein
anonymer Scherzvogel hatte sich erlaubt, ein einziges
buntes Fähnchen in den blumenlosen Blumentopf auf
Elinor Moncreifs Fenstersims zu stecken. Sie fahndete
zwar noch nach dem Schuldigen, ließ ihren Mitbewoh-
nern ansonsten die Freude dieses traditionellen Festes
und verschloss sich ihm nicht. Sie saß mit vorgescho-
benen Lippen an einem der Biertische und bewegte sich
den gesamten Abend nicht von der Stelle. Aber sie war
da.

Als die Sonne hinter den Bergen verschwand, wurde
das Sommersonnenwendfeuer entzündet, und die
Leute fingen an, drumherum zu tanzen. Das Bier floss
in Strömen, die Lacher erfüllten den nächtlichen Himmel, während die Juchzer der Kinder, die ausnahmsweise nicht mit den Hühnern ins Bett mussten, einem
das Herz erwärmten. Jay trug sein Lächeln in den

Mundwinkeln, es kitzelte ihm die gute Laune ins Gemüt und vertrieb die vielen Gedanken, die sich darin türmten. Zum Takt der Musik, an die er sich mit den voranschreitenden Stunden gewöhnt hatte, tippte er von einem Fuß auf den anderen.

„Weißt du, wo die Sommersonnenwende besonders schön is?", lallte neben ihm ein betrunkener Bursche einem Mädchen zu. „In Stonehenge." Es klang komisch, wie er das Wort aussprach und es immer wieder versuchte, bis er schließlich aufgab und weiterredete: „Die Steine sin präzise auf den Sonnenstand der Sommer- und Wintersonnenwende ausgerichtet und deswegen … deswegen …"

„… fallen die Sonnenstrahlen in die Mitte des Steinmonuments, wenn die Sonne hinter dem *Heel Stone* aufgeht. Ich weiß, Percy, du erzählst das bei jedem verdammten Fest des Lebens."

„Echt wahr?", fragte Percy.

Das Mädchen lachte. „Sobald du vollgelaufen bist."

Jay schmunzelte in seinen Bart bei dieser Unterhaltung, die jedoch seiner Aufmerksamkeit entzogen wurde. Eine andere beanspruchte sie mit einem Schlag. Zoey Bloom. Sie sah umwerfend aus. Wirklich umwerfend. Damit meinte er, dass ihm die Knie weich wurden, je länger er sie betrachtete, und es war ihm einerlei. Sie trug ein Kleid aus hellem, gewebtem Stoff, das ihre Figur durch ein geblümtes Mieder betonte, derweil sich der Rock aufbauschte, solange sie sich mit den Kindern im Kreis drehte. Jay betrachtete sie mit schiefgelegtem Kopf und glänzenden Augen. Sie sah in diesem Kleid mit den Flügelpuffärmeln und dem Blumenkranz im Haar wie eine Jane-Austen-Figur aus. Er wünschte sich, er würde über irgendein Talent verfügen, mit dem er ihren Anblick hätte festhalten können – malen, zeichnen oder fotografieren. So blieb ihm nichts weiter, als ihn im Gedächtnis zu behalten.

Gerade hob sie die kleine Lili Wolverton in die Höhe und drehte sich mit ihr einmal um die eigene Achse. Die Tochter des Bürgermeisters kicherte und lachte schallend. Jays Lächeln verbreiterte sich, erstarrte erst in dem Moment, in dem Zoey die Kleine absetzte und in seine Richtung blickte. Sein Herzschlag beschleunigte sich, und er strich sich die nicht vorhandene Strähne hinters Ohr – heute hatte er sich mit dem Styling angestrengt und die gewachsten Haare saßen perfekt. Egal, eine gute Frisur half ihm nicht zwangsläufig dabei, auch eine gute Figur zu machen. Besser er versaute es nicht und blieb, wo er war. Warum er plötzlich vor ihr stand, entzog sich seiner Kenntnis. War er auf sie oder sie auf ihn zugegangen? Es war gleichgültig, weil sie jetzt unmittelbar voreinander standen und er kein Wort über die Lippen brachte.

„Haben Sie vor, den gesamten Abend dazustehen und den Leuten beim Feiern zuzuschauen?" Zoeys Stimme klang aufgekratzter als sonst – irgendwie höher und neckender. Sie sah ihn an.

„Ich ha... habe nicht ..." Er biss sich auf die Lippen. Was wollte er sagen?

Sie lachte und griff nach seinen Händen. Das löste einen Schauder in ihm aus, der den gesamten Körper erfüllte – wie ein sanfter Stromschlag. Obwohl. So sanft war er nicht, sein Herz explodierte darunter fast.

„Kommen Sie mit. Sie haben sich nicht so schick gemacht, nur um zu beobachten. Heute Nacht begeht keiner mehr ein Verbrechen. Sie können sich entspannen."

Ob ihm das gelingen würde, wenn sie ihn weiterhin so anfasste und solches Zeug redete – sie fand ihn schick? -, war zwar fraglich, aber er ließ es geschehen, folgte ihr zu den tanzenden Paaren und staunte darüber, dass sie selbst zu einem wurden. Natürlich konnte er nicht tanzen, diese Form der Zerstreuung war ihm noch nie gelungen. Mit Zoey hingegen war es anders. Alles. Plötzlich hörte sich die Blaskapelle wie ein Starorchester an, das Stimmengewirr wurde zu einem angenehmen Klangteppich, der einzig die schönen Töne zuließ, und jede Bewegung erschien ihm federleicht. Gestern besaß er noch zwei linke Füße, heute tänzelte er mit Zoey über Snugfords Pflastersteine. In ihren Augen spiegelten sich die Lichter des Abends, er wollte in sie eintauchen und ihre Weite ergründen.

„Suchen Sie was Bestimmtes in meinem Gesicht, Jay?"

Ihre schelmische Frage machte ihn verlegen und er kam aus dem Tritt, wäre ihr fast auf die Füße getrampelt. Sie tanzte einfach weiter und zog ihn mit, als wäre nichts gewesen.

„Den Rhythmus, wie es scheint", erwiderte er, ohne darüber nachzudenken, was er von sich gab. Sie lachte und demnach war es besser, nicht über die Dinge nachzudenken.

„Dann ist es Ihnen erlaubt, weiter hinzusehen. Meine einzige Sorge ist, dass es mein eigenes Rhythmusgefühl beeinträchtigt."

Er schüttelte den Kopf. „Sie haben das Tanzen eindeutig im Blut, anders als ich. Geboren mit zwei linken Füßen.“

Zoey drehte sich auf Zehenspitzen unter seinem Arm hindurch und raunte, als sie seinem Gesicht dabei näherkam: „Mit Ihren Füßen ist alles in Ordnung. Sie müssen bloß aufhören, zu denken, und auf Ihren Körper vertrauen.“ Auf seinen Körper vertrauen. Das war vielleicht das Problem. Sein Körper war unzuverlässig. Wie sollte er dem vertrauen? Gerade jetzt stolperte es in seiner Brust und hämmerte es in seinen Ohren, gerade jetzt, wenn er sie ansah und nicht glauben konnte, dass er mit ihr tanzte. *Dann lass es. Glaube nichts, denke nichts.*

„Ich versuche es.“ Ob er es zu ihr oder der Stimme in seinem Kopf sagte, wusste er nicht. Sie zwinkerte, und er versuchte es. Schloss für einige Herzschläge die Augen und verließ sich auf seinen Körper. Es fühlte sich erstaunlich gut an. Als er die Augen wieder öffnete, lächelte er. Dieser eine Moment, in der Nacht des 21. Juni, kurz vor Mitternacht, war perfekt. Dieser eine Moment war besser als jeder andere zuvor in seinem Leben. Ehe er Finley Odell bemerkte, der ungefragt zwischen Jay und sein gutes Körpergefühl tänzelte – und von dieser Sekunde an vertraute er kein bisschen mehr darauf. Aus Jays Sicht machte man so etwas nicht, man tanzte ein Pärchen nicht an, das gerade in harmonischer Zweisamkeit steckte, man drängelte sich nicht in so was hinein. Finley sah das anders, er grinste Zoey an und wackelte mit seinen Schultern, schleuderte die Beine wie ein Affe herum und sah dabei trotzdem noch gut aus. Locker und cool. Wie man eben aussah, wenn man eine Frau beeindruckte. Jay hörte auf zu tanzen, ließ sich abdrängen und sah den beiden beim Tanzen und Lachen zu. Die Blaskapelle klang scheppernd und laut in seinen Ohren. Der Zauber der vergangenen Minuten war gebrochen.

Jay Jameson war wieder allein mit seinen Gedanken, und sie blockierten seine Gesten. Er durfte das nicht zulassen, er musste aufhören, zu denken, und auf sich vertrauen. Jay räusperte sich und hörte auf zu denken. Er setzte sich in Bewegung, ging schnell und entschlossen auf Zoey und Finley zu. Sie bemerkte ihn, derweil Finley weitertanzte, und hielt inne. Ihr Mund öffnete sich zu einem gespannten Lächeln. Ging sie ebenfalls auf ihn zu? Jay wusste es nicht. Er streckte die Hand aus. In Gedanken griff er nach ihrer Hand, um sie zu sich zu ziehen und zu küssen – in der Realität kam es nie dazu. Denn um exakt dreiundzwanzig Uhr, neunundfünfzig Minuten und null Sekunden ertönte ein gellender Schrei aus der nahe gelegenen St. Luke's Church, und die gesamte Dorfgemeinschaft verstummte. Jay drehte sich um und sah Joana Emerett und kurz dahinter Neil Miller auf den Festplatz stürzen. Er war kreidebleich, ihre Wangen waren tränenüberströmt und die Augen weit aufgerissen.

„Da hängt einer in der Kirche!", schrie sie. „Erhängt. Da wurde einer in der Kirche erhängt!"

***

Heute Nacht begeht keiner mehr ein Verbrechen. Zoey Blooms Worte geisterten durch Jays Kopf, als er vor dem Jesuskreuz stand und mit geweiteten Augen zu ihm hochstarrte. Sie hätte nicht falscher liegen können. Beim Anblick des Toten drehte es ihm den Magen um. Er konnte sich nicht vorstellen, dass jemals ein Mensch auf kreativere – und erschreckendere - Weise erhängt worden war. Gänsehaut kroch über Jays Körper, während die Augen starr auf den Mann am Jesuskreuz gerichtet waren. Nicht auf Jesus, sondern den armen Tropf direkt darunter. Die Stola war um den Körper der Jesusfigur geschlungen worden, das Ende des Stricks lag um den Hals des Toten, dessen Füße einen halben Meter über dem Mittelgang der St. Luke's Church baumelten. Der Zustand der linken Gesichtshälfte und die Blutspuren am Hemdkragen zeugten von einer abscheulichen Gewalttat ... und DCI Jameson musste sich leidvoll eingestehen, dass es sich hierbei übereindeutig nicht um einen Unfall handeln konnte. Noch weitaus schlimmer war die zweite Erkenntnis. Denn da hing nicht irgendeiner. Kein Fremder in Snugford. Der bronzefarbene Bart war unverkennbar, auch wenn sein Gesicht vom Tod entstellt war. Bei dem Erhängten handelte es sich um keinen anderen als Father Smith.

Part Zwei –
Too many cooks spoil the broth.

Kapitel Vier

Bath war eine Wohltat. Nicht nur fürs Auge und weil es so viel Wissenswertes über diese Stadt zu erfahren gab, sondern weil Maggie es in Britanniens *Original Natural Thermal Spa* überraschend erholsam fand und durchaus genoss, ihren einmonatigen Urlaub dort zu verbringen. Ihre anfängliche Skepsis, ob Saunalandschaft, Massagen und tägliche Thermenluft ihrem umtriebigen Wesen guttun würden (Rumsitzen war nun mal nicht ihr Stil), hatte sich beim Anblick des Areals verflüchtigt. Meine Güte, da hatten sich die Leute was einfallen lassen. Vor allem bei Nacht war das Außenbecken ein Traum: Von der hohen Terrasse hatte man einen Blick über die gesamte Stadt. Maggie rekelte sich auf ihrer Liege und nahm einen Schluck von ihrem exotischen Cocktail. Liv hatte ihn ihr aufgeschwatzt, und was sollte Maggie sagen? Teufel, das Zeug schmeckte gut. Liv war von Anfang an und von allem Feuer und Flamme gewesen, und ihr Überschwang, mit dem sie ihre Begeisterung kundtat, mochte zwar etwas übertrieben, aber für Maggie in Ordnung sein. Ihre beste Freundin hatte immerhin eine schwere Zeit hinter sich. Sie gab es nicht zu und stürzte sich in tägliche Arbeit und Aktionismus, dennoch hatte das unschöne Ende ihrer Liebschaft mit diesem Lord Coldblut (den Maggie von Anfang an zweifelhaft gefunden hatte), seine Spuren hinterlassen. Für fast drei Monate hatte Liv um Lords und Barone, ja, um jeden Mann, der ihren Weg kreuzte, einen Bogen gemacht. Hier, in Bath, kurierte sie sich nicht nur von Verspannungen und Alltagsstress, sondern ebenso von ihrer vorübergehenden Männerphobie. Sie flirtete, was das Zeug hielt, und innerhalb von knapp vierzehn Tagen war es ihr gelungen, mit dem halben Hotel anzubandeln – mal mehr, mal weniger intensiv. Ihr heutiger Fang sah aus wie Sean Connery in seinen späteren Filmen, besaß hingegen noch den Oberkörper aus dessen Bond-Zeiten. Natürlich war Liv hin und weg. Ihr Lachen wehte vom Whirlpool zu Maggie hinüber, derweil der Sean-Connery–Verschnitt in seinen Bart lächelte und die beiden alle im Umkreis neugierig und eifersüchtig machten. So ein Seniorenpärchen verhielt sich romantischer als die jüngere Generation, wo gab es bitte so was?!

Maggies Mundwinkel verzogen sich zu einem Grinsen, während sie an ihrem Strohhalm saugte. Man konnte es nicht leugnen: Baths Quellen übten ihre Heilwirkung in Nullkommanichts aus. Sie waren ja auch seit Jahrhunderten dafür berühmt. Schon ehe die Römer diese vortrefflichen Anlagen erschaffen hatten, um sie ihrer Göttin Sulis Minerva zu widmen, hatten Gerüchte um die heilenden Quellen über die Grenzen des Landes kursiert.

Maggies persönliche Lieblingslegende handelte von einem keltischen Königssohn namens Bladud. Er - oder zumindest seine Schweine - sollten von den Heilquellen profitiert haben. Er selbst war wegen seiner Lepraerkrankung vom Königshof verbannt worden. Als er in den Quellen Baths seine Schweine tränkte, gesundeten die erkrankten Tiere auf wundersame Weise.

Was für ein Traum wäre es, würde das ebenso für menschliche Schweine gelten, dachte Maggie kichernd. Sie kannte einige Köpfe, die sie in diese Quelle tunken würde. Dann schob sie die Lippen vor und betrachtete ihr geleertes Cocktailglas. Das Zeug stieg ihr zu Kopf, sonst würde sie nicht solche Dinge denken und erst recht nicht dabei kichern.

„Kann ich Ihnen noch etwas bringen, Madam?" Ein freundlicher Bursche, der scheinbar einzig auf diese Frage trainiert worden war, sah sie an und deutete auf ihr Glas. Maggie dachte einen Moment nach.

„Ach, einerlei", sagte sie mit einem Grinsen, „ja, bringen Sie mir noch was von dieser herrlichen Mixtur."

Sie sah ihm zu, wie er artig zur Bar schritt und überkreuzte die Beine. So ließ es sich leben. Sie sollten ihren Detective Chief Inspector bei Gelegenheit hierherschicken. Es würde ihm mal guttun, zu entspannen. Beim Gedanken an Jay stahl sich ungefragt ein Runzeln auf ihre Stirn. Wie er wohl gerade in Snugford zurechtkam? Sie wollte sich den Zustand ihres B&B lieber nicht ausmalen und hoffte inständig, dass er ja immer an seine Schlüssel dachte. Es juckte sie außerdem in den Fingern, wenn sie sich überlegte, dass er sogar einen Handtaschendiebstahl versemmeln und wie sie es mit einem simplen Kommentar verhindern könnte. Na, Schluss mit diesen Gedanken. Er lernte täglich dazu und kam gewiss zurecht. Er war bald vierzig Jahre alt und hatte bis jetzt auch irgendwie überlebt.

Der liebe Junge von eben kam mit ihrem Cocktail zurück und Maggie bedankte sich herzlich. Wirklich nicht zu verachten, dieses Zeug. Sie musste aufpassen, dass sie es nicht übertrieb.

„Was habe ich gesagt, dieser *Porn Star Martini* ist der Hammer, oder?"

Liv kam in ihr Handtuch gehüllt, das im Grunde gerade mal den Mindestbereich um ihre Hüften abdeckte, auf sie zu und stellte ihren Körper dabei gewinnbringend zur Schau. Maggies Haut sah genauso aus, wie die Haut einer Mittsechzigerin eben aussah. Liv hingegen machte ihrer heutigen Eroberung Konkurrenz und wies ebenfalls einen Körper auf, der einem Filmstar glich.

„Ist er. Fast so sehr wie dein neuer Ehemann. Wo ist er, hast du ihn in die Flucht geschlagen?"

„Bei seiner Frau. Insofern hat sie mich in die Flucht geschlagen." Liv setzte sich mit Schwung auf die Liege neben Maggie. „Das hätte ich gleich ahnen müssen, dass der zu gut ist, um alleinstehend zu sein. Was solls, ich hatte einen schönen Abend." Sie griff in die gemeinsame Badetasche, um die Uhrzeit auf ihrem Handy zu prüfen. Stattdessen hielt sie mit runden Augen Maggies neueste Errungenschaft in der Hand. „Was ist das denn?"

Maggie kicherte. „Das habe ich von Zoey Bloom geschenkt bekommen. Ihr Elektroschocker."

Liv starrte sie an. „Wozu benötigst du bitte einen Elektroschocker? Erst recht in deinem Urlaub?"

„Ich fand die Dinger schon immer faszinierend und ich habe ihn überall dabei. So wie du dein Handy."

Liv entfuhr ein Lachen, sie schüttelte den Kopf, warf den Schocker zurück in die Tasche und fischte jetzt ihr

Handy heraus. Jedem das Seine. Eine feine Furche bildete sich auf ihrer Stirn. „Hast du es klingeln hören?"

Maggie schüttelte den Kopf. „Bei dem Geplätscher und Geräuschpegel? I wo, wo denkst du hin? Warum?"

Liv betrachtete das Display. „Ich habe zwei Anrufe von Jay verpasst."

***

In Snugford war der Teufel los. Die Feier hatte sich mit der Entdeckung des toten Gemeindepriesters jäh zerstäubt, was nicht für die Feiernden galt. Auf dem Platz vor der Kirche herrschte noch eine halbe Ewigkeit heilloses Durcheinander, und die Schaulustigen versuchten, einen Blick auf das Vorgehen in der Kirche zu erhaschen. Es hatte Jay einiges an Mühe gekostet, sie davon abzuhalten, den Tatort zu stürmen. Ob es seiner neuen Reputation oder der Hilfe von Zoey, Finley und Peter Coleman zu verdanken war, dass die Snugforder das notdürftig angebrachte Absperrband ernst nahmen, wusste Jay nicht zu sagen. Fest stand, die drei waren ihm eine große Hilfe gewesen, denn sie hatten in den fünf Minuten, die er von der Kirche zum Präsidium benötigte, um das Absperrband zu holen, dafür gesorgt, dass niemand die Kirche betreten konnte.

Stunden später, seit er Father Smith in diesem unwürdigen Zustand an der Empore hängend vorgefunden hatte, waren die meisten Sensationsfreunde verschwunden. Jay stand im Mittelschiff der Kirche und verfolgte mit bangen Augen die Arbeit der Forensiker. Sie waren noch nicht lange hier, gerade erst im Morgengrauen erschienen, was Jay wie eine Ewigkeit vorgekommen war. Die Versiegelung des Tatorts, das Besänftigen der aufgeregten Snugforder, die einen viel zu guten Blick auf den nahe des Eingangsbereichs erhängten Priester erhaschen konnten, die ewigen Diskussionen … All das hatte ihn erschöpft. Trotzdem glaubte er, zu spüren, wie das überschüssige Adrenalin durch seinen Körper tobte. Immer noch umklammerte er sein Handy, mit dem er in seiner Verzweiflung versucht hatte, Liv zu erreichen. Denn ein persönlicher Assistent war selbstverständlich nicht geschickt worden. Er schlage sich ja fabelhaft allein, hatte der Kerl aus Whitehaven am Telefon gesagt, als er Jay zu seinem Bedauern mitteilen musste, keine verfügbaren Kräfte zu haben. Allerdings. Er schlug fabelhaft die Zeit tot, allein, indem er mit fassungsloser Miene zusah, wie die Forensiker versuchten, Father Smith vom Kreuz zu holen. Sie würden den Leichnam mitnehmen und genaustens obduzieren. Der ausgewertete Bericht werde ihm zugeschickt, versprachen sie, aber ein Suizid lasse sich ausschließen. Bedauerlich.

Nein, natürlich nicht, was dachte er da nur? Wobei er zugeben musste, dass er es nicht für vollkommen abwegig gehalten und kurzzeitig darauf gehofft hatte. Einfach, weil er dann nicht schon wieder hinter einem Mörder herjagen musste, der es dieses Mal faustdick hinter den Ohren hatte. So wie der Priester zugerichtet war, konnte man mitnichten von einem Mord im Affekt sprechen – die linke Gesichtshälfte war geschwollen, blutverschmiert und furchtbar entstellt! Womit war es so zugerichtet worden? Das hier war eine blutrünstige, durchaus rachsüchtig anmutende Tat gewesen und ja, deshalb war der Selbstmord Quatsch. So was tat man sich nicht an, nicht mal, wenn man verzweifelt war. Und verzweifelt hatte Father Smith nicht gewirkt. Er war den Anfeindungen des Dorfes relativ gelassen gegenübergetreten ... Das war im Übrigen das Stichwort. Die Anfeindung eines ganzen Dorfes. Himmel! So gut wie jeder hatte eine Stinkwut auf diesen Priester gehabt und damit ein Motiv. Sicher, die wenigsten gingen so weit, deshalb zu morden. Es mussten folglich zum Motiv noch ein fehlendes Alibi und die entsprechende Gemütsverfassung berücksichtigt werden. Das war wie die Nadel im Heuhaufen.

Jay schüttelte sich.

„Wenn Sie einen Schritt zurücktreten würden?"

Jay reagierte verlangsamt auf den Tatortfotografen, der sich zwischen ihn und die Forensiker drängte, um den Fußboden des Mittelschiffs zu fotografieren. Jay nickte und trat zurück. Langsam bewegte er sich vom Eingangsbereich fort durch das Mittelschiff und bis zum Altar.

Dort befand sich eine Blutpfütze, von der eine blasse Blutspur bis unterhalb des Kreuzes, das an der Empore über dem Eingangsbereich befestigt war, führte. Als wäre Father Smith über den Fußboden durch die Kirche bis zum Kreuz gezogen worden. Wieso hatte der Mörder ihn erst schwer verletzt und anschließend zum Kreuz geschleift, um ihn dort aufzuknüpfen? Wer machte so was? Und wie? Zumindest was die Tatzeit anging, waren sie schon etwas weiter. Nach der Untersuchung des Blutes gingen die Forensiker davon aus, dass die Tat in der vorangegangenen Nacht, vermutlich kurz vor dem Leichenfund, begangen worden war. Das Blut war aufgrund seiner immer noch flüssigen Konsistenz im Altarraum frisch, da es sich mit einem Wattetupfer wegwischen ließ. Wobei zu berücksichtigen blieb, dass es sich bei der Kirche um ein altes und kühles Gemäuer handelte und Blut daher sehr lange nicht in den Steinboden einziehen konnte. Allerdings war diese Kirche ein einigermaßen frequentierter Ort und so ging Jay ohnehin davon aus, dass die Tat am gestrigen Abend stattgefunden haben musste … Blieben das Wie, das Womit und das verdammte Warum!

Er stöhnte und betrachtete den Innenraum der Kirche. Direkt nach dem Eingangsbereich mit den Regalen voller Gesangsbüchern zu beiden Seiten der Tür erstreckten sich links und rechts des Mittelschiffs die Sitzreihen für die Kirchgänger. Die Empore umrahmte diesen Bereich und überdachte die Seitenschiffe. So wie Jay nun stand, konnte er vom Altar aus direkt auf die Jesusstatue blicken – oder auf Father Smith, der dort am - oder leicht unter - dem Kreuz baumelte. Dieses Kreuz hing nicht ganz mittig an der Empore. Der Kopf der Statue ragte oben etwas über das Geländer, die Füße lagen am unteren Rand der Empore auf. Der magere Körper der Jesusfigur, um den die Stola als Father Smiths Strick gewickelt worden war, befand sich somit etwas mehr als zwei Meter über dem Boden. Wie war Father Smith dort aufgehängt worden?

Jays Schläfen pochten, als er, um die Forensiker nicht zu behindern, durch den Flur des rechten Seitenschiffs auf die Türen zuging, von der eine auf die Empore führte. Natürlich wählte er zunächst die falsche, nämlich die, hinter der sich kein Aufgang, sondern eine Art

Abstellkammer befand und wo außerdem der Sicherungskasten für die Innenbeleuchtung der Kirche war. Jay schloss sie kopfschüttelnd und wählte die zweite, ging mit raschen Schritten durch den Treppenflur nach oben.

Der Kopf des Gottessohns ragte über das Geländer, Jay trat näher heran und blickte nun von oben auf die Szenerie herab. Ein grauenhafter Anblick. Der arme Father Smith mit seinem übel zugerichteten Gesicht und diesem Strick um den Hals ... Diesem Strick, der eine Stola war! Immer noch kämpften die Forensiker mit eben jener, da sie sich kaum vom Rumpf der Jesusfigur lösen ließ. Einer der Forensiker stand inzwischen auf einer Leiter, um heranzureichen. Jays Blick trübte sich, ihm wurde übel. Dieser Leichnam musste hier runter, sofort! Ohne nachzudenken, neigte er sich über das Geländer und versuchte, die Stola von oben zu erreichen und zu lösen. Ein törichtes Unterfangen, das bemerkte er sofort, denn er fiel dabei fast über das Geländer. Gerade noch rechtzeitig konnte er sich am Rumpf des Herrn festhalten. Im selben Moment löste der Forensiker die Stola und starrte Jay fassungslos an.

„Was um alles in der Welt treiben Sie da?", fauchte er und Jay schluckte. Eine gute Frage.

„Ich dachte, ich helfe ..."

„Indem Sie sich fast von der Empore stürzen? Eine Leiche reicht ja wohl für heute, oder? Es ist nicht Ihre Aufgabe, hier zu helfen. Ihr Part kommt noch. Warten Sie auf unseren Bericht." Er warf einen letzten Blick auf den Bereich, an dem die Stola befestigt gewesen war, und wandte sich wieder seiner Arbeit zu. Langsam ließ er mithilfe seines Kollegen den armen Father Smith zu

Boden, derweil Jay seine Hand von der Tunika des Jesuskörpers nahm und sich mit der anderen wieder über das Geländer in den festen Stand schob. Erniedrigend. Dabei hatte er sich bislang so gut geschlagen und umsichtig darauf geachtet, nichts zu berühren oder im Weg herumzustehen. Aus Fehlern lernte man. Maggie und Liv hatten ihn schließlich ab und an daran erinnert, dass er in seinen verkopften Stunden gerne mal etwas unbedacht anfasste – und sie hatten recht damit, dass es ein Tabu war. Er wusste das. Er war ja nicht umsonst Detective Chief Inspector. Zu dumm, dass die beiden ausgerechnet jetzt verreist waren und er sie seit Stunden nicht erreichte. Wobei es ja auch nicht ihre Aufgabe war, ihm zur Seite zu stehen und seine Nerven zu pflegen. Er war der Detective Chief Inspector hier, er war DCI Jameson, und er schaffte das schon.

Fragte sich, wie …

„Verzeihung, DCI Jameson?"

Er zuckte zusammen und fuhr herum. Peter Coleman war zu ihm auf die Empore getreten und lächelte schief. Sein Gesicht war kreidebleich und die Erschöpfung machte sich durch Augenringe bemerkbar, nichtsdestotrotz verhielt er sich gefasst. Jay hatte ihm als einzigen Zivilisten nach der Versiegelung des Tatorts gestattet, zu bleiben, da er über sämtliche Schlüssel und zudem Kenntnisse der Örtlichkeiten verfügte. Scheinbar war es ihm genauso wie Jay ein Anliegen, erst zu gehen, wenn die Forensiker ihre Arbeit beendet hatten. Nun sah er Jay fragend an.

„Wie geht es weiter? Nehmen die Valentin mit? Wann können wir ihn …" Zum ersten Mal in den vergangenen Stunden versagte Peter Coleman die Stimme, als seine

Augen auf Father Smith trafen, der gerade von den Forensikern auf eine Trage gelegt wurde. Er wandte den Blick ab und Jay zu.

Jay räusperte sich und legte ihm eine Hand auf die Schultern. „Ja, es wird eine Obduktion geben und erst im Anschluss kann Father Smith bestattet werden." Auch er sah über das Emporengeländer zu dessen Leiche hinab. Eben wurde die Trage angehoben, um sie nach draußen zu bringen.

Irgendetwas stimmte nicht, irgendetwas irritierte ihn, wobei ihm nicht einfiel, was das war. Vielleicht die Müdigkeit. Er hatte seit vierundzwanzig Stunden nicht geschlafen und würde es erst mal nicht tun. Die Nacht war ohnehin vorüber und an Schlaf angesichts dieses Vorfalls nicht zu denken. Sein Kopf würde das niemals zulassen, die Gedanken hörten nicht auf, zu rasen. Also weitermachen.

„Ich frage mich, wer ihm das antun konnte." Die Stimme Peter Colemans holte Jay zurück in den Moment. „Ich meine, er hatte weiß Gott keinen guten Stand in der Gemeinde, aber so was!" Er schüttelte fassungslos den Kopf. „Er war noch nicht lange hier, trotzdem ist er mir so etwas wie ein Freund geworden und jetzt ist er ..." Peter Coleman atmete tief durch. „Verzeihung. Es tut nichts zur Sache, was ich persönlich empfinde. Wir sollten uns um die Aufklärung dieser schrecklichen Angelegenheit kümmern."

Jay sah ihn mit großen Augen an. „Äh ... wir?"

Peter Coleman nickte. „Ich würde Ihnen gerne meine Hilfe anbieten. Wie ich mitbekommen habe, wurde erneut versäumt, Ihnen jemanden zur Seite zu stellen, und Maggie und Liv sind, soweit ich weiß, noch um die zwei Wochen in Bath. Ich hatte den Eindruck, die beiden sind Ihnen bei Ihrem letzten Fall gelegentlich zur Hand gegangen, und irgendjemand muss das ja nun auch übernehmen." Er lächelte schief. „Ich biete mich insofern an, da ich Valentin Smith am nächsten stand und mich hier auskenne. Womit ich einige Erkenntnisse mit Ihnen teilen kann. Wenn es Ihnen recht ist."

Er war ausgezeichnet informiert – und gut informierte Snugforder kamen Jay immer gelegen. Er nickte, konnte nicht verhindern, dass sein Lächeln dankbar geriet. „Das ist es. Ein vortrefflicher Plan. Da Sie außerdem einer der wenigen sind, die Father Smith nicht den Kragen umdrehen wollten ..." Er räusperte sich, als er erkannte, dass die Redensart schockierend passend war. „... scheinen Sie mir ein geeigneter Assistent. Ich danke Ihnen für das Angebot."

Der Messdiener schenkte ihm ein Nicken und hielt ihm die Hand hin. „Dann nennen Sie mich Peter. Zu Ihren Diensten als Kriminalassistent."

Jay schüttelte sie herzlich. „Jay. Ja. Der Detective Chief Inspector."

Schön. Nachdem die neuen Zuständigkeiten geklärt waren, wanderten ihre Blicke zum Tatort. Jay fuhr sich nachdenklich über den Bart, verlagerte sein Gewicht auf das linke Bein. Zu dumm, dass dieses Fest gewesen war und so gut wie alle auf den Beinen, womit auch so gut wie alle für den Mord infrage kamen. Ob er das gesamte Dorf in dieser Kirche versammeln und verhören sollte? Das würde für gewaltigen Unmut sorgen und für Chaos obendrein. Womöglich hatte er es mit einem Gemeinschaftsmord zu tun! Wenn das komplette Dorf beschlossen hatte, dass es diesen Priester nicht länger akzeptierte ... Nein, Blödsinn, vollkommen abwegig, so etwas von den frommen Bürgern Snugfords zu denken. Da wäre es cleverer gewesen, seinen Rücktritt zu fordern. Das mit der Frömmigkeit war dennoch eine fragwürdige Sache – zumindest eine Person hatte eindeutig bewiesen, dass sie das nicht war. Obwohl es, der Aufwendigkeit des Verbrechens nach zu urteilen, durchaus mehrere gewesen sein könnten ...

„Wissen Sie, es haben nur wenige den Schlüssel zu den Kircheninnenräumen. Außer mir einzig der Gemeinderat, der Gärtner und natürlich Father Smith selbst." Jay wandte sich zu Peter, verstand noch nicht, worauf dieser hinauswollte. „Ich war um elf Uhr abends noch einmal hier, um mich zu vergewissern, dass alles in Ordnung ist. Das handhabe ich immer so, wenn Festlichkeiten auf dem Marktplatz und in unmittelbarer Nähe der Kirche abgehalten werden. Vor drei Jahren ist hier mal die Dorfjugend eingebrochen. Seither bin ich vorsichtig."

Tja. Wie gesagt, ein gewissenhafter Mann.

„Danach habe ich die Seiten- und die Vordertür abgeschlossen."

Jay hörte ihm aufmerksam zu. „Das bedeutet, der Mord kann nicht vor elf Uhr abends stattgefunden haben. Sie hätten Father Smith wohl kaum übersehen ..."

„Wohl kaum", stimmte Peter mit einem Zucken der Mundwinkel zu. „Das heißt, es muss zwischen elf und zwölf Uhr passiert sein und wir sollten uns mit denjenigen befassen, die einen Schlüssel zu den Räumlichkeiten besitzen, denn einer von ihnen muss die Fronttür wieder geöffnet haben."

„Was ist mit Neil Miller und … wie hieß sie gleich …
Joana Emerett? Gehören die zum Kirchengemeinderat?“

Peter lachte auf. „Um Himmels willen, nein. Die beiden werden die Gunst der Stunde genutzt haben, um in
der Kirche rumzumachen, wo sie schon offen und ein
ungestörter Ort war.“

Jay runzelte die Stirn. „Rumgemacht?“ Vor nicht allzu
langer Zeit war Neal Miller noch unsterblich in Lyla
Bloom verliebt gewesen. Das ging ja schnell.

„Na, zum Beten wollten sie bestimmt nicht in die Kirche.“

Jay nickte. „Auszuschließen“, murmelte er. „Ja, nun,
dann sollten wir den Kirchengemeinderat zusammen-
trommeln und außerdem die beiden befragen. Als diejenigen, die ihn gefunden haben. Ja.“ Er sah Peter an.
„Könnten Sie den Gemeinderat übernehmen? Ich küm-
mere mich um die beiden Verliebten.“ Neal Miller
würde sich bestimmt freuen, ihn wieder zu sehen …
„Versammeln wir sie hier. Ist am meisten Platz und die
Tatortreiniger sind in einer Stunde vermutlich fertig.“
Er warf einen Blick auf eben jene, die sich nun, da die
Forensiker Father Smith fortgeschafft hatten, an ihre
Arbeit machten. Er nickte vor sich hin. Guter Plan. Es
war lichtdurchflutet hier, und der Kirchengemeinderat
würde sein winziges Präsidium mit dem einen Verhörraum platztechnisch sowieso sprengen. Eigentlich
hätte er zur Befragung gerne das B&B genutzt, aber Jay
scheute sich davor, dies ohne Absprache mit den Betrei-
berinnen zu tun. Auch wenn diese ihm ein zusätzliches
Arbeitszimmer eingerichtet hatten, waren sie derzeit

nicht erreichbar, und er konnte keine Rücksprache halten. Er seufzte. Gut. Dann her mit den Zeugen und Verdächtigen. „Vergessen Sie den Gärtner nicht", rief er Peter hinterher. „Wenn der auch einen Schlüssel hat." Ja, so musste man es machen.

***

Neal Miller und Joana Emerett befanden sich dankenswerterweise am selben Ort: in Joanas winzig kleinem Ein-Zimmer-Apartment. Kein Wunder, dass sie die Kirche zum Rummachen vorgezogen hatten. Und trotz ihres schockierenden Fundes war ihnen die Lust an Letzterem nicht vergangen. Jay benötigte zu dieser beengten Behausung keine zehn Minuten. Sie befand sich schräg gegenüber des Zigarettenautomaten, den Justin O'Reilly trotz Finleys heftigen Beschuldigungen vor ein paar Monaten nicht ausgeraubt hatte. Als Neal die Tür öffnete, präsentierte er seine Boxershorts und Joana ihren Bademantel, der sehr wenig verdeckte.

Jay räusperte sich. „Ja, ehm, es ist so, dass wir uns unterhalten sollten. In der Kirche. Sobald ... Sie angezogen sind."

Neal hob eine Braue. „In der Kirche?"

„Präzise. Es gibt eine Reihe an Zeugen, die verhört werden müssen, und in der Kirche ist ausreichend Platz." Außerdem war es immer interessant zu sehen, wie potenzielle Verdächtige auf einen Tatort reagierten. Neal und Joana waren zwar Zeugen, aber er würde sie nicht ins Präsidium bestellen, um danach den Kirchengemeinderat in der St. Luke's Church zu verhören.

Neal Miller seufzte. „Ich bin wohl immer zur falschen Zeit am falschen Ort, hm?“

Jay schenkte ihm sein kleines, freundliches Lächeln. „In diesem Fall hoffe ich, zur rechten Zeit, denn Ihre Aussage könnte wichtig sein.“

Das Ego des Kampfsportlers war angeheizt, er beeilte sich mit dem Anziehen von Kleidung und erschien mit Joana kurze Zeit darauf in der Kirche.

Jay erwartete sie bereits und hieß sie, in der Kirchenbank Platz zu nehmen. „Fein, kommen wir zu gestern Abend. Wann genau und warum haben Sie die Kirche betreten?“ Jay wollte nicht lange fackeln, es wartete ein Gemeinderat darauf, verhört zu werden.

Neal schob die Lippen vor und anschließend zur Seite, grinste dann. „Das Warum dürfte simpel sein, oder? Wir haben uns draußen befummelt. Joanas Bruder hatte uns im Visier und ist ein misstrauischer Stinkstiefel, da haben wir die offenstehende Kirche bemerkt und dachten, sehr cool, wir haben es noch nie auf der Kirchenbank getrieben.“

Joana warf ihm einen Blick aus aufgerissenen Augen zu. Jay bemühte sich darum, sein Hüsteln herunterzuschlucken. Der Bursche war so hart drauf wie eh und je.

„Aber bis zur Kirchenbank sind Sie nicht gekommen.“

„Nein“, antwortete Joana mit dünner Stimme. „Der Kronleuchter im Altarraum war an und deshalb hat man“, sie schluckte, „die Schatten seiner baumelnden Beine schon vom Eingang aus gesehen. Da sind wir gar nicht erst rein, sondern losgerannt, um es Ihnen zu sagen.“

Nicht unbedingt subtil. Vielleicht hätte sich die Massenpanik verhindern lassen, wäre sie nicht schreiend angestürmt gekommen, sondern hätte ihn im Stillen aufgesucht. Sei es, wie es sei. „Das heißt, Sie haben überhaupt nicht gesehen, wer da hängt?"

Joana schüttelte den Kopf.

„Doch", erwiderte Neal. „Ich bin kurz reingelaufen, um genauer hinzusehen. Sah echt unheimlich aus, wie er da von der Empore runterhing, links und rechts die beginnenden Sitzreihen, und auf dem Boden dieser Schatten. Wie im Horrorfilm." Neal kostete seine Zeugenaussage aus, als würde ihn der Leichenfund im Nachhinein faszinieren. „Ich habe ihn sofort erkannt. Es hat mich nicht gewundert, dass es ihn erwischt hat, was nichts daran ändert, dass es ein heftiges Verbrechen ist. Der wurde ja nicht schlicht erwürgt, irgendjemand hat sich die Mühe gemacht ..."

„Ja, herzlichen Dank, für die Leichenbeschauung sind andere zuständig", unterbrach Jay ihn beim Anblick von Joanas erbleichenden Wangen. „Wenn Sie schon so genau hingeschaut haben, würde mich viel eher interessieren, ob Sie noch jemanden entdecken konnten. Oder etwas Verdächtiges bemerkt haben."

Neal zuckte mit den Schultern. „Ne. Ich bin Joana hinterhergerannt. Ich glaube nicht, dass da noch jemand sonst war."

Neals Glauben war hier irrelevant. In einem Mordfall waren Tatsachen unabdingbar. Auf solche Hinweise konnte sich Jay keinesfalls verlassen. Er nickte. „Ja, nun, fällt Ihnen noch irgendetwas ein, das im Zusammenhang Ihrer Entdeckung wichtig sein könnte?"

Sie schüttelten die Köpfe. War ja zu erwarten gewesen. Jay nickte wieder. „Gut, dann vielen Dank. Sie können gehen."

Sie erhoben sich und gingen davon, sie schnell, er gemächlich. Der Kerl hatte das Profil eines Mörders, das dachte Jay jedes Mal, sobald er ihn sah. Was nichts zur Sache tat. In diesem Fall.

Joana blieb unvermittelt stehen und drehte sich um. „Mir fällt noch was ein. Als wir hier reinkamen, hat es so komisch gerochen."

„Komisch?"

„Ja, seltsam eben. Nach Blumen irgendwie, aber auch erdig. Also kein schöner Blumenduft. Ich weiß nicht."

Kein schöner Blumenduft? Was durfte man sich darunter vorstellen? Jay fuhr sich grübelnd über den Bart, dankte ihr und sah den beiden zu, wie sie verschwanden. Er blickte sich in der Kirche um. Blumen standen da überall, denn zum Fest des Lebens hatten die Leute ein paar in die Kirche gebracht – und nicht alle waren zum jetzigen Zeitpunkt frisch. Hatte sie das gemeint? Seine Überlegungen wurden unterbrochen, ehe sie sich vertiefen konnten. Peter kehrte zurück. Er hatte ein paar überaus aufgebrachte Snugforder im Schlepptau.

***

In der Kirche ging es lauter zu als auf einem Jahrmarkt. Selbstredend war der Kirchengemeinderat empört, dass man ihn für verdächtig hielt. Jeder hatte etwas zu seiner Verteidigung und zur allgemeinen Beschwerde anzubringen, nichts davon war im Tumult verständlich. Diese Leute verhielten sich wie eine unreife Schulklasse. *Die Hölle ist leer, (...) und alle Teufel sind hier.* Nie waren ihm Shakespeares Worte einer Situation entsprechender vorgekommen.

Einzig der Gärtner saß schweigend und allein in der rechten vordersten Kirchenbank und ließ das Wüten der anderen, die sich entlang des Mittelgangs auf die Bänke gesetzt hatten, an sich abprallen. Jays Bitte nach Ruhe und Mäßigung wurde von jedem außer ihm überhört. Peter war in eine wilde Diskussion mit Laura Abbet vertieft – die alte Schachtel, Pardon, ging ihm langsam auf den Geist –, und so sah sich Jay gezwungen, zu anderen Mitteln zu greifen. Und zwar kurzerhand nach dem Weihwassergefäß mit Weihwasserwedel. Er ließ Letzteren vernehmlich gegen die Bronzeschale poltern. Der Kirchengemeinderat verstummte, alle Blicke wandten sich Jay zu.

„Danke", sagte er und räusperte sich.

„Was erlauben Sie sich!", keifte Elinor Moncreif und deutete auf das Weihwassergefäß. „Das ist ein heiliges, liturgisches Gerät! Haben Sie ernsthaft gerade das Aspergill als Schlägel benutzt?"

Jay nickte mit einem freundlichen Lächeln. „Ja, und es war sehr zweckdienlich, wie man sieht."

Die Witwe Moncreif verschränkte die Arme vor der Brust, derweil ein leises Tuscheln einsetzte, das sich jedoch nicht zu mehr erhob. Peters Mundwinkel zuckten belustigt. Jetzt, wo sie endlich still waren, konnte Jay jeden Einzelnen von ihnen ins Auge fassen. Er räusperte sich. Der Kirchengemeinderat bestand aus sechs Personen, von denen die Witwe Moncreif die größte Reichweite besaß. Ihr Wort war laut und wurde gerne gehört

– so missgünstig es war. Laura Abbet stand ihr in nichts nach. Die Frau des Bürgermeisters war seit Father Smiths Einstellung ebenfalls von ihrem netten Gemüt abgefallen. Verhältnismäßig gemäßigt verhielten sich Antony Macsims – der war es ja von Haus aus gewohnt, klein beizugeben – und Linda Mey, die Rathaussekretärin. Gleichfalls ein Mann, der sich zu wichtig und den Mund zu voll nahm, war, zumindest hatte er das in den vergangenen Minuten bewiesen, Frederick Dirby. Sofern Jay richtig informiert war, gehörte ihm der *Kleine Snugforder Buchladen* und er war im Gemeinderat für die Buchhaltung, oder eher die Kollekte, zuständig.

„So." Jay ging vor ihnen auf und ab. „Wie Ihnen nicht entgangen sein dürfte, wurde Father Smith ermordet." Davon war jedenfalls auszugehen, dazu musste er nicht erst den Bericht der Forensik abwarten. „Ein schreckliches Verbrechen, mit dessen Auflösung ich betraut bin." Irrte er sich, oder raunte diese Mrs Abbet ein „Na großartig"? Einerlei. Er fuhr fort. „Es konnte inzwischen festgestellt werden, dass Messdiener Coleman", er deutete auf seinen frischernannten Assistenten, „die Kirche um elf Uhr abends verschlossen hat. Was interessant ist, denn um Mitternacht war sie wieder auf, und außer Ihnen, die hier versammelt sind, hat niemand die Möglichkeit dazu, sie zu öffnen. Meine erste Frage ist folglich, hat jemand von Ihnen gestern Abend nach elf Uhr die Kirche betreten, und wenn ja, wann genau und warum." Zu viele Fragen auf einmal. Es lag auf der Hand, dass sie Chaos auslösen würden.

„Wieso werden wir beschuldigt, die Kirchentür aufgeschlossen zu haben?"

„Eine Frechheit, was diese Frage impliziert!"

„Was sollten wir um diese Zeit und während des Sommerfestes in der Kirche wollen?“

Den unangepassten Father Smith töten zum Beispiel? Jay seufzte innerlich auf.

„Ich werde jetzt jedes Mal dieses Aspergill irgendwo dagegen schlagen, sobald Sie wie eine Horde Schüler durcheinanderreden“, drohte er, vielleicht zu leise, aber da sich seine Hand bereits dem Weihwasserwedel näherte, hob Elinor Moncreif die ihre und alle verstummten. Dieses Mal bedankte er sich dafür nicht. „So. Darf ich diesem Getöse entnehmen, dass niemand die Kirche aufgeschlossen hat?“ Einstimmiges Schweigen.

„Wahrscheinlich war es Father Smith selbst. Wo er schon da drin war.“

Die erste vernünftige Antwort und durchaus im Bereich des Möglichen. Daran hatte er auch gedacht. Jay nickte Frederick Dirby zu. „Das könnte sein, ja. Er war nur bestimmt nicht allein.“

„Jeder könnte mit ihm dort gewesen sein, nachdem er die Tür geöffnet hat.“ Das war Mrs Wolverton, ihre Stimme klang nicht vorwurfsvoll, einzig ihr hochroter Kopf verriet ihre Wut.

„Das ist richtig. Wer kommt dafür infrage?“

„Das ist die Höhe, dass aus Ihrer Sicht vor allem wir infrage kommen!“ Laura Abbet funkelte Jay zornig an. Dieser erwiderte den Blick ruhig.

„Das hat er nicht gesagt, oder?“ Peter sah in die Runde. „Es war eine einfache Frage, die nichts impliziert hat. Würden wir damit aufhören, uns so starrsinnig zu verhalten, wären entschieden weniger Leute verdächtig. Also. Arbeiten wir zusammen, wenn ich bitten darf.

Wer könnte einen Grund gehabt haben, ausgerechnet am Fest des Lebens in die Kirche zu gehen? Mit Father Smith oder ohne ihn, aber ihn dort zufällig antreffend." Jay warf Peter einen anerkennenden Blick zu. Wohl gesprochen.

„Es kann jeder gewesen sein. Zufällig oder geplant, jeder hatte die Schnauze voll von diesem Priester." Laura Abbet grummelte vor sich hin, allerdings laut genug, dass jeder es hören konnte.

Jay sah sie an. „So, so, die Schnauze voll von jemandem zu haben, bedeutet für Sie, ihn umzubringen?", fragte er gerade heraus.

Sie riss die Augen auf. „Für mich, nein! Ich sage lediglich, dass das ein Motiv sein könnte, das sehr viele teilen. Ich würde so was niemals tun! Den Kerl an seiner Stola zu erhängen, also ehrlich."

„Sie sind gut informiert."

„Jeder ist gut informiert", sagte sie mit aufbrausender Stimme, „das ging durchs Dorf wie ein Lauffeuer. Ich bin eine fromme Kirchgängerin, ich ermorde niemanden und dasselbe gilt für die anderen hier."

„Jawohl!"

„So ist es!"

So wie die zusammenhielten, hätte man in der Tat annehmen können, sie steckten alle unter einer Decke.

„*Behauptung ist nicht Beweis*", murmelte Jay und wollte eben die Stimme erheben, als erneut Peter das Wort ergriff.

„Meine lieben Mitglieder des Gemeinderats, seien wir nicht so scheinheilig. Fromme Kirchgänger morden nicht, das stimmt, aber sie fallen auch nicht wie Raubtiere über einen Priester her, der erst wenige Wochen in Snugford ist und zudem das Amt eines Mörders übernehmen musste. In der vergangenen Zeit kam es in dieser Kirche zu einigen Ungeheuerlichkeiten, und zumindest, was die betrifft, können nur diejenigen verantwortlich sein, die einen Schlüssel haben." Es wurde sehr still in der St. Luke's Church. „Ich nehme an, alle wissen, wovon ich spreche?"

Nein, nicht wirklich. Jay sah ihn aufmerksam an, die Mitglieder des Gemeinderats schwiegen.

„Es ist schon sehr verdächtig, dass sich diese Dinge erst seit Father Smiths Amtsantritt ereignet haben. Das Verschwinden von etlichen Gesangsbüchern zum Beispiel oder dem Weihwassernachfüllfläschchen. Dazu der Wein, den ich eigens besorgt hatte und der absolut adäquat gelagert wurde. Wer hat den verunreinigt? Bestimmt nicht Father Smith. Von dem rosa gefärbten Talar ganz zu schweigen. Sowie den Rosenblättern, die dazu überall verstreut wurden." Das war ja hochinteressant. Jay hatte keine Kenntnis von Vorkommnissen und Diebstählen dieser Art gehabt. Alles in allem klang es nach einem Versuch, die Arbeit des Priesters zu sabotieren oder ihm seinen Beruf möglichst unangenehm zu machen. Ihn rauszuekeln. „Ich hätte es für Jugendstreiche gehalten, bevor mir klar wurde, dass niemand Zugang zur Garderobe des Fathers hat. Außer den hier Versammelten."

Womit Jay seine Vermutung, die schon zu lange in seinem Kopf rumorte, nicht mehr zurückhalten konnte: „Mich dünkt, hier könnte eine Verschwörung am Werk sein. Hatten Sie vielleicht alle gemeinsam vor, diese Sabotagen durchzuführen, und als es den

Father nicht beeindruckte, begingen Sie als Höhepunkt einen Mord? Am Fest des Lebens. Wie ironisch."

Jetzt setzte erneut der Proteststurm ein, die Stimmen überschlugen sich, die Gemüter brausten auf. Frederick Dirby erhob sich von seinem Platz und untermalte seine Worte mit großem Gestus, Laura Abbet und Elinor Moncreif keiften um die Wette, während Linda Mey und Antony Macsims protestierten, ohne gehört zu werden. Der Gärtner sagte nichts.

„Ein Gemeinschaftswerk dahinter zu vermuten! Mich dünkt", Mrs Wolverton betonte das Wort mit spitzem Mund – wieder eine, die seine Ausdrucksweise zu altmodisch fand, „das ist eine Unverschämtheit. Wir sind zwar der Gemeinderat, aber das bedeutet nicht, dass wir alle über einen Kamm geschoren werden können." Selbstverständlich versuchte Mrs Wolverton, ihre sorgsam gehegte weiße Weste zu schützen.

„Was willst du damit andeuten, meine Liebe?", fragte Laura Abbet mit zusammengekniffenen Augen. „Dass einige von uns in der Lage wären, diese sogenannten Sabotageakte oder gar einen Mord zu begehen, und andere nicht? Hältst du dich für was Besseres? Du bist auch nur die Frau des Bürgermeisters, du bist auch nur eine unwichtige Bewohnerin einer unwichtigen Kleinstadt."

Mrs Wolverton sah sie kühl an. „Vorsicht, Laura, an deiner Stelle würde ich das Maul nicht so weit aufreißen."

Aha, die Bestien waren von der Leine. Jay und Peter tauschten einen Blick.

„Drohst du mir etwa?" Laura Abbet war in der Kirchenbank aufgestanden und beugte sich über Linda

Mey – die den Kopf kaum merklich einzog - hinweg zu Mrs Wolverton. Witwe Elinor griff nach ihrem Arm. „Beruhige dich, Laura. Die ist es nicht wert."

„Interessant, wie schnell Freundinnen zu Feindinnen und anschließend wieder zu Freundinnen werden können, finden Sie nicht?", raunte Peter Jay zu und beobachtete das Geschehen. „Vor zwei Tagen haben sich die beiden noch angegiftet, weil die eine ein unbedachtes Wort zum Tod des Gatten der anderen verlauten lassen hat, jetzt halten sie wieder zusammen wie Pech und Schwefel und stürzen sich auf die Nächste."

Jay nickte mit schmerzverzerrtem Gesicht. Sein Kopf hämmerte, die gesamte Atmosphäre im Raum war ihm unerträglich. Die aufgeheizten Gemüter, das Geschrei - er hasste das.

„Es gäbe nichts zu drohen, wenn da nichts wäre, oder?", erklärte Mrs Wolverton mit leiser Stimme an Laura Abbet gewandt.

Diese schnappte nach Luft. „Ich erzähle dir nie wieder etwas, mieses Stück!"

„Was gab es denn da zu erzählen, Laura?" Linda Mey verschaffte sich erstmals Gehör. Vielleicht, weil sie sich als Angestellte des Bürgermeisters verpflichtet sah, sich auf die Seite seiner Frau zu stellen. „Du hast deine Schadenfreude ja allzu deutlich gemacht. Da wussten alle Bescheid, auch die, denen du nichts erzählt hast."

Jay wurde es zu bunt. „Ich würde es begrüßen, Sie könnten uns in die Gründe für Ihre Schadenfreude einweihen, wo Sie bereits mit Andeutungen ..." Er unterbrach sich mitten im Satz und blinzelte zu Laura Abbet hinüber. Schadenfreude ... Vor seinem inneren Auge manifestierte sich das Bild von Zoey Blooms Teegeschäft an dem Tag, als Laura Abbet und ihre Cousine kichernd hereingeplatzt waren, um Rosenblütentee in der rosa Dose zu ordern. Weil es angeblich *zum Anlass* gepasst hatte. Er räusperte sich. „Mrs Abbet, kann es sein, dass Sie etwas mit der Rosafärbung des Talars zu tun hatten? Sie und Ihre Cousine?"

Die Brauen der alten Frau sprangen in die Höhe. Sie starrte ihn an und langsam sickerte in ihre Erkenntnis, dass sie sich an diesem Tag gesehen hatten. Sie presste die Lippen aufeinander.

„Jetzt zu lügen, wäre alles andere als fromm", sagte Peter.

Laura Abbet schob das Kinn vor. „Schön und gut. Ich gestehe."

„Was? Du hast Father Smith ermordet?", platzte es aus Linda Mey heraus.

Laura funkelte sie empört an. „Nein. Ich gestehe, dass sich Mary und ich zu dieser kleinen Provokation haben hinreißen lassen. Das Ding lag unaufgeräumt rum, da habe ich gedacht, selbst schuld." Sie richtete ihre Augen wieder auf Jay. „Was nicht bedeutet, dass ich für all die anderen Dinge verantwortlich bin. Geschweige denn für einen Mord."

Könnte sein, könnte nicht sein. Jay rieb sich die schmerzenden Schläfen. „Möchte noch jemand anderes etwas gestehen?"

Schweigen.

Er seufzte und erinnerte sich an Livs Methode, immer zu notieren, was die Leute sagten. „Hat jemand Stift und Papier?" Er hätte sich längst darum bemühen müssen, aber seit der Sicherstellung des toten Priesters hatte er die Kirche nur verlassen, um das Absperrband oder Zeugen herzuholen. Niemand rührte sich. War ja klar. Es war Linda Mey, die schließlich in ihre Handtasche griff und einen Kugelschreiber nebst kleinem Fresszettel hervorholte. Er nahm beides dankbar entgegen. Musste er eben klein schreiben. „Fein, dann fangen wir mit den Alibis an. Wo waren Sie zwischen elf und zwölf in der gestrigen Nacht?"

Und schon ging das Gebrüll wieder los.

„Na, am Bierstand!"

„Am Tisch mit den Lockspridges und Lady Mortimer."

„Im Bett, das Spektakel war mir irgendwann zu viel."

„Auf der Tanzfläche, Sie müssten mich gesehen haben! Sie waren auch dort!"

Jay hob die Hand. „Bitte. Langsam und einer nach dem anderen." Wie organisierten die sich in ihren Kirchenratssitzungen?

Er sah zu Frederick Dirby hinüber. „Ich war bei der Schießbude. Ich habe so einen hässlichen Panda gewonnen und bin sicher, Erik erinnert sich noch an mich."

Jay notierte sich alles mit. Er würde Erik, wer immer das war, vermutlich der Kerl hinterm Stand, aufsuchen müssen. Und den Panda wollte er bei Gelegenheit sehen. Dankenswerterweise übernahm Peter das auf sehr viel geschicktere Weise, indem er Erik anrief. Immerhin gehörten Handys auch in Snugford zum Alltag und Jay war froh darum. Das sparte ihm einiges an Zeit. Das Alibi wurde folglich prompt bestätigt. Am Bierstand war Linda Mey von Peter gesehen worden und er von ihr, womit beide aus dem Schneider waren. Ebenso schnell und telefonisch konnte Antony Macsims Behauptung, mit den Lockspridges und Mortimers zusammen gewesen zu sein, verifiziert werden, und ja, in der Tat, er erinnerte sich dunkel, dass hinter Finley Mrs Wolverton auf der Tanzfläche herumgewirbelt war – zusammen mit ihren Kindern. Laura Abbet war zumindest um halb zwölf gesehen worden, wie sie auf ihr Haus zuging, um ins Bett zu verschwinden. Während er das notierte, bemerkte Jay aus den Augenwinkeln den Gärtner und hielt inne. Der Bursche war verdammt verdächtig. Seit einer guten Stunde saßen sie nun hier, und er hatte noch kein einziges Wort von sich gegeben. Jay ließ den Stift sinken und fixierte ihn – noch freundlich. „Wer sind eigentlich Sie?"

Der Gärtner sah ihn tonlos an. „Na, der Gärtner."

Jay nickte. „Das sehe ich." Er trug einen entsprechenden Latzhosenanzug und war von Peter wohl direkt aus seinem Tätigkeitsgebiet geholt worden. Jay betrachtete ihn eingehend. Ihm fiel ein, was Joana Emerett gesagt hatte, bezüglich des Geruchs. Erdig und nach Blumen, obschon nicht blumig ... Er trat einen Schritt auf den Mann zu und schnupperte. Nicht wirklich erdig und nicht nach Blumen, geschweige denn welken. Aber nach etwas anderem ... Könnte somit sein. War der Mörder nicht immer der Gärtner ...?

Der Gärtner sah ihn entgeistert an. „Was soll das? Hören Sie auf, mich zu beschnuppern."

Jay schreckte aus seinen Gedanken hoch. Er räusperte sich. „Wie ist Ihr Name?"

„Rupert Paul."

„Wo waren Sie zur Tatzeit?"

„Weiß ich nicht mehr."

Aha, da hatten sie es. „Wie können Sie das nicht mehr wissen? Es ist noch nicht sehr lange her."

„Wissen Sie jetzt noch, was Sie zu jeder Tageszeit gemacht haben?"

Nein, eigentlich nicht. Was nichts zur Sache tat. Er konnte sich ausschließen, der Mörder zu sein.

„Also, ich weiß das." Peter hatte sich neben Jay gestellt und sah Rupert Paul an. Jay konnte sich durchaus vorstellen, dass Peter genau wusste, was er wann tat. „Hatten Sie nicht vorgestern eine Diskussion mit Father Smith? Darüber, dass der Rasen auf dem Friedhof immer noch ungemäht ist?"

Der Gärtner regte sich nicht. „Ja."

So. So.

In diesem Moment erhob sich stöhnend die Witwe Moncreif. „Verzeihung, aber eine alte Dame kann nicht ewig still sitzen. Ich wurde aus dem Bett geklingelt, ohne mich anständig frisch machen und gewissen morgendlichen Grundbedürfnissen nachgehen zu können. Wäre es wohl erlaubt, zur Toilette zu gehen?"

Jay sah mit gerunzelter Stirn vom Gärtner zur Witwe und benötigte ein paar Sekunden, ehe ihm die Gegenfrage entglitt: „Wieso sollte es das nicht?"

„Weil Sie hier der leitende Ermittler sind und sich die Toilette außerhalb der Kirche beim Firmraum befindet." Ihre Lippen kräuselten sich spöttisch.

Jay nickte geistesabwesend, Peter übernahm es für ihn, mit demselben Gesichtsausdruck, den die Witwe zur Schau trug, zu antworten. „Wir wollen ja nicht, dass eine alte Dame sich nassmacht. Ich begleite dich." Die Augen der alten Dame blitzten in seine Richtung, als sie sich erhob, er lächelte höflich, und Jay wandte sich wieder dem Gärtner zu, um den Faden aufzunehmen.

„Also, nachdem es zu dieser Diskussion mit dem Father gekommen ist, müssen demnach auch Sie einen gewissen Groll gegen ihn gehegt haben."

„Nein."

Jay runzelte die Stirn. „Nein? Sie haben nicht ...?"

„Nein", wiederholte der Gärtner. „Ich fand es nicht in Ordnung, dass ich den Rasen schon wieder mähen sollte, das ist ein Murks auf diesem Friedhof. Na ja. Letztlich ist es mein Job. Wir fanden eine Einigung und ich werde den Rasen morgen mähen. Kein Grund für Groll."

Jay war noch nicht fertig mit ihm. „Aber mal angenommen, Sie ..." Das Klingeln seines Handys brachte ihn aus dem Konzept, vor allem, weil es zusätzlich in seiner Hosentasche vibrierte, und deshalb unterbrach er sein Verhör, um es herauszuholen. Zu seiner Erleichterung war es Liv. Ohne zu zögern, hob er ab.

„Guten Tag, mein lieber Jay-Jay", flötete Liv in den Hörer. „Ich habe deine Anrufe zu spät bemerkt, entschuldige, ist etwas vorgefallen?"

Jay nickte und verlagerte das Gewicht auf seinen Beinen neu. „Ja ... ehm, ja, in der Tat. Wir verhören gerade den Gärtner."

Am anderen Ende der Leitung wurde es still.

„Verhören? Wer ist wir?"

„Welchen Gärtner? Joe? Den Sohn des Bürgermeisters?"

Die beiden Damen redeten durcheinander. „Hat er etwas angestellt? Stehen die Rosen noch?"

„Nein, ich meine ja, die Rosen stehen noch", erklärte
Jay. „Wir verhören Rupert Paul, den Kirchgärtner."

„Wieso denn das?", fragte Liv, während Maggie ahnungsvoll stöhnte. „Bitte sag nicht, dass jemand ermordet wurde." Diese Frau war cleverer, als ihr guttat.

Jay räusperte sich. „Würde ich gerne, allein … nun,
Father Smith wurde ermordet."

Liv stieß einen spitzen Schrei aus. Jay bemerkte, dass
die Mitglieder des Gemeinderats unruhig wurden, vom
Gärtner abgesehen, der immer noch unbekümmert dasaß. In Windeseile wollten Maggie und Liv eingeweiht
werden, derweil der zurückkehrende Peter den Gemeinderat beruhigte, der so langsam keine Lust mehr
hatte, „hier rumzusitzen". Jay befand, dass seine Mitglieder einstweilen gehen konnten – bis auf den Gärtner.

„Wieso nicht der Gärtner?", erkundigte sich Maggie,
nachdem sie ins Bild gesetzt worden war. „Und wer ist
da bei dir?"

„Tja, ja, Peter Coleman geht mir etwas zur Hand."

„Ach, wie nett, hallo, Peter!", grüßte Liv zwischen zwei
Schluchzern. Sie hatten beide auf Lautsprecher umgestellt, sodass Peter den Gruß erwidern konnte.

„Frag ihn, was mit dem Gärtner ist", fragte Maggie, die
das mit dem Lautsprecher wohl nicht mitbekommen
hatte, noch einmal.

Jay antwortete: „Er hat kein Alibi, riecht komisch und
verhält sich verdächtig."

Der Gärtner ließ das unkommentiert, Liv fragte: „Er
riecht komisch?"

„Seltsam."

„Natürlich tut er das", erwiderte Maggie. „Es ist Rupert, oder? Kann er mich hören?"

Jay sah fragend zu Rupert Paul. „Können Sie sie hören?"

„Natürlich kann ich das."

Ein Rascheln in der Leitung ließ vermuten, dass Maggie das Handy an sich genommen hatte. „Tag, Rupert. Wie geht es dir?"

„Eher mittelprächtig."

„Aha. Wie viel hast du denn gestern am Fest des Lebens gebechert?"

Zum ersten Mal, seit er die Kirche betreten hatte, veränderte der Gärtner seine Haltung. Er sah flüchtig zu Jay. „Och, joa, schon so einiges."

„Das dachte ich mir. Hattest du wieder einen Filmriss?", fragte Maggie, und Jay tauschte einen Blick mit Peter. So langsam kam ihm die „Der Mörder ist immer der Gärtner"-Theorie unwahrscheinlich vor. In betrunkenem Zustand konnte kein Mensch einen solchen Mord begehen.

„Glaub nicht. Ich weiß noch, dass ich heimgegangen bin", antwortete Rupert Paul auf Maggies Frage, die sofort die nächste folgen ließ: „Wann war das und wer hat dich dieses Mal gestützt?"

„Keine Ahnung wann, aber die alte Thelma war dabei."

Himmel, hätte er das nicht gleich sagen können?

„Lässt sich herausfinden, ob das stimmt?" Diese Frage war von Maggie eindeutig an Jay gerichtet. Ehe dieser etwas erwidern konnte, zückte Peter sein Handy.

„Du führst auch Tagebuch über jeden Bewohner Snugfords, oder?" Jay konnte sich nicht entscheiden, ob er belustigt oder resigniert sein sollte. „Woher hast du gewusst, dass er ein Trunkenbold ist?“

„Hey, ich bin noch da und höre Sie.“

Jay ignorierte Rupert Paul im Gegenzug zu dessen unkooperativer Haltung während seines Verhörs. Es wäre wesentlich angenehmer gewesen, er hätte Jay gleich gesagt, dass er sturzbetrunken gewesen war.

Maggie lachte. „Ich schaue genau hin. Und Rupert seit Jahr und Tag zu tief ins Glas. Außerdem hast du erwähnt, dass er seltsam riecht, und es ist der Tag nach dem Fest des Lebens. Da konnte ich eins und eins zusammenzählen.“

Peter beendete soeben sein Gespräch mit der alten Thelma und nickte Jay zu. „Alibi ist bestätigt. Sie sagt, sie hat ihn gegen halb zehn bei ihm zu Hause abgeliefert.“

Jay seufzte tief.

Rupert Paul erhob sich. „Behauptung ist nicht Beweis“, sagte er und schlurfte durch das Mittelschiff aus der Kirche. Wehmütig sah Jay ihm nach und musste ihm wohl oder übel recht geben. Na schön, dann war in diesem Fall doch nicht der Gärtner der Mörder ...

„Hast du denn noch irgendwelche anderen Verdächtigen?“, erkundigte sich Liv.

Jay seufzte noch einmal. „Ja, na ja, ein paar.“

Drüben in Bath sahen Maggie und Liv einander nach diesem Telefonat an. *Also alles wie immer.* Sie waren sich stillschweigend einig: Sechzehn Tage Erholungsbäder reichten vollkommen aus. Hier brauchte jemand dringend Hilfe. Es sah ganz so aus, als hätte der *B&B-Mordclub* seinen zweiten Fall!

Kapitel Fünf

Jay benötigte dringend eine Mütze voll Schlaf. Sein Kopf tat höllisch weh und seine Glieder schmerzten, als er aus der Kirche trat, sich von Peter verabschiedete und für den nächsten Tag im Präsidium verabredete, um die Fakten zu ordnen und die nächsten Schritte zu besprechen. Himmel. Wieso passierten solche Dinge? Angeblich hatte es in der Geschichte Snugfords noch nie irgendwelche nennenswerten Verbrechen gegeben. Kaum war Jay vor Ort, ereigneten sie sich im Vierteljahrestakt. Noch dazu starben immer nette Leute … Wenn wenigstens jemand die alte Laura Abbet oder ihre Freundin Elinor um die Ecke bringen würde – aber er schalt sich für diesen unanständigen Gedanken und atmete tief durch. Er war nur müde, deswegen kamen ihm solche Dinge in den Sinn. Ja. So musste es sein. Er blieb mitten auf dem Platz stehen und seufzte. Wohin war er unterwegs? Ach. Richtig. Nach Hause ins B&B und etwas schlafen. Er setzte seinen Gang fort, sein Blick blieb am Teeladen hängen und prompt auch seine Aufmerksamkeit. Die Müdigkeit verflog. War das etwa schon wieder Finley, der da an der Theke bei Zoey stand? Jays Füße reagierten schneller als sein Verstand. Er ging entschlossenen Schrittes auf das Geschäft zu, öffnete die Tür und stolperte mit dem Bimmeln der Ladenglocke hinein. Finleys und Zoeys Augen richteten sich auf ihn, ebenso wie die der drei anwesenden Kunden. Jay räusperte sich und bemühte sich um eine neutrale Mimik.

„Oh, DCI Jameson! Haben Sie Spuren in dieser Tragödie? Wie …“

Jay ging nicht auf die Fragen der Umstehenden ein, sondern sah Finley an. „Kann ich Sie mal eben sprechen?“

Finleys Kinnlade klappte herunter. Ein angenehmer Anblick.

„Was … mich?“ Jay nickte. Finley sah noch ein letztes Mal zu Zoey, folgte Jay jedoch aus dem Laden. „Also, ich hoffe, das wird jetzt nicht zur Gewohnheit, dass Sie mich jedes Mal verdächtigen, wenn ein Mord hier in Snugford geschieht.“

Jays Stirn verspannte sich unter den Runzeln, die sich darauf bildeten. „Darum habe ich Sie nicht …“

Er verstummte. Warum hatte er ihn dann aus dem Laden zitiert? Um ihm eine Szene zu machen, weil er sich für dieselbe Frau interessierte wie Jay? Interessierte er sich für dieselbe Frau wie Jay? War er scharf auf Zoey? Sie sah ihrer Schwester zwar ähnlich, aber was sollte das schon heißen? Jay war schließlich auch nicht in Lyla verliebt gewesen …

Finley sah ihn abwartend an. Jay schluckte. Er konnte ihn schlecht nach seinem Beziehungsstand fragen. Er hatte allerdings partout keinen anderen Grund, mit ihm zu reden. Streng genommen wollte er mit ihm überhaupt nicht reden, sofern er davon ausgehen musste, dass er ernsthafte Absichten bei Zoey hatte.

Letzten Endes hatte er nur nach einer Möglichkeit gesucht, dass Finley nicht länger mit Zoey redete ... Was für eine bescheuerte Aktion. Er seufzte.

„Ja, nun, ich wollte eigentlich ... es ist mir etwas unangenehm ...“ Jay stöhnte und rieb sich die Stirn. „Diese enervierenden Kopfschmerzen bringen mich noch um“, murmelte er. Er sollte sich schleunigst was einfallen lassen, warum er Finley rauszitiert hatte.

„Nein!“, kam es urplötzlich von Finley und er starrte Jay mit geweiteten Augen an. „Das glaube ich jetzt nicht.“

Jay blinzelte. „Was?“

„Detective Chief Inspector, ei, ei, ei!“ Er hob neckisch den Finger und Jay verstand die Welt nicht mehr. Was war mit ihm los? Hatte er ihn durchschaut? Ahnte er, dass Jay eifersüchtig war? Wie unangenehm ...

„Ich hätte es ja nie von Ihnen erwartet, aber kein Problem. Na los. Fragen Sie es.“

Jay hatte keinen blassen Dunst, wovon er redete. „Was soll ich fragen?“

Finley prustete und trat einen Schritt auf ihn zu. „Ist niemand in der Nähe, können mich getrost fragen.“

Jay benötigte noch mindestens eine halbe Minute, um eine unheilvolle Ahnung davon zu entwickeln, worauf Finley hinauswollte. Er war nicht der Einzige, der falsche Schlüsse zog.

„Nein“, stammelte Jay, „ich ... so war das nicht ...“

„Hey, ist kein Problem, Chief, ich verstehe das. Sie haben echt viel um die Ohren. Schon wieder ein Mord und dieses ganze Chaos. Ich verschaffe Ihnen gerne Schmerzlinderung für den Kopf. An wie viel haben Sie gedacht?“

Das durfte wirklich nicht wahr sein. Finley glaubte allen Ernstes, er wolle von ihm Cannabis beziehen? Jay hätte vehement protestiert, andererseits: Hatte er einen besseren Grund, mit Finley zu reden? Er atmete tief durch. Er musste wohl oder übel mitspielen. So halb. „Fein, ja, das ist sehr nett von Ihnen, ich denke nur, ich habe es mir gerade anders überlegt. Ich meine, ich bin ein Mann des Gesetzes, das wäre nicht ... korrekt." Immerhin konnte er es sich nicht leisten, dass unschöne Gerüchte über ihn kursierten oder Finley irgendetwas gegen ihn in der Hand hatte – wobei eher er etwas gegen ihn in der Hand hatte ... Egal, er wollte keiner von diesen kriminellen Cops sein, die selbst Dreck am Stecken hatten. Er hatte wahrlich genug Probleme.

Finley grinste und nickte. „Verstehe ich. Klar. Man kann ja mal auf solche Gedanken kommen und sie dann wieder verwerfen." Er tippte sich gegen die Ballonmütze und steckte die Hände in die Taschen. „Sollten Sie sich umentscheiden, wissen Sie ja, wo Sie mich finden."

Hoffentlich nicht im Teeladen.

„Wollen Sie meinen Rat? Trinken Sie 'nen Tee und dann schlafen Sie mal eine Runde. Sie sehen echt fertig aus."

Besten Dank für den Hinweis. Jay seufzte auf, als sich Finley umdrehte und davonschlenderte. Einen Moment stand er noch auf dem Platz vor dem Teeladen, ehe er beschloss, dass es tatsächlich kein schlechter Tipp gewesen war. Zoey begrüßte ihn mit ihrem wunderschönen Lächeln. Jay erwiderte es erschöpft.

„Er hat sich nicht verdächtig gemacht?"

Jay schüttelte den Kopf, fühlte sich entsetzlich. Was hatte ihn geritten? „Nein, ich … er musste ein Alibi bestätigen. Nicht seins, sondern …“ Er winkte ab. Davon abgesehen, dass er mal wieder einen Satz unbeendet gelassen hatte, war das eine sehr gute Ausrede. Er hatte einen blamablen Auftritt hingelegt, so ehrlich musste man mit sich sein, aber diese Ausrede war gelungen. „Sie kommen gut mit ihm zurecht, ja?“ Diese Frage hingegen war völlig daneben.

Zoey blinzelte unschuldig. „Mit Finley? Ich denke schon. Er ist viel netter, als ich anfangs dachte.“

Na wunderbar. Er hätte ihr zwar prinzipiell zugestimmt, das war allerdings was anderes. Jay lächelte gequält. *Kein Wesen gibts, das nicht gebunden wär.* Er sah sie an, hoffte inständig, dass er das nicht laut gesagt hatte. „Ja … nun, er meinte, ich solle einen Tee trinken und ins Bett gehen. Ich denke, das werde ich tun.“

Zoey strich sich mit einem seltsamen Lächeln ihre Strähne hinters Ohr. „Einen Tee?“

Er nickte, rieb sich die Stirn.

„Hat er gesagt welchen?“

Jay sah sie fragend an. „Wieso sollte er?“

„Ach so.“ Sie lächelte. „Wie wäre es mit Grüntee?“

Ja. Gute Idee. Wirklich gute Idee. Er musste nur aufpassen, dass er nicht bereits einschlief, ehe sie ihm den Tee aufgebrüht hatte.

***

Er hatte viel zu lange geschlafen. So lange, dass er Peter statt ins Präsidium ins B&B einladen musste und sie bei einer Tasse Kaffee in der Küche saßen. Denn den trank er nun mal immer zum Frühstück, und Peter war generell Kaffeetrinker. Brütend beugten sie sich über den Bericht der Forensik, der frühmorgens per E-Mail eingetroffen war.

„Das ergibt alles keinen Sinn", murmelte Jay.

Peter gab einen zustimmenden Laut von sich. „Wieso hat der Mörder ihn erst niedergeschlagen und dann erhängt?"

Jay fuhr sich durch das abstehende Haar. „Womit hat er zugeschlagen? Ein massiver Gegenstand, der ebenso scharfkantig ist?"

Natürlich fehlte von dem jede Spur, und zu seinem Bedauern hatten sich am Tatort nirgendwo Fingerabdrücke oder Fußspuren nachweisen lassen. Einzig auf der Stola waren mithilfe eines komplexen Verfahrens tatsächlich Hinweise nachgewiesen worden. Leider nicht zu gebrauchen, auch wenn Jay das Vorgehen in diesem Fall faszinierend fand. Fingerabdrücke auf Stoff nachzuweisen war nämlich ausgesprochen heikel. Die Stola musste dafür in einen stählernen Backofen gelegt werden, in dem sodann Gold verdampft wurde, das sich als dünner Film über den Stoff legte. Im Anschluss erfolgte derselbe Vorgang mit Zink. Indem sich dieses auf den Goldschichten, auf denen keine Fingerabdrücke waren, absetzte, wurden jene Stellen sichtbar, an dem der Stoff von einer Person berührt worden war. Sie zeigten sich als goldene Abdrücke! So genial dieses Verfahren war, es glückte nur in zwanzig Prozent der Fälle, ein brauchbares Kuppenprofil des Fingers nachzuweisen. Und bedauerlicherweise war ihnen das Glück in diesem Fall nicht hold. Diese Information half ihm folglich genauso wenig weiter, wie der

Hinweis darauf, dass sich etwas im Gewebe des Stoffes befunden hatte, das eventuell ein winziges Nagelstück sein könnte, aber eben zu winzig, um etwas nachzuweisen. Und außerdem lila. Was aus Jays Sicht sowieso nicht für einen Fingernagel sprach. Noch unbrauchbarer erschienen ihm die getrockneten weißen Farbreste, die in der Nähe des Jesuskreuzes sichergestellt worden waren. Da es sich um sehr kleine und alte Bestandteile handelte, lag der Verdacht nahe, dass die Reinigungskraft sie einfach schon früher beim Putzen übersehen hatte und sie nichts mit dem Fall zu tun hatten. Wäre ja auch zu schön gewesen, die Dinge würden sich einmal simpel gestalten.

Jay strich sich über den Bart. Konzentration jetzt. Zurück zu dem Gegenstand, mit dem der Priester auf diese bestialische Weise niedergeschlagen worden war. Massiv und scharfkantig ... massiv und scharf, was konnte das sein ...

Auch Peter sah grübelnd vor sich hin, ehe etwas in seinen blauen Augen aufleuchtete und sie noch heller machte. „Der Kandelaber! Ich bin mir sicher gewesen, dass er noch auf dem Altar stand, als ich vorgestern Abend dort war. Beim Verhör habe ich ihn nirgendwo entdecken können, habe aber angesichts der Diebstahlserie nicht sofort geschaltet. Ich verwette meine Frau, dass er die Mordwaffe oder zumindest Schlagwaffe ist."

Dass er dafür seine Frau verwetten würde, war zwar etwas irritierend, ansonsten hatte die Theorie Hand und Fuß, fand Jay.

Peter erhob sich. „Also gut, also gut. Ich muss mir die Dinge immer verbildlichen. Haben Sie etwas dagegen?

Gehen wir das mal durch. Sie sind Father Smith und ich der Mörder." Jay runzelte die Stirn. „Oder wollen Sie lieber der Mörder sein? Im Bericht steht nur, dass der Mörder vermutlich größer gewesen ist als Valentin."

Jay schüttelte den Kopf. „Ist gut. Ich bin Father Smith." Eine interessante Methode, gegen die er nichts einzuwenden hatte. Er stellte sich Peter gegenüber. „Schön, ja, wir befinden uns vor dem Altar und diskutieren. Vielleicht streiten wir über einen nicht gemähten Rasen oder das Tragen einer falschen Stola in der Kirche."

Peter nickte und griff nach dem Zuckerstreuer auf dem Tisch. „Plötzlich werde ich wütend und hole zwei Mal mit einem massiven, aber scharfen Gegenstand, mutmaßlich dem Kandelaber, aus", er begleitete seine Worte mit langsamen, ausführenden Gesten, wobei einige Zuckerkörner aus dem Streuer rieselten, „und zermatsche Ihnen damit die Schläfe. Verzeihung, nicht zermatschen, das war etwas drastisch formuliert."

„Na ja, so sah es ja leider aus", sagte Jay. „Weshalb ich zu Boden sinke." Er tat es, wand sich jedoch auf den Fliesen – dummerweise stieß er dabei den Küchenstuhl um, der polternd neben ihm landete. Erst mal unwichtig. Jay krabbelte an Peter vorbei zum Ausgang der Kirche – oder genau genommen auf die Standuhr in der Küche zu. „Mit letzter Kraft versuche ich zu entkommen, in der Hoffnung, Hilfe rufen zu können."

„Ich hechte Ihnen hinterher und erreiche Sie unterhalb des Kruzifixes."

Peter packte Jay am Kragen und drehte ihn um. Die Standuhr erzitterte unter der schwungvollen Bewegung. Jay warf ihr einen besorgten Blick zu und robbte ein Stück von ihr fort, stieß dabei den nächsten Stuhl um. „Mist. Den heben wir später auf. Wo waren wir? Ja, ich bin mittlerweile nicht mehr in der Lage, mich zu wehren, und verliere die Besinnung. So haben Sie leichtes Spiel."

Peter nickte und fuhr sich durch die rotblonden Haare. „So leicht auch wieder nicht. Wie habe ich Sie da rauf bekommen?" Er sah zur Standuhr hoch, als handle es sich um das Jesuskreuz. „Ich muss ein sehr großer und kräftiger Mensch sein, um das zustande zu bringen."

Jay sah ihn an. Richtig. Selbst die Forensiker hatten eine Leiter benutzt. Gut, es waren eher kleine und schmale Kerle gewesen. Peter unterdessen ... „Sie würden mit Ihrer Größe an den Rumpf der Jesusfigur reichen, würden Sie auf der Kirchenbank stehen, habe ich recht?"

Peter wiegte den Kopf hin und her. „Es wäre möglich. Der Flur im Mittelschiff ist recht eng und die Jesusfigur hängt niedrig genug an der Empore. Aber es wäre dennoch ein Balanceakt und mit einiger körperlicher Anstrengung verbunden. Man bräuchte etwas mehr Muskelkraft als ich, um den Priester hochzuziehen." Er spielte mit seinem unausgebildeten Bizeps.

Jay stemmte sich vom Boden hoch. „Dann suchen wir entweder einen Bären oder es handelt sich um mehrere Personen."

Beide Männer starrten sinnierend vor sich hin. Peter hob den Kopf. „Woher hatte der Mörder die Stola? Und ist sie nicht viel zu kurz, um jemanden hochziehen zu können?" Jay blinzelte. War sie das? Im Grunde schon. Himmel, es wurde immer komplizierter! Welcher

Mensch dachte sich so einen kaltblütigen Mord aus? Der Priester wäre womöglich an seinen Wunden verendet, wozu ihn noch aufhängen? Neben dem puren Sadismus, der sich dahinter verbarg, war es ein schier unmöglicher Akt, den man mitnichten spontan begehen konnte. Sein Blick fiel auf den umgestürzten Stuhl und ein Gedanke schlängelte sich durch sein Bewusstsein.

***

Snugford machte nicht den Eindruck, als habe sich etwas verändert. Es war immer noch zuvorderst braun, langweilig, und um die Mittagszeit war kaum jemand auf der Straße. Maggie hievte ihren Koffer aus dem Bus und blieb auf dem Bürgersteig stehen. Trotzdem. Es war schön, wieder zu Hause zu sein. Außerdem wartete Arbeit auf sie. Armer Father Smith. Er war recht niedlich gewesen. Fast ein wenig wie Jay, nur nicht so tollpatschig. Es war schade um den Guten und erschütterte ihr Herz, dass jemand so weit gegangen war. Gewiss, der Father war nicht sonderlich beliebt gewesen und mit seiner Weltoffenheit eindeutig fehl am Platz in Snugford. Aber womöglich hätte er dieses eingefahrene Nest revolutionieren können.

Den Gedanken verwarf sie mit einem Schnauben. Hatte Lyla Bloom ja auch nicht geschafft. Sehr traurig. Kam mal jemand mit neuen Ideen her, wurde er umgebracht. Das gab ihr zu denken. Sie mussten sich in Acht nehmen.

Liv trat neben sie und seufzte tief. „Und wieder hier." Sie trug ihre Sonnenbrille, damit niemand ihre verheulten Augen sehen konnte. Maggie wusste, dass ihre Freundin weitaus emotionaler als sie war. Es überraschte sie dennoch, wie sehr sie der Mord an Father Smith mitnahm. Sie zog ihr Taschentuch aus ihrem Handtäschchen und schnäuzte sich die Nase. „Gut. Nehmen wir uns der Sache an." Sie nahm ihre Reisetasche und ging voraus. Maggie ahnte, dass sie es deshalb so eilig hatte, weil sie noch ein Gästezimmer zu richten beabsichtigte. Sie erwarteten baldigen Herrenbesuch. „Ich bin gespannt, ob Jay schon etwas herausgefunden hat."

Das bezweifelte Maggie, vermutlich musste er erst mal verarbeiten, dass er den zweiten Mordfall innerhalb eines knappen Vierteljahrs in diesem Nest lösen musste. Die Zeiten von *Snoreford* waren vorbei. Wobei sich Maggie das Unterhaltungsprogramm anders gewünscht hatte. Dann lieber schnarchen, statt morden. Oder?

Ihr B&B kam in Sicht und sie atmete auf. „Gott sei Dank, es steht noch."

Liv stoppte und nahm ihre Sonnenbrille ab. „Jetzt hör aber auf. So schlimm ist er auch wieder nicht."

Maggie zuckte mit den Schultern und ging weiter. „Ah, da ist ja jemand unterwegs. Guten Tag, Mr Lovflat."

Der Angesprochene zuckte zusammen und drehte sich zu Liv und Maggie um. „Ha, die fleißigen Damen vom B&B." Er lächelte zittrig. „Ich dachte, Sie wären im Urlaub."

„Wir haben ihn minimal verkürzt", sagte Maggie und musterte ihn. Er sah blass aus und auf seiner Stirn glänzten Schweißperlen, die sich im Sekundentakt nachbildeten. „Ist Ihnen nicht wohl?"

Mr Lovflat verzog das Gesicht. „Och, nicht wirklich. Ich leide an Schweißausbrüchen und Übelkeit. Das geht jetzt schon seit Wochen so. Seit dem verdorbenen Wein beim Heiligen Abendmahl. Ich ... ich erhole mich einfach nicht von dieser Magenverstimmung."

Liv und Maggie sahen erst einander, dann Mr Lovflat an. „Verdorbener Wein?"

Mr Lovflat seufzte. „Father Smith muss ihn in der Sonne stehen lassen haben oder etwas in der Art, jedenfalls haben wir uns alle daran den Magen verdorben. Manch einer munkelt, es war ein bewusster Streich ihm gegenüber. Das halte ich für Unfug. Ein richtiger Priester ist der ja nicht gewesen."

Maggies Miene wurde kühler. „Über die Toten nichts Schlechtes, das wissen Sie, Mr Lovflat."

„Überdies denke ich nicht, dass man als Lehrer beurteilen kann, ob ein Priester geeignet ist oder nicht, genauso wenig wie eine Exjournalistin einschätzen kann, wie gut ein Lehrer seine Arbeit macht." Liv lächelte ihm so liebenswürdig zu, wie man es von ihr gewohnt war. Die Kritik kam dennoch bei Mr Lovflat an. Maggie wusste, dass Liv ihn für einen Grundschullehrer zu streng und kreativlos hielt. Sie würde es lediglich nie herumposaunen. Denselben Respekt verdiente aus ihrer Sicht umgekehrt Father Smith. Maggie sah das ebenso. Jetzt wo er tot war, umso mehr.

Mr Lovflat nickte mit schwachem Lächeln. „Sie haben natürlich recht. Verzeihung. Ich muss weiter. Ich sollte zur Apotheke."

Sie verabschiedeten sich höflich voneinander, und die beiden sahen ihm nach.

„In der Sonne stehender Wein. So ein Blödsinn", murmelte Liv, und Maggie schüttelte den Kopf. „Er wird kaum die Aufgabe von Father Smith übernommen haben und den gesamten Kelch ausgetrunken haben, oder?" Maggie prustete und Liv kicherte. „Bestimmt nicht. Wo es doch in unserer Gemeinde Brauch ist, dass sich alle den Wein schmecken lassen dürfen." Beide sahen dem davoneilenden Lehrer hinterher, schüttelten die Köpfe und machten auf dem Absatz kehrt, um auf das B&B zuzugehen.

Maggie bemerkte bereits im Flur, dass etwas nicht mit rechten Dingen zugehen konnte. Neben den Schuhen des DCI standen zusätzlich die eines fremden Mannes im Flur herum – allerdings ordentlich neben dem Schuhregal. Aus der Küche drangen polternde Geräusche. Sie ließ ihren Koffer stehen und folgte dem Radau. In der Tür verharrte sie entsetzt. Liv folgte ihr auf dem Fuß und stieß einen Schrei aus, ihre Hand landete an der Brust. „Was ...?"

Die Küche war in leicht derangiertem Zustand. Überall lag Salz oder Zucker auf dem Boden verstreut herum, zwei Stühle waren umgekippt, auf einem dritten stand Jay und hatte einen Schal um den Hals geschlungen, dessen anderes Ende an der Küchenlampe befestigt worden war. Sollte das ein Versuch sein, sich umzubringen, war er erbärmlich.

„Um Himmels willen, was geht hier vor?"

Hinterm Stuhl trat Peter Coleman hervor und hob winkend die Hand. „Oh, hi, Maggie, hi, Liv. Was macht ihr denn schon wieder hier?"

Das fragte sie der Messdiener in ihrer eigenen Küche?

Der an seinem Schal aufgehängte Jay zuckte zusammen, als er den Kopf zu ihnen wandte. So heftig, dass der Stuhl zu schwanken begann und mit ihm der DCI. Er konnte sich gerade noch mit einem Ruck fangen, der Schal hatte sich gefährlich angespannt und - zack - für die Lampe war es zu spät. Sie krachte vom Gewicht des Detective Chief Inspectors zu sehr belastet auf den Boden. Maggie blinzelte. Ts. So schlimm war er also nicht? Liv warf ihr ein schiefes Grinsen zu. Beide Männer starrten auf die abgestürzte Lampe.

Peter hob zerknirscht den Kopf. „Wir stellen den Tathergang nach." Er deutete auf die Lampe. „Ich kann das reparieren."

Das wollte ihm Maggie auch geraten haben. „Ich kann mich nicht erinnern, dass aus euren Erzählungen hervorging, Father Smith wäre an einer Lampe erhängt worden."

Jay löste den Schal von seinem Hals und kam vom Stuhl runter, wobei ihm Peter die Hand reichte. „Nein, das, richtig, das stimmt. Wurde er nicht. Die Standuhr war uns zu riskant und ... Nun ja, jetzt haben wir doch Schaden angerichtet. Es tut mir schrecklich leid. Für das Chaos kommen wir auf."

Er sah sie mit diesem niedlichen Lächeln an, für das man ihm nicht böse sein konnte. Liv kicherte bereits und Maggie winkte ab. „Schon gut, es dient ja offensichtlich einem Zweck."

„Außerdem war das alte Ding ohnehin nicht mehr schön." Das sah Maggie anders, aber Liv hatte sich durchaus ein ums andere Mal über ihre Küchenfunzel beschwert. Maggie hob die Stühle vom Boden auf und schnappte sich den Feger, um den Zucker einzukehren. „Wie kommt ihr drauf, dass Father Smith auf einem Stuhl gestanden hat? Er hat sich gewiss nicht selbst erhängt, oder?"

Jays Versuche, irgendwem beim Aufräumen behilflich zu sein scheiterten daran, dass er immerzu im Weg stand und es schließlich bleiben ließ. „Nein, hat er nicht. Dennoch muss der Mörder eine Hilfestellung gehabt haben, um ihn am Jesuskreuz aufhängen zu können. Laut Bericht der Forensik war er zwar bereits schwer verletzt, gestorben ist er nichtsdestotrotz erst am Kreuz – Tod durch Erhängen."

„Wie blasphemisch", entfuhr es Liv.

Peter nickte mit grimmiger Miene. „Die Botschaft ist vollkommen daneben, sollte es eine sein. Bedenkt man, dass ihn hier niemand für einen Jesus gehalten haben dürfte."

Jay nahm nicht am Gespräch teil, seine Augen sahen mal wieder weit bereist aus und er tippelte unaufhörlich von einem Fuß auf den anderen. Wenn er in seine verworrenen Überlegungen versank, wirkte er dadurch manchmal wie eine Bauchtänzerin – lediglich mit weniger Eleganz.

„Mal schauen, ja, so", murmelte er vor sich hin, „so könnte es vonstattengegangen sein. Was den Bären immer noch nicht ausschließt." Er bemerkte Maggies Blick und lächelte verlegen. „Tja, nun, in unserer Theorie hat der Mörder, der einiges an Muskelkraft und Größe besitzen muss, Father Smith aus der Stola einen Strick gedreht und ihn anschließend auf den Stuhl gehievt, um ihn an der Jesusfigur aufknüpfen zu können.

Warum auch immer er sich den Aufwand genehmigt hat."

Maggie schob die Lippen vor. „In der Kirche gibt es keine frei stehenden Stühle, habe ich recht, Peter?"

Peter unterbrach sein Gespräch mit Liv und dachte einen Moment nach. „Nein. Jetzt, wo du es sagst, das stimmt. Nur die Kirchenbänke oder verankerten Stühle."

„Dann scheidet die Stuhltheorie aus. Es sei denn, der Mörder hat einen Klappstuhl mitgebracht, was das Ganze immer absurder macht." Maggie setzte Teewasser auf, während sie den anderen ihre Überlegungen mitteilte.

„Vielleicht hat er die Leiter aus dem Kirchenkabuff genommen. Das würde den erdigen Geruch erklären, von dem Joana geredet hat", sagte Peter, während er Liv die Teetassen abnahm und sie auf dem Tisch verteilte. Jay stand mit gefurchter Stirn daneben.

„Joana? Welche Joana?", erkundigte sich Liv und stellte die Kanne in die Tischmitte.

„Nun, die Joana, die den Father gefunden hat." Jay war zurück ins Gespräch gekehrt. „Sie erwähnte einen Geruch, der bereits verflogen war, als ich in die Kirche kam. Sie meinte jedenfalls, dass es seltsam gerochen hätte. Deshalb hatte ich den Gärtner im Verdacht. Nach Blumen, aber auch erdig. Kein schöner Blumenduft, um sie direkt zu zitieren. Ich weiß nicht, was ich mir darunter vorstellen soll. Der Muff eines alten Kabuffs könnte schon hinkommen."

„Wir sollten nachsehen, ob die Leiter noch dort ist", schlug Peter vor.

„Oder wir statten Elinor Moncreif einen Besuch ab."

Alle Augen richteten sich auf Maggie, die völlig ruhig ihren Tee trank.

„Wieso das?" Selbst Liv zeigte sich von dieser aus dem Nichts kommenden Idee überrascht.

„Weil der beschriebene Geruch exakt ihrem grauenhaften Parfüm entspricht. Herbe Rose oder so was Albernes. Ich finde, es riecht nach Arbeit im Garten. Dieser Geruch, der noch ewig in der Nase zwiebelt, wenn man neue Pflanzen gesetzt hat. Mit einer Ahnung von Blumenodeur, in der Hauptsache jedoch erdig." Sie setzte ihre Teetasse ab. „Ich würde vermuten, sollte es so dort gerochen haben, war sie in der Kirche. Wir gehen sie besuchen." Damit erhob sich Maggie und sah sich nach ihrer Handtasche um.

„Aber Elinor kann Valentin unmöglich erhängt haben. Dazu fehlt ihr die Kraft", widersprach Peter.

„Och, unterschätze sie mal nicht. Sie ist eine große Frau, hat jahrelang als Fitnesstrainerin gearbeitet und hält sich immer noch fit. Weit entscheidender ist: Sie trägt eine große Wut in sich. Von allen, die etwas gegen Father Smith hatten, war ihr Groll zweifellos der größte."

Dem konnte Jay zustimmen. „Sie verhielt sich in der Tat furios, sobald sein Name fiel, und an der Beerdigung ihres Mannes war kaum genug Platz für Trauer, so sauer war sie." Er folgte Maggies Beispiel, stand auf und wollte die Tasse in den Spüler räumen. Maggie ahnte, sie würde ihren Weg dorthin nie machen, und nahm sie ihm aus der Hand. „Ah, ja, danke." Er nickte ihr zu. „Gut, auf zur Witwe Moncreif."

„Mit Durchsuchungsbefehl, am besten."

Er hielt inne. „Ah ja. Sehr clever, Maggie." Daraufhin versank er in seine Grübelhaltung, und Maggie ahnte, was ihm durch den Kopf ging. „Bis die Leute aus Whitehall dir einen richterlichen Beschluss schicken, können Tage vergehen. Am besten, wir schauen bei Seamus vorbei. Der ist Staatsanwalt und mir ohnehin noch was schuldig." Immerhin wusste außer Maggie niemand im Dorf von seinem kleinen Seitensprung mit der Kellnerin aus dem *English Prince* und das würde er sicher weiter so halten wollen. Das war der Vorteil einer so feinen Nase wie der Maggies.

Liv blieb am Tisch sitzen. „Ich schlage vor, wir treten dort nicht als halbe Armee auf. Geht ihr drei, ich richte das Gästezimmer für unseren bald eintreffenden Besucher."

Jay sah sie mit hochgezogenen Augenbrauen an, wollte eben etwas fragen, da schob ihn Maggie zur Tür heraus. Livs neueste Liebschaft war für die Lösung des Falls nicht von Relevanz. Dieses Mal kam sie außerdem von so weit her, dass sie nichts mit den Geschehnissen hier in Snugford zu tun haben konnte.

„Hat Liv einen neuen Verehrer?", gelang es Jay, seine Frage zu stellen, als sie das Haus verlassen hatten.

„Was denkst du denn? Dass sie zwei Wochen in Bath im Bikini rumläuft und sich nicht einen einzigen Kerl aus dem Thermalwasser fischt? Natürlich hat sie den." Maggie lachte. „Jasper Hurd. Drei Jahre älter und natürlich ein Hingucker. Er ist Philosoph und kann davon kaum leben. Aber er ist in ein paar Talkshows aufgetreten und veröffentlicht demnächst sein zweites Buch. Irgendein Quatsch über Märchen und Stress oder so." Maggie fand es faszinierend, worin manche Leute,

Psychologen wie Philosophen, Anreize fanden, menschlichen Stress zu erklären. Sie hielt sich weiterhin an Fakten, die besagten, dass der Mensch für seinen Stress selbst verantwortlich war und lediglich einen guten Freund – oder eine gute Freundin - benötigte, der oder die einen darauf hinwies, dass es jetzt an der Zeit war, einen Gang runterzuschalten. Woran man sich dann eben verflucht noch mal halten sollte. Wenn schon einer so ehrlich mit einem war. Im Augenblick war es allerdings an der Zeit, einen Gang zuzulegen und Elinor ordentlich in die Mangel zu nehmen.

***

Das Heim Elinor Moncreifs machte einem Spukhaus alle Ehre. Es war eines jener schmalen Exemplare, die dreistöckig aufwärts wuchsen, im Innern dafür nur kleine Zimmer mit wenig Platz boten. Das Erdgeschoss bestand aus einer winzigen Küche, in der sich schwarzes Geschirr stapelte, einem noch kleineren Bad und einem Zimmer, in dem Elinor Moncreif und ihr Mann die letzten Jahre seiner Krankheit genächtigt haben mussten. Es war in vollkommene Dunkelheit gehüllt und roch nicht besonders gut. Vielleicht deshalb oder weil es recht schmal war, bezog sie seit dem Tod ihres Gatten wieder das Schlafzimmer im zweiten Stock. Im angrenzenden Wohnzimmer, dem mit siebzehn Quadratmetern größten Raum des Hauses, saß sie nun. Auf einem grauen Ohrensessel, derweil sich Maggie, Peter und Jay auf das mit schwarzen Decken ausgelegte Sofa quetschten. Ein Wecker stand auf dem dunklen Tischchen zu Jays Linken und tickte ihm unablässig ins Ohr.

Es machte ihn nervös - dieses leise Geräusch, das das Einzige war, das den Raum erfüllte. Außer dem lodernden Blick der Witwe. Sie war in ein bodenlanges, ebenfalls schwarzes Kleid gehüllt, die silbergrauen Haare hatte sie wie die Meerhexe Ursula aus dem Zeichentrickfilm der kleinen Meerjungfrau zurückgestylt und im Grunde hatte sie auch sonst Ähnlichkeit mit dieser Antagonistin. Maggie hatte außerdem wie immer recht behalten. Wenn es einen Geruch gab, der der Beschreibung Joana Emeretts nahekam, dann war es der, den die Witwe Moncreif aktuell verströmte.

„Kann es sein, dass ich das richtig verstehe", sagte sie sehr langsam und ansatzweise bedrohlich, „Sie kreuzen hier mit Ihren Helferlein auf, um mein Haus nach einem Kandelaber zu durchsuchen, der eventuell mit dem Mord in Verbindung steht, und die Spur, die Sie zu mir geführt hat, ist mein Parfüm?" Sie lachte kurz und freudlos auf. „Das eine liebestrunkene Möchtegern-Jugendliche am Tatort gerochen haben will?" Bevor ihre Augen Jay verbrennen konnten, zuckten sie zu Maggie hinüber. „Und das du als das meine identifiziert hast?"

Jay räusperte sich. „Scharfsinnig zusammengefasst, wobei die Spur, die uns zu Ihnen geführt hat, nicht allein aus dem markanten Geruch besteht. Ihr Groll war ebenfalls wegweisend. Es ist Ihnen ferner gelungen, sich meiner Befragung gestern zu entziehen. Sie haben sich auf die Toilette verabschiedet und Ihr Alibi konnte nie ermittelt werden." Das war ihm auf dem Weg hierher und beim Betrachten seines die Alibis festhaltenden Fresszettels aufgefallen.

Elinor Moncreif schenkte ihm ein spitzes Lächeln. „Nicht mein Verschulden. Ich kam zurück und Sie waren damit beschäftigt den armen Rupert auszuquetschen. Anschließend haben Sie mich gehen lassen, ohne noch mal nachzufragen. Aus meiner Sicht ist das schlampige Polizeiarbeit."

Jay überging das höflich und zog den Fresszettel aus seiner Tasche. Der Stift steckte im aufgerissenen Innenfutter fest, weshalb Jay, in seiner Bewegungsfreiheit unerfreulich eingeschränkt, weil sie so eng auf dem Sofa beisammensaßen, ein paar Sekunden damit zubrachte, ihn herauszupopeln. Maggies Lippen waren schmal, Peter lächelte geduldig. Die Witwe Moncreif sah Jay dabei zu, wie er sich abmühte. „Geschafft." Er strich sich eine verirrte Strähne aus den Augen und richtete diese auf die Witwe. „Holen wir das nach. Wie lautet Ihr Alibi?"

Elinor Moncreif rührte sich nicht. „Ich habe keins."

„Sie haben keins?" So. So. Was aus dem Toilettengang einen bewussten und - den Umständen geschuldet – auch noch geglückten Vertuschungsversuch machte.

„Nein, ich habe keins, weil ich zu der unglücklichen Sorte Frau zähle, die an diesem Abend nicht in Feierlaune war und entsprechend nicht ins Auge stach, wie sie einsam und allein an einem der Tische saß, um den Tod ihres Mannes zu betrauern. Bedauerlicherweise habe ich nicht mal daran gedacht, mich für den Fall der Fälle mit einem Alibi auszustatten, da ich ja nicht ahnen konnte, dass uns irgendwer um eine wertlose Seele berauben wird. Um die ich zugegeben nicht eine Sekunde weine."

„Das ist nicht zu übersehen", kam es von Maggie.

War es in der Tat nicht. Allerdings war das auch eine geraume Zeit die Witwe Moncreif nicht gewesen – am Abend vom Fest des Lebens. „Nun, mir sind Sie ins Auge gestochen, wie Sie einsam und allein an einem der Tische saßen", sagte Jay mit seinem freundlichen Lächeln, denn wenn er einmal etwas gesehen hatte, vergaß er es nicht wieder, „ungefähr bis zehn Uhr dreißig. Danach saßen Sie da nicht mehr. Wo waren Sie stattdessen?"

„Daheim, nehme ich an. Mein Liebster kann das ja leider nicht mehr bestätigen."

„Wir können ja an seinem Grab nachfragen."

Für diese Bemerkung erntete Peter einen bissigen Blick der Witwe. „Ich habe dich immer gemocht, Peter. Bis du dich diesem nichtsnutzigen Priester angebiedert hast."

Peter ließ sich nicht von ihrer Kälte beeindrucken. „Ich habe meinen Arbeitgeber mit Respekt behandelt. Ehrlich, offen und loyal. Was man von dir nicht behaupten kann. Du bist weder ehrlich noch offen dem DCI gegenüber. Du warst bestimmt nicht daheim. Wo du eine der ersten Personen warst, die versucht haben, den Tatort zu inspizieren, nachdem Joana und Neal angerannt kamen. Wie hast du es so schnell vor die Kirche geschafft?"

Elinor Moncreifs Blick war mörderisch. Sie presste die Lippen fest aufeinander und schwieg. Jay hatte genug gehört. „Schön. Da es Ihnen an einem Alibi mangelt, sehe ich mich berechtigt, Ihr Haus zu durchsuchen."

Die Witwe wandte die Augen langsam von Peter, der sich alle Mühe gab, ungerührt zurückzuschauen. „Meinetwegen." Sie erhob sich und ging zu ihrer Vitrine, um die Schublade unter den Glasschränken zu öffnen. „Aber tragen Sie bitte Handschuhe. Ich will nicht, dass Sie alles mit Ihren Fingern antatschen."

Sie reichte ihm eines dieser Damenexemplare – wieso glaubten alle immer, die könnten ihm passen? „Danke, ich habe meine eigenen."

Was ihm nicht dabei half, den Kandelaber oder etwas Vergleichbares zu finden. Er benötigte nicht viel Zeit, um die drei Stockwerke zu durchkämmen. Die Witwe war eine Minimalistin, die mehr auf dekorative Schockmomente, denn Einrichtung Wert legte. Hin und wieder zuckte Jay zusammen, wenn hinter einer Schranktür plötzlich das Porträt eines zähnefletschenden Hundes zum Vorschein kam, das eingerahmt im Schrank stand – allein. Etliche Bilder zeigten hingegen sie selbst mit Freunden – zu denen unter anderem Father Custom zählte. Vielleicht wollte sie in seine Fußstapfen treten. Auch die Zimmerpflanzen erwiesen sich als tückisch – spätestens als eine davon nach Jay schnappte und einen Striemen auf seinen Handschuhen hinterließ. War ja überaus passend, dass sich eine bissige Frau wie Elinor Moncreif eine fleischfressende Pflanze hielt. Es erleichterte ihn, dass Peter anbot, sich der Suche anzuschließen, während Maggie eine unterkühlte Unterhaltung mit der Witwe führte. Ohne jeden Zweifel würde die Teegesellschaft im B&B von nun an um eine Person ärmer sein. Gleichgültig, was sie heute herausfanden. Der Medizinschrank war Jays letzte Station. Er quoll nur so über und eigentlich hätte er ihn am liebsten auf der Stelle wieder zugeknallt, als Peter einen Finger hob.

„Warten Sie." Er schob ein paar kleine Fläschchen zur Seite, hinter denen ein größeres weißes Plastikbehältnis hervorschaute. „Nicht zu fassen. Sie hat das Weihwasser entwendet. Das hätte ich nicht erwartet."

Jay beäugte die Plastikflasche misstrauisch. „Da drin wird das Weihwasser aufbewahrt?" Es sah ziemlich primitiv aus, dafür, dass es geweihtes Wasser beinhaltete. „Da könnte ja genauso gut Spiritus drin sein."

Peter lachte trotz des Schocks, der seinen Fund in ihm auslöste. „Es muss ja nicht alles in einem vergoldeten Kelch sein, oder?"

Bestimmt nicht. Er blinzelte und richtete seine Aufmerksamkeit wieder auf den Medizinschrank. „Sehen Sie mal. Was ist denn das?"

***

Die Plastikflasche mit dem Weihwasser stand auf Elinor Moncreifs Tisch. Ebenso wie das braune Fläschchen mit der Aufschrift *Cocktail zur Eucharistie.*

Der Blick der Witwe war inzwischen mehr als eisig und aus irgendeinem Grund bedachte sie damit vor allem Peter.

„Interessant, was Sie so in Ihrem Medikamentenschränkchen lagern." Jay wollte die Aufmerksamkeit lieber auf sich lenken, ehe sich das sprichwörtliche Töten durch Blickkontakt bewahrheiten konnte. Er lächelte. Noch sah er, anders als die Witwe oder Maggie, keinen Grund, den bösen Cop raushängen zu lassen.

Peter unterdessen hatte seine Fassung zurückerlangt. „Wieso hast du das Weihwasser mitgehen lassen? Wieso hast du Interesse daran, die Messe zu sabotieren? Dir liegt doch so viel an einem korrekten Ablauf.“

Elinor Moncreif schnaubte. „Ein korrekter Ablauf? Den haben wir hier seit Father Customs Fortgang nicht mehr.“ Nette Umschreibung für seine Amtsenthebung wegen Mordes. „Davon abgesehen sabotiere ich mit dem Entwenden eines einzigen Fläschchens ja nichts, oder? Dein Father Smith und du habt euch ja gut mit Leitungswasser, Salz und dem liturgischen Text behelfen können und es nachproduziert. Immerhin in diesem Punkt war er clever genug. Oder geht das auf dich zurück?“ Sie wartete keine Antwort ab und fuhr fort. „Einerlei. Es sollte bloß eines von vielen Zeichen sein.“ Ihre Augen glühten vor Wut, ihre Stimme wurde stetig lauter. „Dieser nichtswürdige Wurm hat meine Nerven mit jedem Gottesdienst, mit jeder Messe, ach was, mit jedem Auftritt aufs Äußerste strapaziert. Manchmal geht es mit einer alten Dame durch, manchmal muss sie einfach Dinge tun, die ...“ Sie atmete aus, um sich zu beruhigen. „Manchmal muss sie Zeichen setzen. Für das eigene Seelenheil. Nachdem dieser Father Smith so gut wie jede Messe versaut hat und sich partout kein Lerneffekt einstellen wollte – in zwei Monaten nicht! – wurde mir klar, dass ich den Prozess am besten beschleunigen sollte. Es gibt immerhin einige Idioten hier, die seine Methoden für entschuldbar oder verschmerzbar erachten.“ Sie warf Maggie einen bitterbösen Blick zu und heftete ihn anschließend auf Peter. „Wieso du ihn so sehr in Schutz nimmst, wo er dir viel mehr Arbeit machte als ein professioneller Priester ...“

„Er ist ein professioneller Priester!", fuhr Peter auf.

„Nein, jetzt nicht mehr, weil er tot ist. Dir rate ich, dass du dich besser einer Frau gegenüber, die den Vorstand im Kirchengemeinderat innehat, respektvoller verhalten solltest. Wo du das so gerne tust."

„Warum, weil du mich sonst auch umbringst?" Peter war wieder die Ruhe selbst. „Du stehst nicht über mir. Der Kirchengemeinderat hat mir nichts zu sagen."

Sie zuckte mit den Schultern. „Nein und nein. Aber als Feindin willst du mich nicht haben, denke ich. Ich kann, wie man sieht, unangenehm werden. Um auf den Punkt zurückzukommen: Ja, ich dachte, wenn seine Gottesdienste und Messen durch gewisse fehlende Mittel noch miserabler werden, und wenn es sich häuft und häuft und häuft, wird das ein paar verklebte Augen öffnen. Wenn schon unser Bischof auf keine Einzelbeschwerde reagiert, dann doch vielleicht auf die eines ganzen Ortes!"

„Ah, deshalb das drastische Mittel, den Leuten dieses Ortes eine schlaflose Nacht auf der Toilette zu bescheren, indem Sie den Messwein fürs Abendmahl mit einem besonderen Cocktail versahen?" Jay musste schon zugeben, kreativ war die Frau. Und unheimlich. Wer weiß, was sie ihrem Mann in den Saft gemischt hatte ...

„Was beinhaltet dieser Cocktail denn?", fragte Maggie. „Ein paar Bewohner leiden immer noch an den Beschwerden."

Elinor Moncreif zuckte mit den Schultern. „Einen todkranken Mann zu pflegen, bedeutet, es kommen einige Mittelchen zusammen, die man zweckentfremden kann." Sie war wirklich eine Meerhexe, schoss es Jay beim Anblick ihrer Abgeklärtheit durch den Kopf. „Ein paar magnesiumhaltige Antazida, das sind die Arzneimittel zur Neutralisierung der Magensäure, ein bis zwei Tropfen Statine, ausreichend cholesterinsenkende Medikamente nehme ich ein, und zu guter Letzt eine ordentliche Portion Laxantien." Ihre Mundwinkel verzogen sich und gaben die ungeraden Zähne frei. „Im Klartext: Abführmittel. Mein Liebster neigte zu Verstopfung."

Unglaublich. Jay räusperte sich. „Nun, eine Giftmischerin, die ihresgleichen sucht. Herzlichen Glückwunsch. Ich nehme an, nachdem Ihnen klar geworden ist, dass Ihre Methoden zu keinem Erfolg führen und sich weder Gemeinde noch Priester einschüchtern ließen, mussten die Mittel noch drastischer werden. Da ich keinen Kandelaber finden konnte und Sie schon so geständig sind, womit haben Sie Father Smith niedergeschlagen?"

„Mit nichts. Ich habe ihn nicht niedergeschlagen." Das glaubte er ihr keine Sekunde. Ehe er seine Befragung in einem unangenehmeren Tonfall fortsetzen konnte, erklärte sie: „Es stimmt. Ich mache keinen Hehl daraus, dass ich diesen Kerl verabscheut habe, spätestens nach der Beerdigung meines lieben Gatten, an der er so ziemlich alles falsch gemacht hat, was ein Priester nur falsch machen kann." Sie atmete kurz ein und aus, und ihre Nasenflügel bebten dabei. „Ja, ich habe das perfekte Motiv und ich wäre geladen genug gewesen, diesen – was sagten Sie, Kandelaber? – zu schwingen. Aber mir ist jemand zuvorgekommen. Ich reiche ihm die Hand dafür, gewesen bin ich es nicht." Sie schenkte ihnen allen drei ein süffisantes Grinsen. „Da man mir ferner nichts nachweisen kann, außer diese Kleinigkeiten, die wohl kaum für eine ernst zu nehmende Festnahme ausreichen, darf ich darum bitten, dass das selbst gebastelte Durchsuchungskomitee mein Haus auf der Stelle verlässt."

Maggie wollte protestieren, Jay hingegen nickte und erhob sich, derweil sich Peter der Beweisstücke annahm. „Danke für die zweifelhafte Gastfreundschaft. Sie werden von mir wegen der entwendeten Gegenstände hören. Und wegen des Schadens, den Ihr Cocktail angerichtet hat."

Das tangierte die Meerhexe nicht.

Erst auf der Straße atmete Jay aus und gestattete sich ein nachgeschobenes Schnauben. Unverschämtes Weibsstück. An der war etwas faul, und zwar so richtig.

„Ich verwette meine Frau, dass sie es war", stimmte Peter seinen Gedanken zu.

„Zu dumm, dass uns die Beweise dafür fehlen", erwiderte Jay. *Hoffnung ist oft ein Jagdhund ohne Spur.* Er verdrängte die Worte seines großen Idols und fuhr stattdessen fort: „Trotzdem: Kein Alibi, die perfekte Gemütsverfassung und diese", er wedelte zu den Fundstücken, „Dinge beweisen so einiges. Wir müssen nur noch tiefer graben, dann finden wir schon was."

Maggie schnalzte mit der Zunge. „Verschwende darauf mal nicht zu viel Zeit. Wer so geständig ist, verbirgt nicht noch mehr. Ich gebe jedoch zu, dass sie eine astreine Mörderin abgibt. Aber ich glaube nicht, dass sie die Absicht hatte, Father Smith zu erschlagen. Das wäre zu trivial für sie."

„Deshalb hat sie ihn zusätzlich ans Kreuz gehängt, um das Ganze abzurunden." Peter rümpfte die Nase. „Ich finde, sie passt zu hundert Prozent ins Bild."

„Uns fehlen dennoch die Beweise, und ich rate euch, nicht zu verbissen zu sein. Nicht wahr, DCI?" Maggie sah Jay vielsagend an und dieser nickte grummelnd. Er neigte dazu, sich zu verrennen, so ehrlich musste er mit sich sein und so wohlüberlegt jeder nächste Schritt. Ein schmatzendes Geräusch ließ ihn zu Boden sehen und er seufzte auf. Wie gesagt, jeder Schritt musste überlegt sein. Vor allem, wenn neben einem Mörder – oder einer Mörderin – auch noch Bulldogge Mortimer frei herumlief.

Kapitel Sechs

Jay erwachte von einem zaghaften Pochen, das sich minütlich steigerte und von einem Geräusch begleitet wurde, das wie ein Seufzen und Stöhnen klang. Als er feststellte, dass die Lampe an seiner Decke hin und her schwankte, wusste er, dass Livs aktuelle Eroberung angekommen sein musste und wohl soeben erobert wurde. Jasper Hurd hatte sich um zwei Tage verspätet, weil er noch ein spontanes Interview geben musste. „Von Wölfen und Menschen – Archefiguren als Erklärung für inneren Stress" – so lautete der Titel seines Bestsellers in spe. Maggie hielt nichts davon. Liv fand es faszinierend, Jay war es einerlei. Wenn dieser Jasper fand, dass sich Stress durch die böse Stiefmutter erklären ließ, sollte er das eben so sehen.

Erst beim Frühstück tendierte er dazu, Maggie zuzustimmen. Seit zwei Tagen suchte er nach einem Weg, Elinor Moncreif einen Mord nachzuweisen, der ihr wie auf den Leib geschrieben war. Dass seine Überlegungen nun von dem Geschwafel dieses Möchtegern-Sokrates gestört wurden, missfiel ihm. Obschon dieser eine angenehme Radiostimme vorzuweisen hatte. Es ließ sich nicht in Ruhe Kaffeetrinken und nachdenken, solange einer mit am Tisch saß und von den Wölfen des Alltags schwadronierte. Jays derzeitiger Alltagswolf nannte sich Elinor Moncreif und sie hatte keine scharfen, sondern krumme Zähne. Allerdings brachte sie ihn nicht weiter. Der Kirchengemeinderat hatte sich zumindest vorläufig durch gesicherte Alibis freigesprochen. Da die Kirche irgendwann nach elf von wem auch immer, mutmaßlich dem Father selbst, wieder geöffnet worden war, konnte sein Mörder wer weiß wer sein. Hatte der Priester jemanden getroffen? Zufällig oder absichtlich? Es half nichts. Er musste eine Anzeige mit einem Zeugenaufruf aufsetzen, damit sich diejenigen bei ihm meldeten, die während des Festes jemanden bei der Kirche gesehen hatten.

„… so gesehen müssen wir in uns das Kind finden und das führt wiederum zu Stressabbau."

Eine weitere Möglichkeit wäre, alle Festbesucher im Gemeindehaus zu versammeln.

„Oder was sagen Sie dazu, DCI Jay Jameson?"

Lieber nicht. Die Gruppenbefragung der Mitglieder des Kirchengemeinderats hatte ihm bereits gereicht - auf dieses Chaos konnte er verzichten. Dann besser die Anzeige und die Leute meldeten sich bei ihm.

„Ich fürchte, unser DCI hat mit anderen Problemen als simplem Stress zu kämpfen, Darling." Livs Stimme ließ Jay aufblicken. Er war so versunken in seine Gedanken gewesen, dass er das Gebrabbel dieses Philosophen tatsächlich ausgeblendet hatte. Er blinzelte. Maggie saß mit angestrengt unbeweglicher Miene am Tisch, Livs Hand ruhte auf dem Arm des Philosophen. Jay schenkte ihm zum ersten Mal seine volle Aufmerksamkeit.

Wie man es von Liv gewohnt war, bewies sie Geschmack. Jasper Hurd sah gut aus, trotz Halbglatze, die er ausglich, indem er den Rest des weißblonden Haares lang wachsen ließ und einen vollen Bart zur Schau trug. Die Brille auf seiner Nase war unaufdringlich und machte ihn so intellektuell wie seine Monologe, während er gleichzeitig mittels legerer Leinenanzüge den Eindruck von Bescheidenheit vermittelte. Er war mit Sicherheit ein passabler Zeitgenosse, das verriet sein nettes Lächeln, und dennoch nervte er Jay in diesem Moment. Vielleicht zusätzlich deshalb, weil er auch nach dem zweiten Anruf noch nichts von Peter gehört hatte. Menschen nicht zu erreichen, vor allem zu Zeiten von unaufgeklärten Morden, machte ihn immer nervös.

„Ja, ehm, in der Tat. Verzeihung, ich habe nicht recht zugehört und sollte mich ferner auf den Weg machen." Er stand vom Tisch auf und häufte Tasse, Messer und Löffel auf den Teller. „Aber ich bin sicher, oops, ich bin sicher, es findet sich noch eine Möglichkeit, über den Stress zu sprechen." Den er nicht verspürte. Eher Panik. Maggie nahm ihm das Geschirr ab, er lächelte, empfahl sich und verbrachte noch eine gewisse Zeit im Bad, um die Haare zu richten. Wenn er Zeugen befragen wollte, konnte er nicht wie eine Vogelscheuche aussehen.

Beim Verlassen des B&B formulierte er seine Zeugenanfrage, derweil er darüber nachdachte, bei Peters Behausung vorbeizugehen, um zu sehen, ob alles in Ordnung war. Während er noch gedanklich mit beidem beschäftigt war, bemerkte er Frederick Dirby, der sich soeben vom Kirchengelände entfernte und dabei so schnell ging, dass er zweifach stolperte. Das passierte sonst nur einem Menschen hier in Snugford. Ihm, Jay Jameson, dem angeblichen Tollpatsch, und weil das so war, kam ihm der Besitzer des Buchladens verdächtig vor. Wieso hatte der es so eilig, dass er durch die Gegend stolperte? Diese Frage und deren Aufklärung bedeutete eine Planänderung. Jay folgte ihm.

„Jay, läufst du nicht etwas zu weit? Das Präsidium ist doch gleich links?" Liv und Jasper hatten das B&B scheinbar kurz nach ihm verlassen und dieselbe Richtung eingeschlagen.

„Äh, ja, zum Präsidium geht es da lang", er deutete neben sich, „aber da gehe ich nicht hin. Ich folge einem Verdächtigen."

Im Nu war Liv Feuer und Flamme. „Wirklich?", fragte sie mit gesenkter Stimme. „Wem?"

Jay nickte in Frederick Dirbys Richtung und nahm die Verfolgung wieder auf.

„Wie aufregend. Sollen wir dich begleiten?"

Jay war es einerlei, und Liv ließ sich sowieso nicht aufhalten, so setzten sie ihren Weg zu dritt fort. Nach zwei Querstraßen und einer Seitengasse verschwand Frederick Dirby in einem Geschäft. Jay streifte sich die Schuhe am Teppich im Eingang ab und ging ihm hinterher. Es handelte sich um ein Buchgeschäft und war sehr gut besucht. In dem Gewusel war Frederick Dirby seinem Sichtfeld entschwunden und Jay sah sich suchend um. Das Geschäft war sehr stilvoll, was ihn flüchtig daran erinnerte, dass er sehr gerne las, nur immer seltener dazu kam. Vor allem, wenn sich ständig Morde ereigneten ... Seine Gedanken verstummten und mit ihnen seine Bewegungen. Jay hatte Frederick Dirby entdeckt.

„Oh", entfuhr es ihm und verspätet fiel ihm wieder ein, dass er der Besitzer des *Kleinen Snugforder Buchladens* war. In dem sich Jay zweifellos befinden musste, denn das würde erklären, warum Frederick Dirby hinter der Kasse stand, um sich dort mit einer seiner Angestellten zu unterhalten. Als er Jays Blick auffing, entgleisten ihm die Gesichtszüge auf dieselbe Weise wie jenem. Er trat einen Schritt von der Kasse weg und stellte sich vor ein schmales Regal, als wollte er dessen Inhalt verdecken. Jay runzelte die Stirn und trat auf ihn zu.

„Ah, guten Morgen, Mr Dirby."

Der Angesprochene sah ihn mit vorgerecktem Kinn an, sein kleiner Schnauzer erzitterte leicht. „Was haben Sie hier zu suchen?"

Sie, offenkundig. Aber das sagte er nicht. „Bücher. Das ist ein Buchladen, oder?"

Die Beine des Buchladenbesitzers klappten zusammen, seine Hände hielten sich am Regal hinter ihm fest. „Was für Bücher?"

Klang seine Stimme höher? Jay lächelte und deutete auf das Regal hinter ihm. „Die da hinter Ihnen im Regal." Wo er sich schon so bemühte, sie zu verbergen.

Frederick Dirby erbleichte. „Hören Sie, das ist nicht, wonach es aussieht."

Jay runzelte die Stirn. *Wonach es aussieht?* Wovon redete er da? Sollte er rein zufällig auf etwas gestoßen sein, das Frederick Dirby verheimlichen wollte?

„Würden Sie bitte von dem Regal zurücktreten?"

Frederick Dirby rührte sich nicht. Musste er jetzt seine Dienstwaffe ziehen und ihn zwingen? Was war mit den Leuten hier los?

„Freddie, sei nicht albern und mach unserem DCI keinen Ärger. Komm von dem Regal weg." Liv hatte sich geschmeidig ins Gespräch gestohlen und lächelte *Freddie* zu. „Du willst hier keine große Szene haben, oder? Bei vollem Betrieb."

Frederick Dirby seufzte und trat zur Seite. Jay machte große Augen. Das Geheimnis lag offen vor ihnen. Das Regal war gerammelt voll mit den Gesangsbüchern der St. Luke's Church.

Jay sah ihn verdutzt an. „Sie haben die Gesangsbücher entwendet?" So langsam wurde die Verschwörung des Kirchengemeinderats wieder realistisch.

„Nein, Himmelherrgott, so war es nicht."

„Wie war es dann, Freddie?", erkundigte sich Liv.

Er sah zwischen ihr und Jay hin und her. Schließlich seufzte er. „Ich sollte sie restaurieren. So war es mit Father Smith abgemacht."

„Sollte es eine ausgemachte Sache gewesen sein, warum gelten die Bücher dann als verschwunden?", fragte Jay lauernd. „Aus welchem Grund verbergen Sie sie hinter sich?"

Frederick Dirby seufzte noch einmal. „Weil ich mehr davon mitgenommen habe als vereinbart. Die, die mir der Father mitgegeben hat, sind lediglich die, die vollkommen aus dem Leim gehen. Aber es gibt genügend andere, die ebenfalls in einem desaströsen Zustand sind. Die Kirche würde für sie allerdings nicht die Kosten übernehmen. Ich hatte mir überlegt, sie für einen verbilligten Preis zu restaurieren. Ich finde, es gehört sich nicht, dass die Seiten aus den Gesangsbüchern fallen wie Federn von den Hühnern."

Wieder einmal musste Jay seine Meinung revidieren. Das klang ja fast nach einer guten Tat, obwohl der Kerl Father Smith genauso wenig leiden konnte wie Elinor Moncreif. „Gibt es zufällig einen Beweis dafür, dass Sie den Auftrag des Fathers hatten, die Bücher, wie viele auch immer, zu restaurieren?"

Frederick Dirby nickte. „Ja, es gibt einen schriftlichen Auftrag und meinen Kostenvoranschlag. Ich habe beides in meinem Büro. Wenn Sie mir folgen möchten?"

Das wollte Jay – Liv und Jasper ebenfalls, obgleich Frederick Dirby das mit einem Brummen quittierte.

„Haben Sie bei Ihren Ermittlungen immer irgendwelche Zivilisten bei sich?", erkundigte er sich, während er in sein Büro schritt und eine Schublade seines Schreibtischs öffnete.

„Wir sind uns zufällig über den Weg gelaufen."

Frederick Dirby zog die Nase kraus, scheinbar erklärte sich ihm mit dieser Antwort nichts. Das war nicht von Belang. Jay musste sich nicht erklären. Er nahm die beiden Blätter entgegen, die ihm Frederick Dirby reichte. Eindeutig der von Father Smith unterzeichnete Auftrag und der von Mr Dirby erstellte Kostenvoranschlag. Jay gab sie ihm stirnrunzelnd zurück.

„Ich verstehe nicht, weshalb Sie das nicht erwähnt haben, als Peter es in unserer Befragung zur Sprache brachte. So etwas ist, wie man gerade sieht, in zwei Sätzen geklärt."

Die Gesichtszüge des Buchladenbesitzers verhärteten sich. „Ich kooperiere nicht mit diesem Kerl, der dem Father in den Hintern gekrochen ist." Jay starrte ihn an. Bitte was? „Vermutlich ist er homosexuell und hat sich etwas versprochen. Die beiden pflegten eine verdächtig gute Beziehung." Jay war immer noch sprachlos.

„Freddie, Peter Coleman hat eine Frau, erinnerst du dich?" Liv schaltete sich zuverlässig ein, wenn es Jay an Worten mangelte.

„Eine Frau, die er nicht ausstehen kann. Das weiß jeder."

„Nun", Jay räusperte sich, „das beweist wohl kaum seine Homosexualität. Davon abgesehen …"

„Sind Sie homosexuell, DCI Jameson?" Jetzt verschluckte sich Jay, konnte nicht umhin, unter dem prüfenden Blick Frederick Dirbys zu husten.

„Wie bitte? Wie kommen Sie darauf?"

„Ihre Beziehung zu Peter ist auch verdächtig gut."

Ehe er etwas erwidern konnte, fing Liv schallend zu lachen an. „Mein lieber Freddie, du stehst erkennbar unter Stress und redest ein Zeug daher, dass es einem die Schuhe auszieht. Unabhängig davon, dass es völlig unerheblich ist, kann ich dir versichern, der DCI ist sehr heterosexuell. Sein Herz schlägt wie wild für …"

„Ich denke nicht, dass mein Herzschlag hier von irgendeiner Relevanz ist." Jay schaffte es gerade noch, Liv zu unterbrechen. Er sah Frederick Dirby an. „Und Sie sollten mal Ihre Vorurteile überdenken. Sie selbst haben Father Smith einen Zusatzdienst erwiesen und mehr Gesangsbücher für weniger Geld restaurieren wollen. Das hat in mir keine Sekunde den Verdacht erregt, sie könnten aus sexueller Begierde gehandelt haben."

„Ich hätte nicht dem Father, sondern der Gemeinde einen Freundschaftsdienst erwiesen", erwiderte Frederick Dirby trotzig.

Tja. Was sollte man da noch antworten? Jay konzentrierte sich auf die nächste Frage. „Was haben Sie in der Kirche zu suchen gehabt, wo Sie eigentlich bei der Arbeit sind?"

„Woher wissen Sie, dass ich bei der ... Ach so. Sie haben mich gesehen."

Jay nickte. „Richtig. Sie hatten es reichlich eilig."

„Sie haben es eben gesagt. Ich bin eigentlich bei der Arbeit. Ich habe die erste Fuhre Gesangsbücher zur Kirche zurückgebracht. Sie können es gerne überprüfen. Sie stehen im Eingangsbereich."

Jay lächelte knapp. „Das werde ich. Danke." Damit verabschiedete er sich und seufzte. Snugford mochte ja friedlich und nett sein, solange keine Morde begangen wurden, aber wenn es dann dazu kam, verwandelten sich seine Einwohner in störrische Tiere.

Auf dem Weg zur Kirche hörte er kaum, was Liv und Jasper besprachen, seine Gedanken wirbelten durch seinen Kopf wie die losen Blätter der Gesangsbücher. Sie raschelten laut und verstummten jäh, als er in den Eingangsbereich der Kirche trat. Liv entfuhr ein Entsetzensschrei, Jasper reagierte sofort, Jay hingegen sehr verlangsamt. Er stand noch einen Augenblick bestürzt an Ort und Stelle. Neben den Gesangsbüchern – Frederick Dirby hatte nicht gelogen - lag Peter besinnungslos auf dem Boden. Jasper drehte ihn auf den Rücken.

„Er atmet noch", stellte er fest. „Wahrscheinlich hat ihn jemand niedergeschlagen, der Beule an seiner Schläfe nach zu urteilen."

Jay kniete sich neben ihn und besah sich Peters Schläfe. Die Beule war deutlich zu erkennen, nebst einer leichten Blaufärbung. Konnte Frederick Dirby dafür verantwortlich sein? Erklärte das sein Davoneilen? Warum sollte er Peter eins überwischen? Weil er ihn für homosexuell hielt? Das ergab keinen Sinn! In diesem Moment öffnete Peter die Augen und sah sich benommen um. Sein Blick blieb an Jasper hängen, der immer noch Peters Kopf hielt. „Wer sind Sie denn?"

Jasper ließ ihn los. „Oh, ich ..."

„Das ist mein neuer Freund. Jasper", erklärte Liv. „Was ist hier passiert?"

„War das Frederick Dirby?", erkundigte sich Jay und half Peter in den Stand.

„Frederick? Nein, ich denke nicht, wie kommen Sie darauf?"

„Er hat sehr eilig die Kirche verlassen und sich auch sonst verdächtig benommen."

Peter nickte und winkte ab. „Das ist mir aufgefallen. Er hat die Gesangsbücher zurückgebracht, wie man sieht. Angeblich hatte er die Erlaubnis von Valentin, sie auf Vordermann zu bringen. Hätte er ja mal erwähnen können."

Liv schnaubte. „Er hat ein paar sehr dämliche Gründe für sein Schweigen genannt."

Peter runzelte die Stirn. „Ach, ihr habt mit ihm gesprochen? Dann wisst ihr ja Bescheid. Ich wollte sie gerade an ihren Platz räumen, weil er ja ein Buchgeschäft zu führen und keine Zeit dazu hat, als ich von hinten eins übergebraten bekommen habe. Aber er kann es nicht gewesen sein, er war schon mindestens zehn Minuten weg."

„Haben Sie eine Ahnung, womit Sie niedergeschlagen wurden?", fragte Jay.

Peter zuckte mit den Schultern. „Zunächst dachte ich, es wäre das Klingelkästchen gewesen, weil es etwas blechern klang. Da ich es in die Sakristei gebracht habe und die verschlossen ist, ist das unwahrscheinlich. Womöglich hat einfach nur jemand seine Thermoskanne geschwungen." Peter schüttelte den Kopf, verzog dabei das Gesicht und ließ es bleiben. „Ich war gerade dabei, die Leiter zu suchen, die erstaunlicherweise nicht mehr im Kabuff steht. Ich bin mir fast sicher, dass der Mörder sie verwendet hat, das würde sich auch mit dem Fund der Forensik decken. Erinnern Sie sich, dass getrocknete Farbspuren auf dem Boden sichergestellt wurden, die niemand zuordnen konnte? Erst, als ich näher darüber nachgedacht habe, kam mir, dass es dieselbe Farbe sein muss, die meines Wissens an der Leiter zurückgeblieben ist, seit wir letzten Herbst die Firmräume gestrichen haben. Einzelne Stücke davon könnten sich folglich gelöst oder abgeschabt haben, als der Mörder sie benutzt hat."

„Interessant", murmelte Jay. „Haben Sie die Leiter gefunden?"

„Kam nicht mehr dazu, da erst Frederick auftauchte und ich anschließend niedergeschlagen wurde."

„Könnte es etwas mit Ihrer Suche nach der Leiter zu tun haben?"

„Hoffentlich nicht", sagte Liv und schüttelte sich. „Das würde bedeuten, der Mörder geht hier ebenfalls ein und aus und weiß, was du tust. Und haben nicht bloß die Mitglieder des Gemeinderats uneingeschränkten Zugang? Von denen alle aufgrund ihrer Alibis als Mörder ausscheiden?"

Peter und Jay sahen einander an. „Alle bis auf Elinor Moncreif." Die alte Hexe rückte erneut in den Verdacht.

„Vielleicht wäre es klug, hier nicht mehr allein unterwegs zu sein", mischte sich Jasper ein.

Peter winkte ab. „Ach was, wenn ich heute hätte umgebracht werden sollen, wäre ich jetzt auch tot."

Was nichts daran änderte, dass hier eine gewaltbereite Person ihr Unwesen trieb. Jay stöhnte. Dieser Fall war noch viel verzwickter als der letzte! *Die Bosheit wird durch Tat erst ganz gestaltet.* Nach wie vor war die Witwe Moncreif diejenige, auf die die meisten Hinweise deuteten. Hatte sie Peter nicht zwei Tage zuvor gedroht? Jay sollte auf der Stelle die Bewohner befragen und herausfinden, ob irgendjemand etwas in der Nacht des Mordes gesehen hatte. Im Bestfall die Witwe. Ja, das sollte er tun.

„Sie sollten nach Hause gehen und Ihren Kopf kurieren, Peter. Ich werde unterdessen einen Zeugenaufruf starten", erklärte er entschlossen.

„Auf keinen Fall gehe ich nach Hause", widersprach Peter, „da kuriert sich mein Kopf in Gegenwart meiner Frau bestimmt nicht. Wer weiß, ob sie es nicht war, die mir eins auf den Schädel gegeben hat. Ich halte weiterhin Ausschau nach der Leiter."

„In dem Fall werde ich mal Maggie holen", sagte Liv mit einem Zwinkern. „Bei der Befragung der Zeugen benötigst du sicher wieder Beisitzer. Oder noch besser: Befragen wir sie im B&B, da haben wir entschieden mehr Platz."

***

Gesagt getan – man hätte meinen können, die Snugforder hätten nichts zu tun. Oder nur darauf gewartet, verhört zu werden. Vielleicht lag es auch an der Verköstigung der Damen des Hauses, dass das B&B überrannt wurde – und Jay mit unnötigen Informationen bombardiert, die ihm mitnichten weiterhalfen, allenfalls zusätzlich verwirrten. Dinge wie:

„Ich konnte jede Menge Leute sehen, die an diesem Abend im Bereich der Kirche waren – und ab zehn brannte da Licht, das kann ich beschwören. Reingehen habe ich niemanden sehen, deshalb fand ich von Anfang an, dass etwas im Busch sein könnte.“

Oder:

„Ich hatte bereits eine geraume Zeit das Gefühl, in der Kirche geht etwas nicht mit rechten Dingen zu, seit Father Custom fort ist. Denken Sie, seine Seele spukt dort herum? Womöglich wollte er den neuen Priester nicht in seiner Kirche akzeptieren.“

Dazu hätte Father Custom wohl tot sein müssen, und nach Jays Wissensstand saß er gut verwahrt im Newgate-Gefängnis.

Neben okkulten Gedanken und Spekulationen wie diesen waren auch beträchtlich viele Zeugen ganz scharf darauf, ihre Mitmenschen anzuschwärzen. Ja, das taten die Snugforder in Mordfällen am liebsten:

„Father Smith habe ich nicht gesehen, aber die Mitglieder des Kirchengemeinderats sind allesamt verdächtig. Die stecken eng unter einer Decke, das versichere ich Ihnen, und der eine legt die Hand für den anderen ins Feuer. Die würde ich mir genau ansehen, DCI Jameson, wenn ich Sie wäre.“

Danke für den Hinweis, das hatte er schon.

„Joana und Neal haben den halben Abend rumgemacht, und ich bin mir sicher, die sind etliche Zeit, bevor sie behauptet haben, den Father gefunden zu haben, in die Kirche rein. Was werden die da wohl so lange getrieben haben, hm?“ Lady Macsims hielt mit abgespreiztem Finger ihre Teetasse und sah Jay bedeutungsschwer an. Jay beteuerte, er werde ihre Alibis noch einmal überprüfen und schickte sie hinaus zu den Süßspeisen.

Janet Sweetfinger war laut Aussagen des restlichen Dorfes überhaupt nicht auf dem Fest gewesen, was sie nicht davon abhielt, mit einer Beobachtung aufzuwarten: „Sie werden es nicht glauben, um die fragliche Zeit, sind zwei Unbekannte um die Kirche geschlichen. Später habe ich erkannt, dass es die Söhne vom Bürgermeister waren, die sich verkleidet haben könnten.“ Wollte sich da jemand für den Versuch rächen, dass Bürgermeister Wolverton im Frühjahr versucht hatte, sich ihr Haus anzueignen? Jay seufzte und ließ mit glasig werdenden Augen auch noch die nächsten fünfundzwanzig unerheblichen Zeugenaussagen über sich ergehen:

„Meines Wissens haben sich so um Mitternacht ein paar Viertklässler dort rumgetrieben. Denken Sie, die könnten was damit zu tun haben?“

Nein, der Nächste bitte.

„Ich habe zwischen zehn und elf gesehen, wie sich Rowan Fleming und Finley Odell vor dem Kircheingang gestritten haben.“

Na, das taten die ja gerne mal. Der Nächste.

„Elinor Moncreif hat sich die lila Fingernägel wundgekratzt an dem Tisch, an dem sie saß – sie sah so wütend aus. Ich glaube, sie hat innerlich gekocht.“

Interessant, aber nichts Neues. Er lächelte Robbie Nelson zu. *Nächster.*

„Ich saß den ganzen Abend am äußersten Tisch mit
direktem Blick auf die Kirche. Da ist niemand reinge-
gangen außer Peter Coleman, das wissen Sie ja. Dafür
hat dieser kleine Andy Nelson Besteck mitgehen lassen,
das habe ich genau gesehen. Lady Mortimer hat auf den
Kirchhof gekackt, das finde ich nicht in Ordnung und,
oh, da Sie gerade mit Aufklärungen beschäftigt sind, in
meinem Gartenzaun ist ein Riesenloch. Als hätte jemand mit einer Heckenschere den Draht durchschnit-
ten. Wenn Sie den Mörder haben, könnten Sie sich das
vielleicht mal ansehen?“

Jay warf Maggie und Liv einen ermatteten Blick zu.
Liv machte sich tatsächlich die Mühe, diesen Unsinn zu
notieren, derweil Maggie mit schmalen Lippen dasaß
und ebenso das Ende des Tages herbeisehnte wie Jay. Es
war vier Uhr nachmittags und ihm schwirrte der Kopf.
Dieses Dorf konnte einen wahnsinnig machen.

„Wir sollten diesen Irrsinn beenden“, sagte Maggie.
„Außer der Klospülung, weil sie uns den Tee weggesof-
fen haben, ist hier nichts gelaufen.“

Dem musste Jay zustimmen, und streng genommen
hatte er jetzt auch Feierabend. Sein Ehrgeiz, in diesem
Fall voranzukommen, war mit der letzten Unsinnigkeit
endgültig erloschen und seine Hoffnung schon vor drei
Stunden. „Gute Idee. Schicken wir den Rest heim.“ Es
waren nicht mehr sonderlich viele, und sie stopften
sich gerade mit Scones und Shortbread voll. Man

konnte folglich davon ausgehen, dass sie vor allem deshalb hier waren.

„Vielen Dank für Ihr Kommen, für heute ist Schluss", rief er in den Wartebereich – will heißen, die bestuhlte Eingangshalle – hinaus und wollte sich schnell wieder zurückziehen, als sich Mrs Wolverton erhob und mit ihrer Tochter an der Hand auf ihn zukam.

„Verzeihung, DCI Jameson, es wäre möglich, dass Lili etwas gesehen hat, das von Belang sein könnte." Sie war so liebenswürdig wie eh und je. „Ich weiß, sie ist noch ein Kind, aber so nervtötend es in der Erziehung sein kann, sie hat sehr häufig recht."

Jay blickte Lili an. Sie sah mit wachsamen Augen zurück.

„Ich bitte um Entschuldigung für meine ungehaltene Art im letzten Verhör, ich war sehr aufgewühlt. Nun denke ich wirklich, dass sich Lili nicht irrt."

Jay schloss die Augen, verdrängte die Kopfschmerzen und nickte. „Fein, sie ist die Letzte für heute. Kommen Sie rein."

Lili und ihre Mutter traten in den Verhörraum und nahmen auf den Stühlen Platz. Jay setzte sich hinter den Tisch, der ihm seit dem Vormittag als Stütze diente.

„Also, Lili, sei nicht schüchtern und erzähle dem lieben Detective Chief Inspector, was du gesehen hast, als wir heimgelaufen sind." Mrs Wolverton sah zu Jay. „Das war um zwanzig vor zwölf."

„Ne, das war um halb zwölf, Mummy, deine Uhr geht falsch, weißt du nicht mehr?", verbesserte ihre Tochter sie kein bisschen schüchtern.

Mrs Wolverton lachte mit errötenden Wangen. „Ja, richtig, dann war es wohl um halb."

Lili Wolverton setzte sich gerade auf ihrem Stuhl hin und sah Jay direkt ins Gesicht. Er erwiderte den Blick gespannt. „Okay, ich habe den Priester gesehen, als wir gerade heimgelaufen sind. Er ging in die Kirche, und es war eine Frau bei ihm.“

Jay horchte auf, Livs Stift hörte auf, übers Papier zu kratzen, Maggies Mundwinkel zuckten. „War sie zufällig groß und schwarz angezogen, hatte graue Haare und ein böses Gesicht …“ Jay räusperte sich. „Vergiss das Letzte …“

„Sprechen Sie von der alten Hexe Elinor?“

Jay hustete.

„Lili“, sagte Mrs Wolverton und fasste nach der Hand ihrer Tochter. „Also bitte!“

Lili entzog sich dem Griff ihrer Mutter und richtete ihre Augen wieder auf Jay. „Nein, ich denke nicht, dass es *Mrs Moncreif* war. Die Frau war jünger, dünner und kleiner und ich habe sie noch nie gesehen, glaube ich.“

„Womit es niemand vom Kirchengemeinderat sein kann“, stellte Mrs Wolverton klar, „denn die kennt Lili alle.“

„Die hocken ja auch echt oft bei uns rum“, sagte Lili. „Jedenfalls war es leider zu dunkel, um ihr Gesicht richtig gut zu sehen. Ich glaube, sie hatte ein rotes Kleid an und gesträhnte Haare, wie Mama.“

Jay blinzelte. „Und das hast du so genau erkennen können?“

Daraufhin nickte Lili. „Klar. Die Lichterketten und Laternen vom Fest haben gereicht, um das zu erkennen. Nur eben nicht jeden Leberfleck in den Gesichtern der Leute. Das Rot war aber knallig genug und die Strähnen auch.“

Jay starrte grüblerisch vor sich hin. Hatte jemand an diesem Abend ein rotes Kleid getragen? Die meisten waren in Pastellfarben unterwegs gewesen, wie es dem Farbkodex entsprochen hatte ... Rotes Kleid, rotes Kleid ...

„Hilft Ihnen das weiter?"

Jay sah auf und in Mrs Wolvertons Augen. „Äh ..."

„Ja, herzlichen Dank, er ist bereits gedanklich in den Ermittlungen." Liv lächelte Mutter und Tochter zu. „Ihr könnt dann gehen und nochmals danke."

Jay winkte den Wolvertons mechanisch nach, in seinem Kopf überschlugen sich die Erinnerungen. Was er einmal gesehen hatte, vergaß er nicht, was bedeuten musste, dass er an diesem Abend keine Frau mit einem roten Kleid gesehen hatte – oder die Nacht hatte Lili getäuscht und es war eine andere Farbe, aber sie hatte sehr überzeugt geklungen, und rot war relativ unverwechselbar ...

Der Summlaut seines Handys ließ ihn zusammenfahren. Er schaute auf das Display und erkannte eine neue Nachricht von Peter. Er öffnete sie und las: „Habe die Leiter gefunden. Rupert hatte sie, um die Hecke zu schneiden."

Tja, nur dass der Mörder nicht immer der Gärtner war, der gerne mal über den Durst trank und sich deshalb nicht erinnern konnte, wo er die Leiter gefunden hatte. Trotzdem war die Leiter ein guter Hinweis. Denn wenn es tatsächlich eine jüngere, kleinere Frau gewesen war, die den Priester umgebracht hatte, war eine Leiter als Hilfestellung unerlässlich gewesen. Gesetzt den Fall, sie war die Mörderin. Sie konnte sich auch mit ihm unterhalten haben und jemand anderes – vielleicht Elinor Moncreif – ihn erschlagen und anschließend erhängt haben.

Jay fuhr sich durch die Haare und stöhnte. Sein Blick fand Maggie und Liv. „Ihr habt nicht zufällig eine Idee, wen Lili Wolverton da gesehen haben könnte?“

Die beiden schüttelten bedauernd den Kopf.

Natürlich. Sie waren an dem Abend ja nicht da gewesen …

Kapitel Sieben

Hach. Es wäre alles so wundervoll gewesen, hätte sich nicht irgendwer zu sehr an Father Smith gestört und ihn kaltblütig ermordet. Liv liebte es, im siebten Himmel zu schweben, aber zu Zeiten, in denen Mordermittlungen liefen, konnte sie dieses erhebende Gefühl nicht voll auskosten. Dabei war jetzt Sommer und die Zeit dafür. Vor allem, nachdem sie Jasper kennengelernt hatte. Er war intelligent, hatte gute Einfälle, und seine Art zu sprechen, gefiel ihr. Er wirkte manchmal wie ein Lehrer, obschon einer von der guten Sorte, so einer, in den man sich als High-School-Absolventin verliebt hätte. Sie hatte es als B&B-Besitzerin und Kriminalassistentin getan, und das fand Jasper wahnsinnig spannend, also vor allem die Kriminalassistentin in ihr. Anders als William versuchte er sie nicht ständig von ihren Ermittlungen und Überlegungen abzuhalten, sondern war immerzu bereit, mit ihnen zusammen zu überlegen. Das hatte gewaltige Pluspunkte bei Maggie gehagelt, denn die war ja bekanntlich mit nichts lieber beschäftigt als mit dem Lösen von Fällen. Liv würde nicht so weit gehen, ihrer Freundin zu unterstellen, sie genösse Mordfälle. Es besserte bloß unübersehbar ihre Laune, wenn sie etwas zum Tüfteln hatte. Anders als die des DCI. Ach je, der arme Jay-Jay verhielt sich noch vergeistigter als sonst, ständig ging er in Zimmer und

Fluren auf und ab oder stand irgendwo in der Gegend herum, den Kopf in den Wolken, die Gedanken überall, und hatte er Pech, fuhr ihn irgendein Schüler mit seinem Fahrrad fast um. Deshalb hatte Liv vierundzwanzig Stunden nach Lili Wolvertons Zeugenaussage beschlossen, dass es Zeit für einen Luftwechsel war. Was eignete sich da besser als ein Ausflug zum nahe gelegenen Longlands Lake? Ein herrlicher Ort für einen Grillnachmittag und um die verkopften Menschen in ihrer Umgebung auf andere Gedanken zu bringen. Schöne Gedanken.

„Jay, Maggie, wir machen einen Ausflug.“

Das war kein Vorschlag, es war eine höfliche Anordnung, die bereits zu weiten Teilen in die Tat umgesetzt war. Jasper hatte den Grill in den Mietwagen geladen, Liv den gesamten Morgen Sandwiches geschmiert und Salate gerichtet, und in der Tiefkühltruhe warteten Steaks und Sausages.

Maggie sah sie an, als sei sie nicht bei Trost. „Mädchen, wir sind mitten in einer Morduntersuchung und ...“

„... noch keinen Schritt weiter, weil euch die Köpfe rauchen. Es ist Samstag, es ist sonnig, und es ist das ideale Ausgehwetter. Ich garantiere euch, wenn ihr den Kopf ein bisschen frei macht, könnt ihr euch danach wieder viel besser konzentrieren und euch fällt vermutlich diese Kleinigkeit auf, die ihr vorher übersehen habt. Ich verspreche, morgen setzen wir uns zusammen hin und gehen alle jungen Frauen durch, die dieses Dörfchen zu bieten hat.“

Jay lächelte müde. „Das ist sehr liebenswert und klingt logisch, dennoch denke ich, dass dieser Fall keine Unterbrechungen verträgt. Peter wurde angegriffen, und ich weiß nicht, was sich dieser Mörder noch ausdenken könnte."

Liv setzte sich ihren Sonnenhut auf den Kopf und verdrängte die flüchtige Frage, ob er recht haben könnte. „Wie ihr meint, dann gehen Jasper, Zoey und ich eben allein."

Jays Sitzhaltung am Küchentisch veränderte sich. „Zoey kommt auch mit?"

Liv schenkte ihrem Spiegelbild in der Glasscheibe der Vitrine ein feines Zwinkern. „Ja, sie war überaus angetan davon, den Longlands Lake zu besuchen. Ich kenne da eine Picknickstelle, die etwas abseits und umzäunt von einem Blumengarten ist, traumhaft, und wie ich so vor mich hin geschwärmt habe, wurde sie immer neugieriger. Daraus ist unsere Idee für einen Ausflug mit Grillen und Co entstanden."

Jay nickte, seine Finger spielten mit einer seiner abstehenden Strähnen. „Ja, das klingt in der Tat traumhaft. Nun", er klappte sein Notizbuch, das eigentlich Livs war, zu, „ich denke, so eine kleine Auszeit kann nicht schaden."

Maggie sah Liv aus schmalen Augen und mit einem Mund, der nur noch ein Strich war, an. Liv grinste und schnappte sich ein paar Decken, um sie ihr in die Arme zu drücken. „Das kommt in den Kofferraum."

***

Cumbria im Sommer konnte wunderschön sein, wenn die grünenden Wiesen und Felder von der Sonne getränkt wurden und einen maximal ein sanftes Lüftchen umspielte. Im Longlands Lake trafen sich die Flüsse Ehen und Keekle, und er war in seiner Form beinahe rund, allein mit einem schicken Knick am nördlichen Ufer und umgeben von saftigen Wiesen. Im Frühsommer blühten dort die vielfältigsten Wildblumen in allen Farben und Düften.

Liv schloss die Augen, als sie auf den Parkplatz einfuhren, und genoss den Geruch, der ihre Nase erfreute. Ihre Geheimstelle lag nicht weit der Parkplätze und des nördlichen Seeknicks. Sie gingen den Pfad entlang, der reich an krautigen Pflanzen war. Überall wuchsen den See begrenzende Büsche und farbenfrohe Blumen. Dieser Anblick lud zu einem Spaziergang ein, weshalb sie sich einen Rundgang genehmigten, nachdem sie ihre Picknickutensilien abgeladen hatten.

„Sie haben nicht gelogen, es ist wunderschön hier“, bestätigte Zoey kurz darauf, während ihre Augen über den tiefblauen See glitten. Liv nickte und registrierte aus den Augenwinkeln Jays schmachtenden Blick. Es wurde wirklich Zeit, dass die beiden sich fanden, das würde ihm neuen Schwung in so ziemlich jeder Lebenssituation verleihen.

Sie hatten sich für einen Rundgang um den See entschieden, dessen Wasser vor sich hin glitzerte und nur minimal vom Wellengang kleiner Holzschiffe unstet wurde. Obwohl er vor allem von Familien besucht wurde, verteilten sich die Menschen gut um ihn herum. Es erfüllte Liv mit Stolz, dass es ihr gelungen war, ihre Freunde hierher zu entführen.

„Du bist eine unverbesserliche Kupplerin“, raunte Maggie ihr zu, als sie über eine der vielen Holzbrücken gingen und ihre Absätze laut darüber pochten. Sie sahen beide zu Jay und Zoey hinüber, die einige Meter vor ihnen hergingen – er scheiterte am Versuch zu schlendern, sie glänzte mit ihrem entschlossenen Gang der Leichtigkeit. So nannte es Liv, wenn Frauen ihre Körpermitte besaßen, sich entsprechend selbstsicher bewegten und eine gewisse Anmut in sich trugen.

„Du musst zugeben, dass es nötig war, etwas in die Wege zu leiten. Shakespeares Verse wären längst aufgebraucht, bis er es hinbekommen hätte, Zoey auszuführen."

Maggie gab ein Schnauben von sich. „Shakespeares Verse werden niemals ausgehen, verlass dich drauf." Sie seufzte und sah den Enten dabei zu, wie sie auf dem See dahinschwammen und die Köpfe nach jenen Spaziergängern reckten, die etwas zu essen mit sich trugen.

„Wie kommt ihr auf Shakespeare?", erkundigte sich Jasper, der seinen Arm um Liv gelegt hatte und in seinem Charles-Tyrwhitt-Hemd zum Anbeißen aussah.

„Frag nicht", antwortete Maggie, „aber solltest du je wissen wollen, auf welcher Seite Hamlet was zu Ophelia sagt oder wie und wo genau Tybalt gestorben ist, frag ihn."

Kein Grund, so zänkisch zu sein, fand Liv, denn eigentlich war es sehr romantisch, dass er zu jeder Lebenssituation einen Vers zu zitieren wusste. Sie beobachtete mit schneller schlagendem Herzen wie sich Zoey die Sandalen von den Füßen streifte und beim Aufrichten kaum merklich gegen Jays Körper stieß. Liv war erfahren genug, um zu durchschauen, dass es ein absichtliches Wanken gewesen war. Jays Hand zuckte leicht, er bewegte sie in die Nähe von Zoeys Rücken, doch berührte er sie nicht. Die Finger zuckten bloß leicht. Zoey unterdessen ging ein paar Schritte über den Steg und raffte ihr Blümchenkleid, ehe sie ins kniehohe Wasser stieg, um am Seeufer entlangzugehen.

„Hach, sehen sie nicht hübsch zusammen aus?", sagte Liv mit einem Seufzen und kuschelte sich gegen Jaspers Oberkörper.

„Ja, aber er muss aufpassen, dass er mit seinen Stielaugen auf den Weg achtet, nicht nur auf sie." Jasper lachte leise. Liv gab ihm einen Klaps auf den Hinterkopf.

„Och, du kannst ihn ja aus dem See retten, falls er reinplumpst", kam es trocken von Maggie, „bist ja bekanntlich ein guter Schwimmer."

Liv hörte dem Gefrotzel der beiden nicht zu. Sie sah mit angehaltenem Atem zu, wie sich Zoey einem dicht verwurzelten Baum am Ufer näherte und war gespannt, wie sie ihn umrunden würde ...

***

„... und im Juli oder August haben wir jedes Jahr Somersets verträumte Küstenlandschaft besucht, das Paradies für alle, die sich nach Ruhe sehnen. Mum hat Glastonbury geliebt ..." Zoey unterbrach ihre Erzählungen und betrachtete Jay von der Seite. „Sie tun es schon wieder, Jay."

Er hob den Blick und sah sie an. „Hm?"

„Sie schweifen mit Ihren Gedanken ab und hören nicht zu."

„Oh, doch ... ich ... Ihre Mum hat Somerset geliebt."

Sie grinste. „Glastonbury“, verbesserte sie sanft. „Aber zumindest haben Sie einen Teil davon realisiert. Vielleicht sollte ich Ihren Mordfall morgen lösen, um den Rest Ihrer Aufmerksamkeit zu bekommen.“

Jay schüttelte den Kopf. Die Klärung des Falls spukte ihm zwar durch den Geist, war trotzdem in die hinteren Regionen verdrängt worden. Abgelenkt war er einzig von ihr. Von ihrer Art, durchs Wasser zu gehen, von ihrem Lächeln, das sich auch beim Erzählen nicht verlor, und … nun ja, überhaupt von allem. Er fand nicht einmal ein Shakespearezitat, das in Worte gefasst hätte, wie schön es war, ihr zuzusehen und zuzuhören. „Sie haben meine Aufmerksamkeit.“

Zoey sah ihn an und lächelte. „Habe ich die?“

Eine der Sandalen entglitt ihrer Hand und Jay bückte sich rasch danach, ehe sie ins Wasser fallen konnte. Sekundenlang starrte er blinzelnd auf den Schuh in seiner Hand. „Huch“, murmelte er und Zoey lachte.

„Zumindest mein Schuh hat sie.“

Er erhob sich und hielt ihn ihr hin, entschied sich jedoch um. „Sie … wenn Sie möchten, kann ich die Schuhe tragen. Sie müssen sich gleich festhalten, da kommt ein Baum. So lange kann ich sie nehmen.“ Er räusperte sich. Der Vorschlag klang bescheuert aus seinem Mund, und Zoeys amüsiert blitzenden Augen nach zu urteilen, sah sie es ebenso. Was war er für ein Dummschwätzer! Finley hätte längst nach ihrer Hand gegriffen. Warum tat er es nicht? Aus Höflichkeit oder Feigheit?

„Sie werden staunen, ich kann über diese Wurzeln klettern und meine Sandalen selber tragen.“ Ehe er reagieren konnte, nahm sie ihm ihren Schuh aus der

Hand und balancierte flink über die Wurzeln. Sie waren glitschig vom Wasser. Jay eilte ihr hinterher, und sie kicherte, beschleunigte ihre Kletterpartie, wobei ihr linker Fuß abrutschte und sie ins Straucheln geriet. Jay vergaß, zu höflich zu sein, um sie anzufassen, und legte beide Hände um ihre Hüften, ehe sie fallen konnte.

„Huch." Kastanienfarbene Haarsträhnen fielen ihr ins Gesicht, sie pustete sie zur Seite. Sie sahen einander an. „Danke."

Jay sagte nichts. Er war verzaubert. So sehr, dass er nicht auf die Idee kam, diesen Moment zu nutzen, um sie zu küssen. Einfach mal ein Risiko eingehen. Denn so nah waren sie sich noch nie zuvor gewesen. Das Lachen eines Kindes in der Nähe sorgte für ein Zucken in seinen Gliedern, und Zoey blinzelte. Sie trat von der Wurzel hinab neben ihn ins Gras, und er ließ sie los. Moment verschenkt. Er war trotzdem schön gewesen, und sie gingen etwas enger nebeneinander her, jeder eine Sandale in der Hand.

***

Gelobt sei der Herr, dass es noch nicht heiß genug war, um im See zu baden, sonst wäre Maggie in den zweifelhaften Genuss gekommen, zwei verliebten Paaren dabei zuzusehen, wie sie im See herumknutschten. Liv und Jasper taten das bereits an Land, wobei Maggie ihre Meinung über diesen Kerl revidieren musste. Er besaß eine selbstreflektierte Portion Humor, und was er so erzählte, war meistens interessant. Was Jay und Zoey anging, sah es nicht so aus, als würde es heute zum Knutschen kommen – sie bezweifelte, dass Jay

Jameson ein Mensch war, der wusste, wie man knutschte - aber Liv hatte ihnen eine Plattform zum Verlieben geboten, und es sah verdächtig danach aus, als würde es trotz seiner Ungeschicklichkeit zwischen ihnen knistern. Zumindest so sehr wie das Grillfeuer, das die beiden Herren seit einer halben Stunde nicht zum Brennen brachten. Jasper war auf die Pfadfinderidee gekommen, auf den Grill zu verzichten und stattdessen ein Lagerfeuer in der vorgegebenen Grillstelle zu entzünden. Bedauerlicherweise kannte sich damit keiner der beiden Männer aus. Jasper stapelte die Holzscheite umeinander, wie er es vermutlich in Filmen gesehen hatte, Jay wartete mit dem Streichholz in der Hand darauf, dass sie nicht ständig wieder umfielen. Als es endlich so weit war, verbrannte er sich die Finger, das Holz fing kein Feuer. Außerdem trampelten sich die beiden unablässig auf die Füße, während sie um die Grillstelle stolperten. Zoey stand daneben und verkniff sich das Lachen. Maggie hielt es schließlich nicht länger zurück. Sie prustete los, und Liv fiel mit ein. Jasper und Jay. Das Dream-Team des Longlands Lake.

„Hört auf, um Himmels willen, hört auf!", rief Liv kichernd. „Ich schmeiße jetzt den Grill an."

***

Schön und gut, auf das Lagerfeuer hatten sie verzichtet. Der mitgebrachte Grill war allerdings vollkommen ausreichend, und Jay konnte ihn sogar bedienen. Weniger geschickt stellte er sich beim Befüllen der Pappteller an. Bereits zwei Würstchen hatten dran glauben müssen. Diese Grillzangen lagen so ungeschickt in der Hand. Zumindest in seiner. Zoey beherrschte es weitaus eleganter – sie war es eben gewöhnt, Siebzangen und Schaufeln zu nutzen. Wobei sie in allem Eleganz bewies. Jay konnte nicht aufhören sie anzusehen. Wie sie sich mit Maggie und Liv unterhielt, so ungezwungen, dass er es bewundernswert fand. Nicht dass er mittlerweile nicht gelernt hatte, mit diesen beiden ungezwungen zu sein, aber da endete sein Vermögen. Kaum traf er auf jemanden anderen, wurde jedes Wort anstrengend und in Zoeys Fall auch noch sinnfrei. Dabei könnte es so schön sein, sich mit ihr zu unterhalten. Oder wurde es sogar, in seltenen Momenten. Wenn er aufhörte, zu viel zu denken. *Sie müssen bloß aufhören, zu denken, und auf Ihren Körper vertrauen.* Musste er wirklich …

„Das Steak verbrennt gleich, Jay." Oder nicht, bedachte man, was dann passierte. Jasper streckte die Hand nach der Grillzange aus. „Ich übernehme mal, oder?" Jay hätte gerne protestiert, wäre sich dämlich vorgekommen, sie abzugeben, da senkte Jasper die Stimme und sagte: „Gehen Sie endlich zu ihr rüber. Sie schielt dauernd her." Tat sie das? Vor lauter Irritation ließ er sich die Grillzange aus der Hand nehmen und folgte der Aufforderung. Zoey machte tatsächlich neben sich auf der Bank Platz, als sie ihn sah, und reichte ihm eine Bierflasche. Er trank das Zeug nicht, nahm es dennoch dankend an. Er trank es vermutlich deshalb nicht, weil er immer im Dienst war. Nur jetzt nicht. Da konnte er ja eine Ausnahme machen. Er sollte aufhören, über das Bier nachzudenken. Nachdem er bald fünf Minuten neben ihr saß, ohne sich am Gespräch zu beteiligen, sah sie ihn mit einem neckischen Lächeln an.

„Nicht, dass ich Ihren heroischen Einsatz, ein Grillfeuer zu machen, nicht geschätzt hätte, doch ich bin nicht eine Sekunde enttäuscht über Ihr Versagen. Das Gemüse schmeckt sehr viel besser, wenn es vom Grill kommt."

Er lachte und musste ihr zustimmen. „Ich gestehe, dass ich noch nie eine Begabung für Lagerfeuergrillen hatte. *Der Narr hält sich für weise, aber der Weise weiß, dass er ein Narr ist.* Ich hätte es lassen sollen."

„Sie sind kein Narr, glauben Sie mir."

Er wünschte, es wäre so. Er bemerkte, dass Liv damit beschäftigt war, Kerzen anzuzünden, und suchte nach den Streichhölzern in seiner Tasche, derweil er weitersprach. „Dann finden Sie nicht, dass ich mich regelmäßig zum Narren mache?"

Sie nahm einen Schluck von seinem Bier. „Doch. Aber ich mag es eigentlich."

Er blinzelte. „Ehrlich?" Sie mochte es? Was bedeutete *eigentlich?*

„Ich weiß ja, dass es nur gelegentlich über Sie kommt. In Wirklichkeit sind Sie zu clever, um cool zu sein. Und coole Männer sind langweilig, oder?" Konnte sein, hatte er nie drüber nachgedacht. „Sehen Sie das anders?"

„Na ja, ja, ich meine, nein ... Ich dachte, Finley Odell ist ein eher cooler Typ, und den finden Sie nicht langweilig." Er fand die Streichhölzer und wollte sie an Maggie weiterreichen, die neben ihm saß. Mit Zoeys nächsten Worten verharrte seine Hand gleichwohl an Ort und Stelle.

„Natürlich finde ich ihn nicht langweilig. Er ist schließlich aus dem Grund cool, weil er gepflegt high ist."

Gepflegt high? War das was Gutes? Wahrscheinlich, weil er immer gut drauf war. „Das heißt, Sie mögen ihn?" Er entzündete das Streichholz, um die Kerze, die inzwischen vor ihm stand, anzumachen.

Zoey zuckte mit den Schultern. „Sicher, so wie man seinen Geschäftspartner mag."

Die Flamme arbeitete sich über das Holz abwärts, Jays Hand zuckte.

„Hat er es Ihnen nicht erzählt? Der neue Kräutertee enthält eine geringe Menge Cannabis. Ich fand die Idee nicht schlecht, und so haben wir uns zusammengetan. Deswegen ist er so häufig im Teeladen."

Jay starrte sie an. „Deshalb?"

Zoey zwinkerte. „Was dachten Sie denn?" Sie wurde ernst. „Halten Sie es für eine schlechte Sache?"

„Bestimmt nicht ..."

„Huch, Jay, nimm das Streichholz weg!"

Jay zuckte zusammen und ließ das Streichholz fallen. Es segelte nur dummerweise nicht nach unten, sondern aus unerfindlichen Gründen aufwärts – und direkt auf Maggies Haare zu.

Kapitel Acht

Jay hätte sich vor Scham am liebsten in einem Erdloch verkrochen. Statt mit prickelnder Romantik war der Abend mit brutzelnden Haaren ausgeklungen – was für ein Schlamassel! Zwar hatte es Maggie nach dem anfänglichen Schock mit Humor genommen, trotzdem konnte sich Jay nicht verzeihen, dass er wieder einmal bewiesen hatte, dass er eine Katastrophe in jeglicher Hinsicht war. Ob ihn Zoey nach diesem Debakel immer noch für keinen Narren hielt? Sie hatte, liebenswürdig wie immer, nicht den Eindruck vermittelt, dass er als Mensch oder Mann bei ihr unten durch war, aber verübeln könnte er es ihr nicht. Warum nur musste er sich immer wie ein Idiot benehmen? Er sollte aufhören, sich für multitaskingfähig zu halten. Hätte er nicht versucht, gleichzeitig eine Kerze anzuzünden und Zoey zuzuhören, wäre das nicht passiert.

Zusätzlich zu den Gedanken, die sein schlechtes Gewissen ihm bescherten, kamen die über Finleys und Zoeys Geschäftspartnerschaft. Hielt er es für eine schlechte Sache? Seiner selbstverständlichen Verneinung auf ihre Frage mussten Stunden später einige Überlegungen folgen. Finley war ja in Ordnung und nicht zu verwechseln mit irgendwelchen Kleinkriminellen. Außerdem hatte er, Jay, ihm die Möglichkeit gelassen, seine kleine Farm weiterhin zu betreiben, womit er ihn nicht verurteilen konnte und ebenso wenig Zoey. Sie machte sich nicht wirklich strafbar. Die Menge, die sie in den Tee gaben, dürfte so geringfügig sein, dass sie verschmerzbar war, und deshalb konnte er als Kriminalist darüber hinwegsehen. Als Mensch wäre es ihm sowieso egal. Warum machte er sich dann Gedanken? Kriminalisten waren schließlich letzthin auch Menschen. Ja. So war es, und er war kein Drogenfahnder, sondern Detective Chief Inspector und hatte andere Probleme. Er musste die Mörderin von Father Smith dingfest machen.

Jay räusperte sich. Hatte er *Mörderin* gedacht? War er sich so gewiss, dass es eine Frau war? Er gab offen und ehrlich, sich selbst und Peter gegenüber, zu, dass er weiterhin Elinor Moncreif als Hauptverdächtige betrachtete – junge, kleine Frau hin oder her, die Lili mit dem Priester gesehen hatte. Trotzdem musste er dieser Spur nachgehen. Für alles andere hatte er Peter. Während er folglich mit Liv im Präsidium saß und alle Frauen des Dorfes durchging, die auf Lilis Beschreibung passten, saß Maggie beim Friseur und Peter auf der Lauer – um Elinor Moncreif zu beschatten. Er hielt ihn bezüglich der neuesten Erkenntnisse per Textnachricht auf dem Laufenden. Bisher hatte sich noch nichts Spannendes ereignet.

„E. verlässt das Haus", hatte er um zehn nach acht geschrieben.

„E. redet mit dem Bürgermeister", lautete die Information eine halbe Stunde später. „Sie geht jetzt in den Dorfladen."

Er nahm diesen Job sehr ernst. Ebenso wie Liv den ihren.

„Ich habe mich ein bisschen schlaugemacht, wer alles das Fest des Lebens besucht hat", erklärte Liv und breitete einige Blätter auf dem Schreibtisch aus. „Von unseren dreitausend Einwohnern leben etwa die Hälfte im Ortsinnern und nicht im ländlichen Teil außerhalb. Von denen sind vermutlich die wenigsten zum Fest erschienen. Laut Bürgermeister Wolverton, er lässt dir übrigens seine Grüße ausrichten, weiß ich, dass insgesamt etwa neunhundert Menschen über den Tag verteilt am Festgeschehen teilgenommen haben." Das bezweifelte Jay. Sowohl, dass der Bürgermeister ihn grüßen ließ, als auch die Tatsache, dass so viele Menschen zugegen gewesen sein sollten. „In den Abendstunden waren es dann laut seiner Schätzung nur noch um die zweihundert und die meisten davon gehörten zum internsten Kreis. Er jedenfalls hat kaum unbekannte Gesichter erspäht."

„Hat er zufällig eine Frau im roten Kleid erspäht?"

Pling. Auf seinem Display blinkte Peters neuestes Update auf. „E. verlässt den Dorfladen und geht auf das Haus von Laura Abbet zu."

„Die Beschreibung könnte auf jeden zutreffen, lautete seine Antwort."

Genau wie er es vermutet hatte. Sie suchten die Nadel im Heuhaufen …

„Stöhn nicht so herum. Wir können unsere Suche trotzdem eingrenzen." Liv angelte sich ihren Stift. „Also …"

Pling. „E. hat ausgiebig mit ihrer Freundin geschwätzt und geht jetzt weiter. Ins Tabakgeschäft."

„... wir können mal mit den Teenagern anfangen, die sind alle nicht besonders groß, dafür dünn und jung. Bis auf Sandy Brown, die ist das Gegenteil von dünn." Liv strich den Namen auf ihrer Liste durch. „Gesträhnte Haare sind schon mal ein gutes Kriterium, wobei das gerade in Mode ist, jede zweite Pubertierende strähnt sich die Haare. Ich hatte es mir auch überlegt. Zum Glück bin ich davon abgekommen. Noch bevor ich Moira Lovflat mit ihrer Rosamischung gesehen habe." Während sie sprach, strich sie munter Namen auf ihrer Liste durch. „Das macht insgesamt sieben Teenagerinnen. Kommen wir zur nächsten Generation. Linda Mey können wir gleich streichen, die hat ja ihr Alibi ..."

Pling. „E. hat sich gerade Zigaretten gekauft. Ich wusste nicht, dass sie raucht."

Liv warf dem Handy einen kurzen Blick zu und strich anschließend weiter Name um Name ab. Jays Augen brannten und die Ohren juckten. Das mit den parallelen Ermittlungen war keine gute Idee gewesen.

„Wieso machen wir uns die Mühe? Könnten wir nicht einfach eine Annonce verfassen?", sagte Jay, dem unvermittelt einfiel, wie erfolgreich sich die Leute auf seine letzte gemeldet hatten.

Liv senkte ihren Stift und ließ ihn ein, zwei Mal gegen die Tischplatte tippeln. „Du meinst, nach dem Motto: Welche Frau mit gesträhnten Haaren hat am Fest des Lebens ein rotes Kleid getragen?"

„Exakt. Das würde uns viel Arbeit ersparen."

Liv tippte mit dem Stift noch eine weitere Sekunde auf ihr Blatt, ehe sie den Kopf schüttelte. „Nein."

„Wieso nicht?"

Sie legte den Stift beiseite. „Wenn du die Frau im roten Kleid wärest und Father Smith ermordet hättest, würdest du dich dann auf eine Annonce vom Detective Chief Inspector melden?"

Jay dachte darüber nach. „Nein, aber wenn ich die Frau im roten Kleid wäre und mich einfach mit ihm unterhalten und im Anschluss vielleicht etwas gesehen hätte, dann schon."

„Wenn du im Anschluss vielleicht etwas gesehen hättest, wärest du dann nicht bereits auf die erste Annonce hin zum Detective Chief Inspector gegangen?"

So gesehen hatte sie recht. Wobei er etwa zehn von denen, die sich gemeldet hatten, weggeschickt hatte. War eine junge, dünne Frau mit gesträhnten Haaren dabei gewesen?

Pling. „Das Geheimnis ist gelüftet. Die Zigaretten waren nicht für E. Sie hat sie eben Frederick Dirby in den Buchladen gebracht. Die kleben wirklich alle ständig zusammen."

Livs Augen wurden vorwurfsvoll. „Was ist heute mit diesem Handy los? Wer schreibt da ständig und stört die Ermittlungen?"

„Mein verdeckter Ermittler", murmelte Jay und Liv runzelte die Stirn. „Verdeckter Ermittler? Meinst du Peter?"

„Ja, er beschattet Elinor Moncreif."

„Wieso?"

„Sie ist weiterhin eine Verdächtige. Immerhin hat sie kein Alibi, dafür ein Motiv und es konnten verdächtige Gegenstände bei ihr sichergestellt werden."

Liv seufzte auf diese Weise, die Jay sonst nur bei Filmschauspielerinnen kannte. „Wir wollten uns auf die Frau im roten Kleid konzentrieren."

Jay lächelte freundlich. „Wir tun das ja auch. Peter konzentriert sich unterdessen auf die Witwe Moncreif."

Liv konnte nicht verhindern zu lachen. „Von mir aus. Soll er. Machen wir weiter. Wir haben inzwischen einige rausstreichen können. War jemand von außerhalb da?"

„Mary Abbet, die Cousine von Laura Abbet."

Liv schnalzte mit der Zunge. „Na, auf die trifft bloß das Attribut klein zu. Sie ist weder jung noch dünn. Himmel, was ist denn heute los?" Dieses Mal unterbrach ihr Handy das Gespräch und Liv hob nach einem stirnrunzelnden Blick ab. „Ja, hallo? Sie sprechen mit Liv ... Ach, du bist es, Maggie. Von wo aus rufst du an? ... Aus einer Telefonzelle? Wieso das? Ich dachte, du ... langsam, ich verstehe dich nicht." Sie sah das Handy an und seufzte. „Ich gehe mal eben raus, da ist die Verbindung besser", sagte sie zu Jay und erhob sich. „Maggie, kannst du mich hören?"

Jay lehnte sich in seinem Stuhl zurück und streckte sich. War das alles verworren. Wer könnte diese Frau gewesen sein? War sie zufällig die letzte Person, die mit Father Smith gesprochen hatte oder tatsächlich seine Mörderin? Und sollte dem so sein, könnte sie eine Komplizin von Elinor Moncreif sein?

Pling. „Verflucht. Ich bin aufgeflogen. Greta hat mich erwischt."

Jay runzelte die Stirn und stand auf. Wer war Greta? Ehe er die Frage stellen und beweisen konnte, dass er nicht richtig zugehört hatte, fiel ihm das Gespräch zwischen Peter und Zoey wieder ein. Greta war seine Frau. In diesem Moment klingelte sein Handy und zeigte Peters Nummer an. „Peter? Was …"

„Psst. Retten Sie mich, sobald es Ihnen möglich ist. Holen Sie mich unter einem Vorwand bei mir zu Hause ab. Greta ist stinkwütend. Aber wir müssen uns dringend treffen. Es gibt neue Erkenntnisse."

Ehe Jay Näheres zu den Erkenntnissen oder Gretas Wut erfragen konnte, legte Peter auf. Jay verlagerte das Gewicht vom rechten zum linken Bein. „Neue Erkenntnisse" klang ebenso dringlich wie „Retten Sie mich", daher beschloss Jay, dass er die Suche nach der Frau im roten Kleid einstweilen unterbrechen konnte – zumal er durchs Fenster sah, dass Liv davoneilte. Flüchtig stritten sich in ihm die Impulse. Sollte er ihr hinterherrennen oder zu Peter gehen? Immerhin musste ihr überstürzter Aufbruch bedeuten, dass etwas passiert war. Andernfalls hätte sie ihm bestimmt Bescheid gesagt. Ach was, sie war eine erwachsene Frau und vielleicht hatte Maggie den Herd angelassen und Liv musste, so schnell es ging, los.

Er hätte eigentlich wissen müssen, dass Maggie niemals den Herd anlassen würde. So ahnten weder Liv noch Jay, dass sie geradewegs auf die Lösung des Falls zugingen. Nur, dass Jay einen Umweg machte …

Part Drei — Two wrongs don't make a right.

Kapitel Neun

Etwa eine halbe Stunde früher und sieben Querstraßen weit entfernt saß Maggie im Friseursalon der Lovflats und las in einem dieser Klatschheftchen, denen man allerhöchstens beim Friseur seine Aufmerksamkeit schenkte und auch lediglich, wenn man nichts Besseres zu tun hatte. Was auf Maggie streng genommen nicht zutraf. Daher legte sie das Heft nach einem halben Artikel über die aktuellen Erkenntnisse zum skandalösen Verhalten der Königsfamilie beiseite.

Sie nahm es Jay nicht übel, dass er in seiner Verliebtheitsdusseligkeit ihre Haare angesengt hatte. Ihr Friseurtermin war längst überfällig gewesen. Trotzdem würde sie sich jetzt lieber mit dem Mord an Father Smith beschäftigen, anstatt hier zu sitzen und gerade noch so die wieder in Mode gekommene Dauerwelle für alte Damen abzuwehren, die ihr Mrs Lovflat verpassen wollte. Durch den Verlust ihrer Spitzen musste sie sich von ein paar Zentimetern trennen, der Dutt würde da schwierig werden, aber die Dauerwelle, herzlichen Dank, auf die verzichtete sie. In dem Alter war sie nicht und würde es nie sein.

Mrs Lovflat war schweigsamer als sonst, während sie sich um ihre Kundinnen kümmerte – insgesamt um drei Stück gleichzeitig ohne Hilfe, denn ihre Tochter war noch in der Schule. Es störte Maggie nicht, heute auf Klatsch und Tratsch zu verzichten. So blieb ihr ausreichend Zeit, über den Fall nachzudenken. Über das, was sie herausgefunden hatten, das, was Jay für relevant hielt, und das, was es tatsächlich war.

Erstens, Mordzeitpunkt: Father Smith war am Fest des Lebens zwischen elf und zwölf Uhr ermordet worden.

Zweitens, Mordwaffe: Er wurde zunächst mit einem massiven scharfkantigen Gegenstand (der noch nicht aufgetaucht und auch nicht vehement genug gesucht worden war) zweifach schwer am Kopf verletzt und im Anschluss mit seiner Stola am Jesuskreuz erhängt.

Drittens, Hinweise: Die Blutspuren verrieten, dass Father Smith im Altarraum zusammengeschlagen wurde und entweder zum Kreuz gekrochen war oder dorthin geschleift wurde.

Farbsplitter auf dem Boden unterhalb des Kreuzes, die von der Leiter aus dem Räumchen neben dem Treppenaufgang abgefallen waren, wiesen darauf hin, dass der Mörder sie dazu genutzt hatte, um Father Smith ans Kreuz zu bekommen. Das ließ die Option offen, dass es sich um nur einen Täter handelte. Es musste dennoch ein gewisses Geschick erfordert haben, erst selbst auf die Leiter zu steigen und den Father hinterdrein zu hieven, um ihn aufknüpfen zu können. Unmöglich war es nicht.

Lili Wolverton hatte außerdem Father Smith kurz vor seinem Tod mit einer jungen Frau in einem roten Kleid gesehen.

Viertens, Verdächtige: Alle, die etwas gegen den Priester hatten und zwischen elf und zwölf Uhr noch auf den Beinen gewesen waren. Davon hauptverdächtig, Elinor Moncreif und die Unbekannte im roten Kleid.

Fünftens, was hatte Jay bisher getan: Fälschlicherweise den Gärtner beschuldigt und den Kirchengemeinderat in die Mangel genommen, um erst danach festzustellen, dass alle ein Alibi besaßen (bis auf Elinor, die verdächtig, aber vermutlich nicht die Mörderin war, sondern lediglich ein griesgrämiges, altes Weib mit Rachegelüsten). Des Weiteren hatte er es versäumt, die Waffe, mit der Father Smith niedergeschlagen worden war, sicher zu identifizieren und zu suchen. Da kam er einfach nicht in die Gänge und fahndete nun stattdessen nach der Frau im roten Kleid. Das war auch so was. Er ging den Dingen meistens sprunghaft auf den Grund. Mal suchte er hier, mal da, aber nirgendwo richtig. Fand zumindest Maggie.

Womit sie bei sechstens angekommen war: Was musste dringend getan werden? Man sollte den Gegenstand finden, mit dem Father Smith schwer verletzt worden war, ebenso die Frau im roten Kleid, und am wichtigsten diejenige Person, die fähig war, jemanden erst niederzuschlagen und anschließend mithilfe einer Leiter an der Jesusfigur aufzuhängen. Das war nämlich bestimmt nicht die Frau im roten Kleid gewesen. Und vor allem sollte Jay nicht länger Zeit mit Seeausflügen und Flirtereien verschwenden, die damit endeten, dass Maggie untätig in diesem Friseursalon saß.

„So, eine weniger, dann machen wir bei Ihnen weiter, Mrs Rosenburn." Mrs Lovflat flitzte zu ihr herüber und besprühte ihre vor zwanzig Minuten gewaschenen und schon fast wieder trockenen Haare mit einer dieser Spritzkannen, die Maggie für Blumen nutzte. Sei's drum. „Tut mir leid, die Aushilfe ist schon seit Wochen krank und Moira motzig. Sie kommt zwar in zehn Minuten von der Schule heim, zurzeit kann ich sie danach allerdings zu nichts mehr gebrauchen.“

„Kein Problem, ich habe ja Zeit.“ Eine freundliche Lüge, die einem gestressten Leuten gegenüber gerne von der Zunge rollte, ehe man sich darüber bewusst wurde, dass es einem unter den Nägeln brannte, hier rauszukommen.

Mrs Lovflat lächelte dankbar. „Es ist wirklich eine Herausforderung, den Laden ganz allein am Laufen zu halten. Ich komme kaum hinterher, liege mit den Bestellungen neuer Produkte zurück, zum Aufräumen komme ich nur noch oberflächlich und dann noch die privaten Probleme.“ Sie seufzte tief und versuchte, durch ein lahmes Abwinken zu verdeutlichen, es sei alles halb so schlimm.

Maggie war mit ihren Gedanken eigentlich andernorts, erinnerte sich jedoch an Livs Konversationsformen und nahm sich ein Beispiel daran. „Das kann ich verstehen. Sie müssen viel leisten. Wie geht es denn inzwischen Ihrem Mann?“

Mrs Lovflat stutzte kurz, ehe ihre Mundwinkel kaum merklich herabsanken. „Ja. Der ist missgestimmt. Keine Ahnung, was ihn umtreibt. Wahrscheinlich der viele Zoff mit Moira. Im Moment können sie nicht besonders miteinander. Die Pubertät.“ Sie lachte freudlos. „Hoffentlich haben wir den Lebensabschnitt bald hinter uns. Moira war einmal ein so liebes Kind. Na ja.“

„Das verstehe ich. Diese Zeiten gehen immer irgendwann vorbei, glauben Sie mir. Aber zumindest geht es dann dem Magen Ihres Mannes besser?“

Mrs Lovflat setzte die Schere ab, mit der sie Maggies Haare zu einem schulterlangen *Clavi Cut* umgestaltet hatte. Sie würden von heute an ihr Schlüsselbein (genannt *Clavicle*, was dem Haarschnitt den Namen verlieh und Maggie völlig egal war) kitzeln. Tja, so rächte es sich, dass sie Jay (mutwillig) die Haare gekürzt hatte.

„Dem Magen?", fragte Mrs Lovflat mit zwei kleinen Falten über dem Nasenbein.

„Ja, er erwähnte, dass er sich den Magen verstimmt hat, als er damals vom Wein beim Abendmahl getrunken hat." Von dem sie nun wussten, dass ihn Elinor verdorben hatte.

Mrs Lovflat schürzte die Lippen. „Ach? Ich würde eher sagen, dass sein Magen wegen Moira verstimmt ist, wo er ja nicht mal bei der Eucharistie dabei war ... Ach je, Mrs Brown, was ist denn mit Ihnen los?"

Mrs Brown, die Farbe zum Einwirken der Strähnen noch auf dem Kopf, kam mit hochrotem Gesicht aus dem Gäste-WC.

„Ihr Klo ist verstopft, Mrs Lovflat, und es läuft über ... Tut mir leid."

Mrs Lovflat schlug sich die Hand vor den Mund. Sie warf die Schere in das Frisierwägelchen zu Maggies Linken. „Entschuldigen Sie mich, Mrs Rosenburn, bin gleich zurück." Sie stieß gegen den Frisierwagen und wuselte hinüber zur Toilette. Aus dem Nebenräumchen drang ein Aufstöhnen. Maggie sah der Friseurin bedauernd nach, ehe sich ein Runzeln auf ihre Stirn stahl. Wieso behauptete Mr Lovflat, von dem Wein getrunken zu haben, wenn er am Abendmahl nicht teilgenommen hatte?

Es klirrte und Maggie sah zur Seite. Die Schere war vom Frisierwagen zu Boden gefallen. Zum Glück hatte ihn Mrs Lovflat in Maggies Richtung gestoßen, sodass sie problemlos danach greifen konnte und ... Maggie stutzte. Etwas Goldenes blitzte ihr aus dem untersten Schubfach des Korbwagens entgegen. Es war nicht deutlich auszumachen zwischen all den Rasierern, Bürsten und Haartrocknern, doch Maggies Auge erfasste blitzschnell, dass dieses mehrarmige Ding nichts zwischen den Friseurutensilien der Lovflats zu suchen hatte. Ohne zu zögern, grapschte sie sich zwei der Handschuhe, die Mrs Lovflat zum Auftragen von Farbe verwendete, und schlüpfte hinein. Sie hatte sich nicht getäuscht. Es handelte sich eindeutig um den seit dem Fest des Lebens verschwundenen Kandelaber aus der St. Luke's Church. Maggie versicherte sich mit einem Blick nach links und rechts, dass niemand hersah, und ließ ihn in ihre Handtasche gleiten. Zum Glück bevorzugte sie diese großen Dinger. Ihr Herz schlug bis zum Hals. Nicht zu fassen, diese Zufälle. Ohne es beabsichtigt zu haben, hatte Jay sie auf die richtige Spur gebracht. Denn ohne seinen Fauxpas mit ihren Haaren wäre sie niemals hier gelandet und hätte den Kandelaber nicht entdeckt, der eindeutig die Familie Lovflat in Verbindung mit dem Mord an Father Smith brachte. Konnte es Mr Lovflat gewesen sein? War er nicht weingeplagt, sondern schuldgeplagt gewesen, als sie ihn getroffen hatten? Wahrscheinlich hatte er sich das Debakel mit dem Abendmahl nur als Ausrede für seinen Zustand zunutze gemacht. Aber weshalb die Waffe hier im Salon seiner Frau verstecken? Oder steckte eher sie dahinter? Das erschien Maggie höchst unwahrscheinlich. Zunächst war sie viel zu klein, der Mörder war laut forensischem Bericht größer als Father Smith gewesen. Hinzu kam ihre schmächtige Gestalt. Niemals hätte sie das Gesicht des Priesters derart zurichten können. Nein, nein. Mr Lovflat war allein aufgrund seiner Statur und Größe und des Weiteren wegen seines auffälligen Verhaltens ein glaubwürdigerer Täter. Dass er den Kandelaber im Frisierwägelchen seiner Frau versteckt hatte, hielt Maggie allerdings nicht nur für fahrlässig, sondern obendrein ungerecht. Jeder, der ihn zufällig entdecken würde, müsste dann seine Frau verdächtigen … Oder war es keiner von beiden gewesen und irgendjemand beabsichtigte, durch dieses Versteck den Verdacht auf sie zu lenken? Aber warum hätte Mr Lovflat bezüglich des Messweins lügen sollen, wenn nicht deshalb, weil er etwas zu verbergen hatte? Maggie überlegte fieberhaft, ihr Blick schweifte aus dem Fenster und traf die Telefonzelle vor dem Friseursalon. Ein Gedanke schlängelte sich in ihr Bewusstsein. Mrs Lovflat hatte offensichtlich keine Kenntnis davon, was ihr Mann getan hatte, seine Tochter womöglich schon! Wer wusste, was die Beziehung der beiden jüngst so sehr zerrüttete.

Maggie stand abrupt auf und verließ den Salon, um auf die Telefonzelle zuzugehen. Zum Glück hatte sie ein einwandfreies Zahlengedächtnis und kannte Livs Handynummer auswendig.

„Liv? Hörst du mich? Ich bin es, Maggie … Ja, ich rufe aus einer Telefonzelle an … Ist jetzt nicht so wichtig, hör zu …“

Liv hatte mal wieder eines dieser Handyprobleme, kein Netz oder keine Verbindung, die Dinger waren furchtbar unzuverlässig, und konnte sie nicht verstehen. Erst gut dreißig Sekunden später klärte sich das Rauschen in der Leitung.

„Ich habe gerade den Kandelaber im Friseursalon der Lovflats gefunden, hörst du? … Ja, genau, und ich vermute, dass Mr Lovflat etwas mit dem Mord zu tun haben könnte. Pass auf, Moira wird gleich von der Schule kommen. Kannst du sie abpassen und eventuell etwas aus ihr herausbekommen? Sie streitet sich wohl in letzter Zeit häufig mit ihrem Vater." Liv war bereits unterwegs und Maggie sah der Zeitanzeige der Telefonzelle dabei zu, wie sie auf zehn Sekunden absank. „Gut, ich muss wieder rein, damit Mrs Lovflat nicht misstrauisch wird, bis nachher." Ein Klacken verriet das Ende des Gesprächs und Maggie hängte den Hörer auf die Gabel. Sie wollte hoffen, dass das Mädchen etwas mitbekommen hatte und die schlechte Beziehung zum Vater ihre Zunge lockerte. Maggie ging zurück zum Friseursalon. Erste Zweifel schlichen sich in ihren Geist. Wieso hatte Mrs Lovflat den Kandelaber nicht längst entdeckt? Nun, sie hatte selbst gesagt, das Aufräumen käme in letzter Zeit zu kurz. Gut möglich, dass sie in dem Trubel einfach noch nicht dazu gekommen war, die Schubladen in Ordnung zu halten. Ob ihr Mann das einkalkuliert hatte? Und würde Moira wirklich reden? Wie schlecht konnte eine Beziehung sein, dass man seinen eigenen Vater verriet? Maggie seufzte. Gleichgültig, sie mussten es versuchen, und Jay konnte man auf so was nicht ansetzen, der verstand nichts und wieder nichts von diskreter Befragung. Maggie blieb stehen und sah zum Haus der Lovflats hoch. Sie lebten in der Wohnung über dem Salon. Ob es da etwas Interessantes zu entdecken gab? Rasch kehrte sie zurück in den Salon. Exakt zur selben Zeit, zu der Mrs Lovflat von der Toilette wiederkehrte.

„Mrs Rosenburn? Was machen Sie denn draußen?"

„Ach", erklärte Maggie, „ich muss so dringend für kleine Mädchen, aber die Toilette ist ja verstopft und kurz dachte ich, vielleicht könnte ich irgendwo draußen ..." Sie machte ein bemüht betretenes Gesicht, und Mrs Lovflat schüttelte ihren hochroten Kopf.

„Herrje, nicht doch! Leider habe ich das Problem noch nicht beheben können. Da muss ein Klempner ran. Aber es versteht sich von selbst, dass Sie dann rasch unsere private Toilette nutzen können."

„Sind Sie sicher?"

„Ja, ja, es geht hier noch eine Weile." Sie fummelte ihren Schlüssel aus der Hosentasche und reichte ihn Maggie. „Im ersten Stock und dann den Flur runter ist das Klo."

Maggie bedankte sich, das verlegene Lächeln auf ihren Lippen währte noch bis in den Hausflur. „Dann wollen wir mal."

Als sie den Schlüssel ins Schloss der Wohnungstür steckte, überkam sie der Anflug von einem schlechten Gewissen. Die Wohnung von Dorfbewohnern war noch mal ein anderes Kaliber als das Gartenhäuschen, in das sie vor drei Monaten ungefragt eingedrungen war, um Finley Odell auf die Schliche zu kommen. Allerdings hatte sie ja die Erlaubnis einzutreten. Hinzu kam, dass, anders als damals bei Finley, dem sie nichts

als ein paar Papierschnipsel hatten nachweisen können, im Falle der Lovflats die Schlagwaffe als Beweis in
Maggies Handtasche lag.

Die Lovflats führten einen gewöhnlichen Haushalt,
größtenteils ordentlich und einzig durch gewisse Un-
achtsamkeiten der pubertären Tochter durcheinander-
gebracht. Schulbücher stapelten sich im Flur, Schuhe
lagen herum, und auf der Kommode lag eine gerichtete
Pausenbox, die eine coole Sechzehnjährige natürlich
vergessen musste – ihrer Reputation zuliebe. Maggie
besah sich die Türen und fragte sich, hinter welcher
sich Mr Lovflats Arbeitszimmer verbarg.

„Haut ab, das ist mein Reich", stand auf einer Schie-
fertafel an einer der hinteren beiden Türen des Flurs.
Eindeutig nicht das Arbeitszimmer, aber bestimmt
ebenfalls interessant, und da sie sich am Ende des Flurs
befand, konnte eine alte Dame sie schon mal mit der
Toilette verwechseln. Maggie atmete tief durch und
trat ein. Dankenswerterweise war sie unverschlossen.
Auf den ersten Blick starrte ihr das Zimmer einer
Normsechzehnjährigen entgegen. Ein unaufgeräumter
Schreibtisch, überall lagen Kleider herum und an den
Wänden hingen Poster von … Ach du meine Güte! Und
das war der Moment, in dem aus Moira Lovflat das Gegenteil von einer „normalen" Jugendlichen wurde.
Maggie starrte mit geweiteten Augen auf die Wände
ringsumher und schluckte. Das war keine simple
Schwärmerei, das war Kult, ein Liebeswahn! Maggie
war umgeben von Postern, Plakaten und einer ganzen
Wand aus Polaroidfotos, die alle denselben Mann zeigten: Father Smith.

In jeder erdenklichen Lebenssituation. Während der Messe, nach der Messe, auf dem Markt, im Garten des Pfarrhauses. So wie es aussah, hatte Moira ihn ständig beschattet. Es musste heutzutage leicht sein, Fotos in irgendeiner Internetdruckerei zu Postern entwickeln zu lassen, von denen jede Wand eines schmückte. Dazu kleinere Exemplare, die sie ersichtlich mit dem Hausdrucker geprintet hatte. Himmel hilf, das Kind war besessen. Nannte man so was nicht Erotomanie? Wussten ihre Eltern davon? Maggie trat näher an ein kleines Tischchen in der Ecke und erkannte weitere eingerahmte Bilder. Moira hatte sich allem Anschein nach aus Familienfotografien ausgeschnitten und neben Father Smith geklebt, sodass sie auf etlichen Bildern wie ein Liebespaar aussahen. Was für eine verrückte Spinnerei. Ein Buch mit goldenen Schnörkeln auf dunkelrotem Grund lag ebenfalls auf dem Tisch. Maggie konnte ihre Neugier nicht zügeln, griff danach und schlug es auf. Ein ungläubiges Lachen setzte sich aus Maggies Kehle frei. Das Buch war voller handgeschriebener Einträge, lediglich nicht mit der Überschrift *Liebes Tagebuch*, sondern mit *Lieber Father Smith* oder *Bester Father* versehen. Im hinteren Teil hatte sie sämtliche Förmlichkeiten fallen lassen und sprach ihn mit *Mein liebster Valentin* an.

Ich wünschte so sehr, wir könnten zusammen sein. Ich weiß, du wagst es nicht, weil du an deine kirchlichen Pflichten gebunden bist, aber ich denke so häufig, dass du dich über diese mittelalterlichen Gesetze hinwegsetzen könntest. Gerade du, mit deinen neuen Ideen und deiner

aufgeschlossenen Art. Wir könnten einander vor allen un-
sere Liebe gestehen und wären befreit aus unseren jeweili-
gen Käfigen der Angepasstheit.
Mein Vater wäre natürlich schockiert, er ist jetzt schon ein
vollkommener Patriarch, was meine Gefühle angeht. Ich
muss nur erwähnen, dass du ein guter Priester bist, und es
kommt zum Streit. Er ist der Grund, warum ich mich ein-
gesperrt fühle. Er ist mir so zuwider geworden. Im Grunde
streiten wir täglich. Vor allem deinetwegen. Was aus un-
serer Liebe etwas Aufregendes macht, etwas unendlich Ro-
mantisches.
Ach, Valentin, ich liebe dich und schicke dir tausend
Küsse! Ich hoffe, du kannst sie fühlen. In diesem Augen-
blick.
In tiefer Liebe
Deine Moira

Daneben hatte sie einen roten Lippenstiftmund gepresst. Maggie konnte das Verziehen ihrer Mundwinkel nicht aufhalten. Sie war weiß Gott nicht prüde, aber
diesen Brief fand selbst sie unanständig. Auf der anderen Seite gehörten solche Schwärmereien zum Leben
von Teenagern. Auch Maggie hatte sich in Jugendjah-
ren eine Weile danach gesehnt, Dustin Hoffmanns
Frau zu werden. Völlig normal so was. Es bestand lediglich ein nicht irrelevanter Unterschied: Dustin war
Schauspieler und nicht der Gemeindepriester um die
Ecke. Armes Snugford. Seine Priester brachten nur
Skandale mit. Wobei dieses Buch einen einseitigen
Schriftverkehr darstellte. Moira hatte die Botschaften
höchstwahrscheinlich für sich geschrieben, nie abge-
schickt und nie eine Antwort erhalten. Womit Father

Smith nicht zwangsläufig in der gleichen Schublade landete wie sein Vorgänger. Aber was, wenn doch? Was, wenn Moira die junge Frau mit dem roten Kleid in der Nacht vom Fest des Lebens gewesen war? Hatten sie sich einander hingegeben, waren von ihrem Vater erwischt worden und dieser hatte mit dem Kandelaber zugeschlagen? Maggie schüttelte sich bei der Vorstellung. Mr Lovflat kam ihr nicht wie jemand vor, der im Anschluss an eine solche Tat auch noch das Gemüt besaß, ihn am Kreuz aufzuhängen, oder? War die Wut so groß gewesen?

Lautes Türenknallen im Erdgeschoss verhieß die Rückkehr von entweder Moira oder deren Mutter. Maggie legte hastig das Buch zurück. In der Eile entglitten ihm einige Fotos. Maggie ging in die Knie, um sie einzusammeln.

„Das ist echt voll daneben und eine Frechheit!", schrie Moira gerade und kam polternd die Treppen hinauf. Maggies Hände wurden fahriger, eines der Fotos fiel erneut zu Boden. Es zeigte Father Smith breit lächelnd neben einer dazu geklebten Moira.

„Moira, komm sofort zurück und entschuldige dich bei Mrs Oldstep!"

Weitere Schritte auf der Treppe verrieten, dass noch mehr Bewohner im Anmarsch waren, die Tür im Flur wurde aufgeschlossen, und Maggie hatte keine Möglichkeit mehr, das Zimmer unbemerkt zu verlassen. Kaum eine Sekunde später platzte Moira in den Raum und blieb wie erstarrt stehen. Ihre Augen wanderten von Maggie, die immer noch die Fotocollage von Moira und Father Smith in der Hand hielt, zu dem halben Schrein, den sie für ihn gebaut hatte, und ihre Kinnlade klappte herunter. Sie trug schwarze Stiefel unter einem pink-rot-geblümten Kleid und ihre rosagesträhnten Haare in zwei Zöpfen. Ihre Lippen waren knallrot. Wie auch der Abdruck neben dem Brief an Father Smith.

„Was zur Hölle treiben Sie in meinem Zimmer?"

Maggie war selten um eine Antwort verlegen. Jetzt war es so weit. „Ich …"

„Sind Sie hier eingebrochen?"

Maggie hob den Wohnungsschlüssel hoch. „Nein, ich habe mich im Zimmer geirrt, ich wollte zur Toilette."

„Was?", schrie Moira. „Wie kann man sich bitte im Zimmer irren? Da steht unübersehbar dran, dass niemand Zutritt hat. Hier war noch nie jemand drin!"

Das war anzunehmen.

„Moira, warum schreist du so? Mrs Rosenburn musste … oh Dear, was um alles in der Welt …" Mrs Lovflat stand im Türrahmen des Zimmers ihrer Tochter und bekam den Mund nicht mehr zu, derweil ihre Augen Winkel um Winkel des Raums erfassten. „Moira, Kind, was hast du getan?"

„Nenn mich nicht Kind!"

„Aber", stammelte ihre Mutter, „woher hast du all diese Bilder von …" Sie fasste sich an die Brust. Ihr Blick fand Maggie. „Was tun Sie denn hier drin?"

Maggie blieb gefasst. Sie musste bei den Fakten bleiben.

„Das können wir erklären." Inzwischen war auch Liv im Türrahmen erschienen. Sie hatte gerötete Wangen und ihr Lächeln war viel glaubhafter verlegen als Maggies.

„Ich bitte darum", sagte Mrs Lovflat matt und sank auf den Schreibtischstuhl ihrer Tochter.

Moira verschränkte die Arme vor der Brust und funkelte sie alle der Reihe nach an. „Nicht in meinem Zimmer!"

Zehn Minuten später saßen sie folglich im Wohnzimmer bei einer Tasse Tee, den Mrs Lovflat am dringendsten nötig hatte. Die Frisur ihrer letzten Kundin hatte sie
in Windeseile beendet, den Salon geschlossen und
klammerte sich nun an ihrer Tasse fest. Maggie stellte
den Kandelaber auf den Tisch. Mrs Lovflat starrte ihn
blinzelnd an, Moira war kreidebleich. Maggie konnte
in ihren Augen sehen, dass sie genau wusste, woher er
kam.

„Der stand bis vor Kurzem noch auf dem Altar in der
St. Luke's Church. Mutmaßlich wurde damit Father
Smith niedergeschlagen. Weswegen ich mich sehr gewundert habe, ihn heute unten im Friseursalon zu finden. Zwischen Haartrocknern und Rasierapparaten."

„Großer Gott", entfuhr es Mrs Lovflat. Sie sah ihre
Tochter an. „Moira, du hast nichts damit zu tun, oder?"

Ihre Tochter warf ihr einen giftigen Blick zu. „Ich?
Wieso ich? Bist du verrückt? Falls es dir nicht aufgefallen ist, bin ich kurz vor einer Depression. Sein Tod
ist …" Ihre Lippen zitterten, und sie presste die Hände
darauf, schüttelte den Kopf.

Maggie wollte den Mund öffnen, allein Liv legte ihr
eine Hand auf die Schulter und sagte behutsam: „Wir
verstehen, wie du dich fühlst. So wie es aussieht, lag dir
Father Smith sehr am Herzen."

„Sehr am Herzen? Sehr am Herzen?! Ich bitte um Verzeihung, das ist eine elegante Untertreibung für diesen
Wahnsinn, der sich ihr Zimmer nennt!" Mrs Lovflat
wurde hysterisch. „Du bist ja besessen von diesem

Priester gewesen. Was stimmt nicht mit dir? So was ist gestört!"

„Bitte, bitte, Mrs Lovflat, ich verstehe Ihr Entsetzen, wir müssen trotzdem Ruhe bewahren", unterbrach Liv sie diplomatisch.

„Ja, ja, was Sie nicht alles verstehen. Hören Sie schon auf mit diesem Psychologiegewäsch. Niemand wird verstehen, dass meine Tochter einen Priester gekillt hat, weil der ihre fanatische Liebe nicht geteilt hat."

„Ich habe ihn nicht gekillt, klar?", schrie Moira. „Das war alles ganz anders. Du hast keine Ahnung! Hast du echt nicht. Überhaupt nichts hast du gecheckt in den vergangenen Wochen, also halt bloß die Klappe."

Maggie hatte genug, sie wollte Antworten, und daher stimmte sie Mrs Lovflat zu: Schluss mit dem Psychologiegewäsch.

„Du hast recht, Moira. Deine Mutter hat keine Ahnung, Liv hat keine Ahnung, ich habe keine Ahnung. Aber in eurem Friseursalon wurde der Gegenstand gefunden, mit dem Father Smith aller Wahrscheinlichkeit niedergeschlagen wurde. Und dein Zimmer deutet auf eine viel engere Verbindung zu Father Smith hin, als wir vermutet hätten. Ich finde, es ist an der Zeit, den schmollmündigen Teenager abzulegen und uns zu erklären, was alles ganz anders war. Hast du etwas mit dem Mord an Father Smith zu tun?"

Moira presste die Lippen aufeinander.

„Ich kann auch noch mal in dein Zimmer gehen und nachschauen, ob du ein rotes Kleid im Schrank hängen hast."

Moira riss die Augen auf. Mrs Lovflat stöhnte. „Was für ein rotes Kleid? Wovon sprechen Sie?"

„Kurz vor seinem Tod, seiner Hinrichtung könnte man sagen, wurde Father Smith zusammen mit einer Frau in einem roten Kleid gesehen. Sie soll jung und schlank gewesen sein und gesträhnte Haare gehabt haben." Maggies Augen glitten an Moiras Gestalt hinab. „Die Beschreibung passt perfekt."

Mrs Lovflat schnappte nach Luft. „Oh Gott."

„Besitzt du ein solches Kleid?", fragte Maggie.

„Ja", antwortete ihre Mutter für Moira. „Sie hat es am Fest getragen. Ihr Vater hat deswegen mit ihr gestritten. Er fand es zu auffällig."

Moira schnaubte. „Nuttig fand er es. Das war der Ausdruck."

„Womit er ja nicht unrecht hatte, da du damit den Priester verführen wolltest."

„Ich wollte ihn nicht verführen", begehrte Moira auf und funkelte ihre Mutter an. „Ich wollte bloß ..." Jetzt füllten sich ihre Augen mit Tränen. „Es hätte alles so schön sein können. Wir hätten zusammen sein können, wäre nicht ..."

Alle drei Frauen blickten sie erwartungsvoll an.

„Wäre nicht was, Moira?", fragte Maggie.

Moira schluchzte und wischte sich Tränen und Rotz aus dem Gesicht.

„War dein Vater auch da in dieser Nacht?" Liv war eine Meisterin der Sanftheit, Maggie konnte es kaum aushalten, weil dieses Mädchen nicht mit der Sprache rausrückte, und Liv redete immer noch mit Engelszungen auf sie ein. „Falls es dir schwerfällt, ihn zu ..."

„Was soll das bitte heißen?", kreischte Mrs Lovflat dazwischen. „Was soll mein Mann damit zu tun haben?"

Moira stöhnte. Für einen Moment sah sie aus, als würde sie ihrer Mutter am liebsten den Kandelaber um die Ohren hauen. Sie atmete tief ein und aus und sah erst Maggie, dann Liv an. „Ja, er war in dieser Nacht da, und nein, es fällt mir nicht schwer, ihn zu belasten. Ich hätte längst zur Polizei gehen sollen. Er ist kein guter Vater. Ich muss ihn nicht länger decken."

„Das ist nicht dein Ernst." Der letzte Rest Farbanteil war aus Mrs Lovflats Zügen gewichen. „Wie redest du über deinen Vater? Wie kannst du ihn des Mordes beschuldigen?" Sie sah flehentlich zu Liv und Maggie. „Bitte, sie ist jung und trotzig und macht eine Phase durch. Sie will ihren Vater nur belasten, weil sie sauer auf ihn ist."

„Das stimmt nicht, Ma, und wo du schon so wenig durchblickst, sei einfach still und hör zu." Moira schluckte und fuhr fort. „Es stimmt. In den letzten Wochen war es nicht leicht mit Dad und mir. Er musste nicht mein Zimmer sehen, um zu kapieren, dass ich mich in Valentin verliebt hatte. Ich habe nicht eingesehen, es zu verstecken. Nicht, nachdem hier jeder, absolut jeder, über ihn hergefallen ist. Vollkommen unbegründet. Was ist mit diesem gehässigen Dorf los? Was spricht dagegen, mal von alten Traditionen abzukommen und den Ansatz von Elan in diese öde Kirche zu bringen? Valentin war das Beste, was diesem Kaff passieren konnte, und ich die Einzige, die das gesehen hat. Ich war die Einzige, die auf seiner Seite stand, mehr noch, die ihn dafür geschätzt hat, was er hier schaffen wollte."

„Geschätzt, dass ich nicht lache."

Moira strafte ihre Mutter mit einem vernichtenden Blick und sprach weiter. „Dad hat mich nicht mehr aus den Augen gelassen, er war mein ständiger Schatten und Moralapostel. Natürlich hat er mir auch in der Nacht vom Fest des Lebens aufgelauert. Ich hätte längst melden müssen, was da abgegangen ist."

Ihre Mutter starrte sie fassungslos an. Maggie neigte sich langsam vor und blickte Moira fest ins Gesicht. „Heißt das, du würdest eine Aussage vor DCI Jameson machen? Darüber, was in dieser Nacht geschehen ist?"

Moira vermied es, ihre Mutter anzusehen und nickte.

Mrs Lovflat rang sichtlich um Fassung.

„Was redest du da? Dein Vater hat nichts mit dieser Geschichte zu tun. Du lügst", schrie sie, die Augen weit aufgerissen, „das ist gelogen."

Moira öffnete den Mund, doch ehe sie etwas anführen konnte, zerriss ein schriller Laut den Moment und alle fuhren hoch. Es war das Klingeln des Telefons. Eine schiere Ewigkeit durchdrang es die Stille. Endlich erhob sich Mrs Lovflat.

„Entschuldigen Sie mich", hauchte sie und wankte hinaus in den Flur.

Sie konnte einem leidtun, fand Maggie. Wobei sie das nicht davon abhielt, ihre nächste Frage zu stellen. „Bist du bereit, aufs Präsidium mitzugehen?"

Moira nickte erneut. „Ja. Wir können von mir aus gleich dorthin. Ist jetzt ohnehin alles zu spät."

Das erleichterte Maggie. Sie erhoben sich, und Liv übernahm es, sich um das Mädchen zu kümmern, während Maggie nach Mrs Lovflat Ausschau hielt. Sie hörte ihre gedämpfte Stimme aus dem Flur.

„Ja, aber du solltest besser nicht herkommen, und wir beide haben etwas zu bereden, mein Lieber! Ich muss alles wissen …“ Sie bemerkte Maggie, als diese zu ihr hinaustrat und veränderte ihre Stimmlage: „… was du bei diesem Ausflug so gesehen hast. Komm am Wochenende gerne auf einen Tee vorbei.“ Sie lachte laut und rief in den Hörer. „Bis da-han!“ Sie legte auf und sah Maggie an. „Mein Bruder. Er kommt am Wochenende.“

Sie knetete ihre Hände. Maggies Lippen wurden schmal. Sie war überzeugt davon, dass Mrs Lovflat soeben ihren Gatten gewarnt hatte und diesem somit die Chance einräumte, unterzutauchen. Es war Eile geboten. Jay musste sofort in Kenntnis gesetzt und entsprechende Schritte eingeleitet werden. Es gelang ihr, gute Miene zum bösen Spiel zu machen und zu erklären: „Moira begleitet uns zum Präsidium, damit sie ihre Aussage machen kann. Kommen Sie mit?“

Mrs Lovflat nickte. Sie zitterte wie Espenlaub. „Selbstverständlich komme ich mit.“

Kapitel Zehn

Das Haus, in dem Peter und seine Frau Greta lebten, grenzte direkt an die Postfiliale an, und im Vergleich zu ihr sah es recht heruntergekommen aus. Scheinbar hatte die Farbe nicht mehr als Anstrich für beide Häuser gereicht, obwohl sie zusammengehörten, und so blätterte der Putz von der Fassade des Wohnhauses, während die Post eidottergelb hervorstach. Jay strich sich das Haar zurecht und machte sich bereit für die Rettungsaktion. Ein amüsanter Begriff. Peter hatte diesen Humor, für den man ihn mögen musste. Da die Tür keine Klingel vorzuweisen hatte, klopfte Jay dreimal gegen den Holzbeschlag. Nichts rührte sich. Er klopfte erneut, dieses Mal etwas lauter. Immer noch öffnete ihm niemand die Tür. Ob das mit der Rettung gar kein Scherz gewesen war? Jay versuchte, durch das gekippte Fenster hineinzuspähen, erkannte jedoch nichts.

„Peter?", rief er. „Ich bin es, Jay. Sind Sie da?"

Ein letztes Mal hob er die Hand, um zu klopfen, da schwang die Tür plötzlich auf. Jay konnte nicht verhindern, dass ihm die Gesichtszüge entgleisten. Es war nicht Peter, der ihm öffnete, und Greta hatte er sich eindeutig anders vorgestellt. Dennoch musste sie es sein. Sie war umfangreich. So konnte man sie beschreiben, ohne verletzend zu sein. Sie steckte in Kleidern, die einer Rüstung ähnelten – ein gewaltiger Ritterberg. Jay wollte den Gedanken aufhalten, aber er ließ sich nicht mehr vertreiben: diese Frage, ob Peter deshalb so lang und schmal war, weil er sonst nicht neben ihr ins Bett oder Auto oder sonst irgendwohin passen würde. Ihre Körperfülle war nicht das, was Jay am meisten irritierte. Es war ihr Gesicht. Es war hübsch. So hübsch, dass es nicht zum restlichen Körper passte. Hellblaue Augen sahen ihn durch dichte Wimpern an, schmale, geschwungene Lippen formten ein Lächeln und dann – zack – von einer Sekunde auf die andere schob sie sie zu einem Schmollmund vor und die Augen blitzten vernichtend. In der Hand hielt sie eine gerollte Zeitung, als wollte sie damit jemanden erschlagen. Unheimliches Weib.

„Ah. Ha-hallo." Es kostete Jay fast schon Kraft, seinen Kiefer so zu verschieben, dass ein Lächeln wieder möglich war.

„Hm", sagte Greta und klang wie ein Bergtroll. „Der DCI. Na so was."

„Ja, genau, der bin ich, Tag. Äh, ist Peter zugegen?"

„Ist er."

„Großartig, denn mit ihm muss ich dringend sprechen. Ich meine, ich … wir sind verabredet, ich benötige seine … Dienste." Sie stierte ihn aus diesen hellen Augen an, dass einem unheimlich wurde und Jay ins Stottern geriet.

„Ach was. Peters Dienste. Ist ja nicht wahr."

„Doch. Würde es Ihnen etwas ausmachen, ihm zu sagen, dass ich da bin und hier auf ihn warte?"

„Ja."

„Wie bitte?" Jay blinzelte.

„Würde mir was ausmachen, Mr Detective Chief Inspector. Sie kommen ungelegen."

„Oh, nun ja, das tut mir, äh, leid, ich muss Peter trotzdem sehen." Das mit dem Retten war kein Scherz gewesen!

„Bitte", erwiderte sie, „spricht nichts dagegen, kommen Sie rein."

„Es wäre mir lieber, er käme raus."

„Kommt er aber nicht. Er ist beschäftigt, also kommen Sie entweder rein oder die Tür geht zu."

Jay atmete tief durch und beschloss, dass nichts dabei war. „Na schön."

Greta Coleman trat beiseite und winkte ihn mit der Zeitungsrolle rein. Jay war überzeugt, im Türrahmen stecken zu bleiben, beim Versuch, sich an ihr vorbeizuzwängen, wurde allerdings überrascht. Der Flur war karg und dekorationslos, dafür hing eine Duftnote in der Luft, die ein schmackhaftes Essen vermuten ließ. „Er ist in der Küche. Zweite Tür links", sagte hinter ihm Greta, und Jay beeilte sich, dorthin zu kommen. Er musste in ihrer Gegenwart unwillkürlich an Stephen Kings Roman *Misery* denken. Er blieb daher wachsam, darauf gefasst, jeden Moment ihre Zeitungskeule auf dem Hinterkopf zu spüren. Zu seiner Erleichterung fand er Peter unversehrt in der Küche vor. Er trug eine Schürze und war unzweifelhaft mit Kochen beschäftigt. Bei Jays Anblick hellte sich seine Miene auf.

„Ach, Jay, Sie sind es. Gibt es etwas?"

Jay sah ihn fragend an, schaltete verzögert und nickte. „Ja, wie ich eben schon zu Ihrer Frau sagte, ich wollte Sie abholen, damit wir weiterarbeiten können."

„Weiterarbeiten? Woran denn?" Greta schob sich hinter Jay in die Küche und ihn dabei fast in den Küchenschrank.

Jay tappte vom einen auf den anderen Fuß und erklärte: „Ja, er ist mir bei meinen Ermittlungen behilflich und wir müssen leider gehen."

„Behilflich?", wiederholte Greta spöttisch. „Ist ja ein Ding. Der kann jemandem behilflich sein?"

Peter lachte. „Richtig, ich bin schrecklich unhilfreich. Allerdings koche ich gerade, oder, Darling?"

Sie rümpfte die Nase. „Hm. Ob es schmeckt, steht auf einer anderen Karte."

„Du hast genug Zeit, es rauszufinden. Lass es noch fünf Minuten köcheln, dann ist es so weit. Wir gehen dann mal." Er legte schwungvoll die Küchenschürze, die er getragen hatte, beiseite und wollte zur Tür hinaus. Greta packte ihn am Arm. Etwas, das ihn allein deshalb auszubremsen vermochte, weil sie doppelt so viel wiegen dürfte wie er. Oder dreimal so viel mit Rüstung.

„Du weißt genau, dass das nicht geht." Sie richtete ihre hübschen Augen auf Jay. „Tut mir leid, DCI Jameson."

„Ah, aha, nun, wieso geht das nicht?"

„Weil wir jetzt essen. Wir essen immer um diese Zeit."

Jay bemühte sich um innere Ruhe. „Ja, na sicher, das verstehe ich, es ist nur wirklich wichtig."

„Ist mir schnuppe. Hier mache ich die Regeln, und die besagen, dass wir jetzt essen."

Peter stöhnte. „Greta, hör auf damit. Ich muss gehen, du hast es gehört, es ist wichtig."

Sie sah ihn ungerührt an.

Jay hatte genug. „Mrs Coleman, mag sein, dass Sie die Regeln hier in diesem Haus machen, aber in Snugford mache ich sie", sagte er mit fester Stimme und verlagerte sein Gewicht auf beide Beine. „Ich bin hier das Gesetz, und dem sollten Sie nicht im Weg stehen."

Peter starrte ihn an. Jay konnte selbst nicht so recht glauben, dass er das gerade wahrhaftig gesagt hatte. In diesem Tonfall. Fast war ihm feierlich zumute. So etwa zehn Sekunden. Ehe ihm bewusst wurde, dass seine Worte nicht die geringste Wirkung auf Greta Coleman hatten. Die Frau war schlimmer als Elinor Moncreif! Jay änderte die Taktik. Er schenkte ihr ein Grübchenlächeln. „Na schön, ich verstehe, dass Ihnen das gemeinsame Mahl sehr wichtig ist, und respektiere es. Dennoch muss ich darauf bestehen. Wir sind kurz davor, einen Mord aufzuklären, und das gäbe ordentlich Publicity für Ihre Poststation, wenn bekanntwürde, dass Ihr Mann entscheidend zur Klärung beigetragen hat."

Greta stülpte ihre Zähne über die Unterlippe. Es sah irritierend attraktiv aus – sofern man sich allein auf ihr Gesicht konzentrierte. Schließlich grunzte sie und der Eindruck verwehte. „Also gut. Ich drücke ein Auge zu."

Jay und Peter atmeten auf und machten, dass sie wegkamen.

Draußen auf der Straße sah ihn Peter an. „Danke."

Jay lächelte. „Gern geschehen. Ist sie immer so?"

„Sie hat ihre goldenen Momente. Einmal im Monat. Ansonsten, ja. Sie ist immer so. Mal kommt man von ihr frei und mal … Sie haben es ja gerade gesehen. Kein Wegkommen. Aber Sie haben sich eine perfekte Ausrede einfallen lassen. Hut ab." Er dachte einen Wimpernschlag nach. „Ich finde, diese besonderen Umstände erfordern es, dass wir uns von nun an duzen. Mich hat noch nie jemand vor Greta gerettet. Das war ein wahrer Freundschaftsdienst."

Jay lachte. „Ich habe nichts dagegen."

Sie schüttelten einander die Hände und gingen durch die Gasse weiter. „Du erwähntest Erkenntnisse. Habe ich da drin gelogen, oder stehen wir wirklich kurz davor, diesen Fall zu lösen?"

„Es wäre möglich", sagte Peter. „Elinor war vorhin in der Kirche und ich hatte den Eindruck, sie benimmt sich seltsam. Wir sollten nachsehen, was sie da getrieben hat."

„Das weißt du nicht?"

„Nein, Greta hat mich erwischt, wie ich nicht überaus beschäftigt ausgesehen habe, und mich nach Hause beordert."

Wie kam es, dass sich ein Mann wie er von seiner Frau dermaßen herumkommandieren ließ? Jay verschob den Gedanken, denn er hatte wenig Ahnung von der Ehe. Außerdem folgten sie einer Spur. So unklar und vage sie war.

***

Die St. Luke's Church sah blitzblank und sauber aus. Die Gesangsbücher waren im Leim und wieder an ihrem Platz, das Weihwasser an Ort und Stelle und die Leiter im Kabuff neben dem Treppenaufgang der Empore - Rupert Paul hatte sie ordnungsgemäß aufgeräumt, nachdem er sie unachtsam von dort entfernt hatte, wo sie vorher gewesen war, und irgendjemand hatte sie obendrein gesäubert. Es war kein einziges Farbrestchen mehr zu sehen, womit man sich den Versuch schenken konnte, sie auf Fingerabdrücke überprüfen zu wollen.

„Denkst du, es war Elinor Moncreif?", fragte Jay und kratzte sich am Hinterkopf.

„Ziemlich wahrscheinlich. Ihr muss eingefallen sein, dass noch Abdrücke zu finden sein könnten. Dieses Ding ist uralt und es ist noch nie jemand auf den Gedanken gekommen, es zu putzen. Wäre zudem mein Job, und nicht mal ich halte es für notwendig. Da niemand außer dem Kirchengemeinderat einen Schlüssel für das Räumchen hier hat und alle außer Elinor ein Alibi vorweisen können, liegt der Verdacht nahe, oder?" Er schüttelte den Kopf. „Rupert kam nach seiner Gartenarbeit bestimmt nicht plötzlich auf die Idee, die Leiter zu säubern. Zu dumm, dass er sie geholt hat, ehe wir sie untersuchen konnten."

Ja, zu dumm. Und noch dümmer, dass sie immer noch nicht mehr gegen die Witwe Moncreif in der Hand hatten als ein paar Vermutungen und vage Anzeichen.

„Tja, ein fehlendes Alibi ist nichts, solange auch dieser Kandelaber fehlt. Ein klares Motiv ist unbedeutend, sofern kein noch so geringer Beweis für ihr Hiersein in der Nacht vom Fest des Lebens existiert. Diese Frau kommt ungeschoren davon, wenn wir nicht bald auf etwas stoßen." Jay stöhnte und verfiel in seine übliche Grübelhaltung. Gewicht auf einem Bein, das andere leicht angewinkelt und der Blick weit weg. Wo sollte er weitersuchen? Die Frau mit dem roten Kleid war wohl die beste Spur. Er und Liv hatten ihre Suche unterbrochen, weil ... Warum eigentlich? Nun, er wegen Peters

Anruf. Was war hingegen mit ihr gewesen? Sie war so überstürzt aufgebrochen, dass etwas von Bedeutung passiert sein musste. Er sollte sie auf der Stelle anrufen, womöglich hatte sie eine lohnende Fährte. Ja. Dass er immer so lange brauchte, um zu schalten.

„Na schön, gehen wir. Ich muss Liv anrufen." Er wandte sich um und blieb überrascht stehen. Vor ihm im Seitenschiff der Kirche saß eine Katze. Er blinzelte verdutzt. Sie war ein besonders hübsches und gepflegtes Exemplar, sehr schmal und mit wachsamen braunen Augen. Er hatte selten eine Katze mit solch einer Augenfarbe gesehen und noch seltener eine, die ihn so direkt anschaute. Ihr Fell glänzte in einer perfekten Mischung aus weißen und schwarzen Haaren, keine Spur von Schmutz haftete ihren Pfoten an. Ihr Schwanz peitschte sachte hin und her. Er lächelte ihr freundlich zu und ging in die Hocke. „Hallo", grüßte er sie, was sie mit einem Miauen erwiderte. Er lachte. „Na, wo kommst du her?" Er streckte die Hand aus, um sie hinter den Ohren zu kraulen, doch sie schob ihren Kopf außer Reichweite und tappte davon. Jay sah ihr lächelnd nach.

„Wie ist die denn hier reingekommen?" Peter legte den Kopf schief. „Die habe ich noch nie gesehen."

Unterhalb der Empore und des Jesuskreuzes blieb sie stehen, setzte sich kerzengerade auf ihre Pfoten und schaute zu ihnen herüber. Jay und Peter gingen zu ihr, angezogen von ihrem intensiven Blick. Sie gab ein weiteres Miauen von sich und ihr Schwanz schoss in die Höhe. Er schlängelte aufrecht hin und her, die Spitze machte einen leichten Knick. Fast, als würde die Katze mit ihm nach oben deuten wollen. Jay folgte dem Hinweis mit den Augen. Jesus! Sie deutete auf Jesus. Er schüttelte den Kopf und ein leises Lachen entfuhr ihm. Er war schon nicht mehr richtig im Kopf. Wieso sollte diese Katze auf Jesus deuten, Katzen konnten überhaupt nicht auf Jesus deuten.

„Kommt es nur mir so vor, oder benimmt sich diese Katze untypisch?", fragte Peter.

Jay konnte das nicht beurteilen, er kannte sich mit Katzen nicht aus, aber unleugbar konnte sie sehr elegant mit ihrem Schwanz umgehen. „Zumindest sieht sie aus, als würde sie zum Herrn am Kreuz zeigen, oder?"

„Dachte ich auch gerade. Wirklich seltsam. Will sie uns daran erinnern, gottesfürchtiger zu sein?" Die Katze senkte den Schwanz und miaute. Peter lachte. „Hört sich an, als wollte sie sich beschweren. Na ja. Hilft uns in dieser Sache nicht. Gut, ruf du Liv an, ich schließe hier noch die Türen ab."

Jay nickte, die Augen immer noch auf die der Katze gerichtet. Keiner von beiden wandte seine zuerst ab. War so was normal? Schließlich seufzte er. Peter hatte recht. Sie mussten weitermachen. „Ja, gehen wir", murmelte er.

Die Katze fauchte auf und rannte durch den Kirchenraum Richtung Altar.

„Na toll. Wir sollten sie einfangen und mit rausnehmen, ehe sie hier drin Unheil anrichtet", sagte Peter und ging ihr hinterher. „Miez, miez, miez, komm, Kätzchen, wir gehen."

Die Katze sah das anders und wollte eindeutig nicht gehen. Peters Versuch, sie anzulocken, scheiterte, sie entwischte ihm, als er sich ihr annäherte, und flitzte unter seinen Händen hindurch auf eine der geöffneten Türen zu. „Schnell, Jay, halte sie auf, ehe sie rauf zur Empore geht!"

Jay reagierte verspätet, konnte sich dafür auf seine Schnelligkeit verlassen und erreichte die Tür, ehe die Katze sich in den Treppenflur und hoch zur Empore stehlen konnte. Er zog die Tür zu und die Katze maunzte.

„Tut mir leid, da oben ist nichts Interessantes." Das war wohl Ansichtssache, denn die Katze rannte bereits auf die zweite Tür am anderen Ende der Kirche zu, die ebenfalls nach oben führte, Peter hinterher, und Jay nahm die Beine in die Hand. Er stieß dabei bedauerlicherweise gegen den Sockel, auf dem die Heilige Mutter Gottes stand, und hüpfte zwei Sekunden mit schmerzenden Zehen auf der Stelle.

„Och! Sie ist oben. Auch das noch", hörte er Peters Stimme und beeilte sich, ihm und der Katze auf die Empore zu folgen. Dort oben war das Licht gedämpfter, die Sonne musste hinter einer Wolke verschwunden sein und so hüllten sich die Bleiglasfenster in Dunkelheit.

„Wo ist sie hin? Kannst du sie sehen?" Peter schlich durch die oberen Sitzreihen. „Miez, miez, komm her, ja?"

Jay blieb stehen. Da war sie. Saß seelenruhig auf der Brüstung oberhalb des Jesuskreuzes und ließ den Schwanz hin und her streifen. Wieder sah sie Jay mit diesem Blick an, in dem eine Aufforderung lag. War sie womöglich die Reinkarnation von Father Smith, der ihnen einen Hinweis geben wollte? Hatte eine Reinkarnation etwas in einer christlichen Kirche zu suchen?

Hier in Snugford bestimmt nicht … Außerdem glaubte Jay eigentlich nicht an so was. Aber er war den Dingen gegenüber generell offen, und diese Katze war nun mal seltsam. Er ging langsam auf sie zu, wandte den Blick nicht mehr von ihr.

„Was führst du im Schilde, hm?" Die Katze schnurrte und deutete mit ihrem Schwanz nach unten. Auf Jesus. Das konnte kein Zufall sein! Er trat neben sie zur Brüstung und schaute auf die Jesusfigur hinunter. Was wollte sie ihm zeigen? Er spürte ihren Blick auf sich und beugte sich nach vorn. War da etwas? Eher nicht, Jesus eben. Er wollte sich gerade abwenden, als ihm noch etwas ins Auge stach. Er sog scharf die Luft ein. „Peter! Komm mal her!" In seiner Erinnerung hallten die Worte Robbie Nelsons wider. *Elinor Moncreif hat sich die lila Fingernägel wundgekratzt an dem Tisch, an dem sie saß – sie sah so wütend aus. Ich glaube, sie hat innerlich gekocht.* Lila Fingernägel!

Peter war neben ihm aufgetaucht. „Was denn? Hast du was entdeckt?"

Jay nickte aufgeregt und deutete hinunter zur Jesusfigur. „Siehst du das da? In der Schlaufe seiner Tunika?" Sie war groß und hatte deshalb auch eine ideale Fläche zum Befestigen der Stola geboten.

„Heiliger St. Antonius. Ist das …?"

„Ein Stück Fingernagel. Ja!" Und der Farbe nach zu urteilen, gehörte er eindeutig Elinor Moncreif. Er musste abgebrochen sein, als sie die Stola um Jesus' Rumpf gebunden hatte. Wieso war er ihm nicht schon früher aufgefallen? Oder den Forensikern? Jay rief sich den Morgen nach dem Mord in Erinnerung. Er hatte genau hier gestanden und auf Father Smith herabgeblickt. Im

Anschluss war sein blamabler Versuch gefolgt, den Forensikern beim Lösen der Stola zu helfen, er wäre beinahe über die Empore gestürzt und hatte sich genau dort festgehalten, wo der Fingernagel verborgen lag. Das machte aus der Aktion eine noch idiotischere, erkannte er aufstöhnend, denn dadurch hatte er für sich selbst und die Forensiker offensichtlich ein wichtiges Beweisstück verdeckt. Scheinbar lernte er aus seinen Fehlern doch nicht! Himmel! Jay räusperte sich. Das war das Stichwort. Denn vollkommen gleichgültig, was gewesen war, jetzt hatten sie ihren Beweis. Jays Herz hüpfte vor Freude und Aufregung. So ein eindeutiges Zeichen konnte ihm nur der Himmel schicken. Oder eine Katze. Er blinzelte und sah sich um, doch sie war verschwunden. „Wo ist sie hin?"

„Wer?", fragte Peter. Er versuchte bereits, mit der Hand an den Nagel der Witwe zu reichen. Da er größer war als Jay, gestaltete sich dieses Unterfangen wesentlich einfacher.

„Na, die Katze."

„Keine Ahnung, eben war sie noch hier."

Seltsam ...

„Da! Hab ihn!" Triumphierend hielt Peter den lila lackierten Fingernagel zwischen Daumen und Zeigefinger. „Stand im forensischen Bericht nicht etwas über die Eventualität eines Fingernagels?"

Jay nickte. Und er war lila gewesen! Ein klarer Nachweis war aufgrund des zu kleinen Splitters nicht möglich gewesen. Nun aber hielten sie ein ungleich größeres Exemplar in Händen. Egal ob durch Katzenfingerzeig oder Geschenk des Himmels, sie hatten ihren Beweis.

Elinor Moncreif bedachte den Fingernagel mit einem spöttischen Blick, als Jay und Peter ihn ihr wenig später vor die Nase hielten.

„Ist das Ihr Ernst? Ein Fingernagel reicht neuerdings für eine Verhaftung aus?"

„Im Falle eines lilafarbenen Fingernagels durchaus. Das ist unverkennbar Ihrer."

Sie hob ihre Finger, deren Nägel allesamt kurz geschnitten und schwarz lackiert waren. „Unverkennbar nicht. Oder ist das da ein schwarzer Nagel und ich farbenblind, hm?"

„Nein." Jay lächelte. „Aber ich habe Zeugen, die zustimmen werden, dass sie am Abend des Mordes noch lila waren. Ihre Nägel meine ich, nicht Sie."

Elinor Moncreifs Augen wurden schmal. „Das beweist nichts. Sie überzeugen keine Geschworenen aufgrund vager Aussagen und einem Stück toten Gewebes."

„Da irren Sie sich. Jede einzelne Zelle ist erfüllt von DNA. Wie Haare bestehen Fingernägel aus Keratin und es wird nicht sehr kompliziert werden, nachzuweisen, dass dieser Fingernagel von Ihnen ist."

Zum ersten Mal in einem Gespräch mit der Witwe bröckelte etwas an ihrer Maske der Überlegenheit. Ihre Nasenflügel bebten vor Wut, doch ihre Schultern waren leicht nach vorn gesackt.

„Wie ist es, Elinor?", erkundigte sich Peter. „Kommst du freiwillig mit uns oder muss der DCI seine Handschellen auspacken?"

Sie kam zum Glück freiwillig mit, denn Handschellen hatte Jay nicht dabei ...

Kapitel Elf

Man stelle sich die einstimmige Verwirrung vor, die an diesem späten Nachmittag vor dem Präsidium des DCI Jameson aufkam, als dieser darauf zu schritt, eine Elinor Moncreif im Schlepptau, die hoch erhobenen Hauptes neben Peter herging. Während vor dem Eingang bereits Maggie, Liv und ein Häufchen Elend namens Moira Lovflat nebst Mutter warteten. Ein jeder war überzeugt davon, zu wissen, wer hinter dem Mord am armen Father Smith steckte.

Maggie runzelte als Erste die Stirn, derweil Liv noch damit beschäftigt war, Moira ein Taschentuch zu reichen.

„Was macht ihr hier mit Elinor?"

Jay sah Maggie freundlich an. „Sie ist verhaftet. Wegen des Mordes an Father Smith."

Liv hob den Kopf und stieß einen Laut der Überraschung aus. „Habt ihr dafür einen Beweis?"

Jay hob ein Pausentütchen hoch, in dem irgendetwas kleines Lilafarbenes steckte. „Einen Fingernagel."

Das war mal wieder typisch. Einen Fingernagel, wie putzig. Der arme DCI, er tappte immerzu in irgendwelche Fettnäpfchen. Liv konnte sich beim besten Willen nicht vorstellen, was der beweisen sollte. Maggie hingegen schien überrascht.

„Oh", sagte sie. „Wie interessant. Denn wir haben einen Kandelaber." Sie holte ihn aus ihrer Tasche. Peter riss die Augen auf. „Das ist der aus der St. Luke's Church! Wo habt ihr ihn gefunden?"

Mrs Lovflat nahm das Taschentuch, das Liv immer noch Moira hinhielt und schnäuzte sich damit die Nase. „Bei uns."

„Aha, nun ..." Jay runzelte die Stirn. „Dann besteht hier einiges an Klärungsbedarf, würde ich sagen."

***

Kurz darauf saßen sie im viel zu kleinen Verhörraum des Polizeipräsidiums. Detective Chief Inspector Jay Jameson gab ein herrliches Motiv für ein Foto ab. Es gelang ihm, gleichzeitig hoch konzentriert und zutiefst verwirrt auszusehen, während sich die ersten Anzeichen von Erschöpfung über seine Züge legten. Seine eigenwilligen Verhörmethoden hinterfragte Liv längst nicht mehr, und Maggie gab sich offenbar damit zufrieden, kurz unwillig mit den Mundwinkeln zu zucken. Wäre es nach ihnen gegangen, hätte man die Witwe und Moira einzeln befragt. Aber Jay vertrat die Meinung, dass offene Verhöre in einem Fall, in dem mehrere Täter infrage kamen, einen gewissen Vorteil bargen. Ob er das aus der Polizeischule oder einem Theaterstück hatte, blieb dahingestellt. Nun waren seine, zu glasigen Schlitzen verengten Augen auf Moira geheftet, die Frau mit dem roten Kleid und eindeutig gesträhnten Haaren, die hier war, um ihren Vater eines Verbrechens zu bezichtigen. „Valentin und ich haben uns an dem Abend zufällig getroffen." Moira schob die Lippen vor. „Okay, so zufällig nicht. Ich habe ihn gesehen und bin zu ihm gegangen. Wir haben uns unterhalten. Er war süß und liebenswert, und ich musste ihm einfach meine Liebe gestehen."

Jay hob die Brauen, Liv seufzte innerlich. Die Liebe. Sie konnte aufbauen und zerstören …

„Aha, und hat er sie erwidert?" Maggie reagierte gewohnt unbeeindruckt und sammelte ihre Fakten.

Moiras Augenlider flatterten. „Es kam nicht dazu. Dad ist dazwischengegangen wie ein Irrer. Nur, weil wir uns ein bisschen unterhalten haben. Er ist ausgerastet und hat ihn getötet. Mit dem Kerzenleuchter. Ich schwöre es, er hat ihn getötet! Ich kann es immer noch nicht fassen." Was sie sagte, und vor allem, *wie* sie es sagte, klang so glaubhaft, dass Liv keine Sekunde an ihren Worten zweifelte, so schockierend sie klangen. Sie passten zu Mr Lovflats Art. Er war voll und ganz der *Eifersüchtige-Vater*–Typ. Allein die tiefe Runzel auf Jays Stirn verriet, dass er noch schwankte. Immerhin waren da die Witwe Moncreif und ihr Fingernagel. Wie passte das ins Bild? Zu Livs Überraschung war dieser Fingernagel weit hilfreicher, als sie angenommen hätte. Jay hatte bereits das Forensik-Team angefragt, das noch einmal den bereits in der Stola gefundenen lila Splitter untersuchen sollte und außerdem einen *genetischen Fingerabdruck* mittels dieses frisch aufgetauchten Nagels erstellen würde. Wenn er Elinor nachgewiesen werden konnte und wenn sich der Splitter außerdem als Teil des Nagelsplitters identifizieren ließe, warf das die spannende Frage auf, ob Moiras Geschichte der vollen Wahrheit entsprach oder ein wesentlicher Teil fehlte – der, in dem Elinor Moncreif auf der Bildfläche erschien.

Im Anschluss an Moiras Beschuldigung sprach einen Augenblick lang niemand. Maggies Lippen waren schmal, eine zur Gewohnheit gewordene Miene in diesem Präsidium. Mrs Lovflat sah so weißgrau wie die Wand hinter ihr aus. Elinor bedachte Moira mit gerümpfter Nase. Dass jemand ernsthaft um den Priester trauerte, wollte ihr wohl nicht in den Kopf.

Moira wimmerte. „Wie konnte er das tun? Ihn erst erschlagen und dann seine Leiche aufhängen!"

Jay und Peter sahen einander an.

Jay räusperte sich. „Moira, bist du dir sicher, dass dein Vater Valentin Smith *aufgehängt* hat?"

„Natürlich! Er war völlig von Sinnen!"

Jay nickte. „Sicher, aber hast du das gesehen? Er hat ihn niedergeschlagen, das mag sein, aber daran ist Father Smith streng genommen nicht gestorben. Sondern weil er mit der Stola erhängt wurde. Und wir haben soeben Beweise sichergestellt, die diesbezüglich auf Elinor Moncreif hindeuten, und nun behauptest du, dein Vater sei für den Mord an Father Smith verantwortlich."

„Bist du dir sicher, dass du nicht eher stinkwütend auf ihn bist, weil er dich an diesem Abend mit Valentin gesehen und deine Hoffnung auf mehr zerstört hat?", fragte Peter. „Ist er vielleicht eingeschritten, hat dich heimgeschickt und du …"

„Nein!" Moira schob das Kinn vor. „Ich meine, logisch bin ich stinkwütend auf ihn, aber weil er ihn umgebracht hat und das nur, weil er die Beherrschung verloren hat. Sein komischer Vaterinstinkt ist schuld. Er ist nicht der Killertyp."

Jay nickte. „Exakt dieser Gedanke drängte sich mir eben auf. Also, denk noch mal scharf darüber nach. Einen Menschen des Mordes zu beschuldigen, noch dazu den eigenen Vater, ist eine schwerwiegende Angelegenheit. Was hast du wirklich gesehen?"

Moira presste die Lippen aufeinander. Jay sah zu Elinor hinüber. „Oder möchten Sie ihr mit einem Geständnis Ihrerseits helfen? Ihr Fingernagel wurde am Tatort gefunden, ich muss daher davon ausgehen, dass Sie es zumindest waren, die Father Smith, wenn nicht niedergeschlagen, erhängt hat." Wobei sein Gesichtsausdruck vermuten ließ, dass er noch nicht ausgeschlossen hatte, dass sie für beides verantwortlich war.

Elinor Moncreif beugte sich langsam nach vorn und sah Jay mit blitzenden Augen an. „Sie gehen von sehr vielen Dingen aus, Detective Chief Inspector. Nur Beweise haben Sie keine. Die Kleine hat recht, es wird ihr Vater gewesen sein. Der hat mutmaßlich auch meinen Fingernagel auf den Jesus gestreut."

Liv fröstelte. Sah man sie sich so an, konnte man Jay schon verstehen und auf den Gedanken kommen, dass sie hinter alldem steckte. So diabolisch, wie sie sich gab, war der gesamte Tathergang auf sie zugeschnitten. Liv stöhnte innerlich auf.

„Was erlauben Sie sich, Mrs Moncreif! Woher soll mein Mann bitteschön Ihren Fingernagel haben!?" Mrs Lovflats Stirnader schwoll so sehr an, dass Liv fürchtete, sie würde zerplatzen.

„Ruhig Blut, Mrs Lovflat." Jay behielt die Beherrschung, was Liv an ihm schätzte. Schusseligkeit hin oder her, wenn es darauf ankam, machte er seine Sache inzwischen nicht schlecht. „Es hilft alles nichts, wir müssen Ihren Mann befragen. Wo ist er?"

Mrs Lovflat knetete ihre Finger ineinander, dass sie weiß wurden, und schwieg Jay eisern an. Dieser trug dieses Lächeln auf, das Maggie *kribbelig* machte, weil es mit seinem Grübchen viel zu nett und verständnisvoll war. Liv konnte genau sehen, wie sich Maggie bereitmachte, einzugreifen. „Bitte, wir drehen uns hier sinnlos im Kreis, sehen Sie das nicht? Ich muss Sie daher auffordern ..."

„Er ist hundert Pro noch in der Schule", sagte Moira und Mrs Lovflats Kopf fuhr zu ihr herum. „Moira!"

„Was denn?", fragte diese. „Dad hat sich das selbst zuzuschreiben." Wieder verschränkte sie ihre Arme vor der Brust. Herrje. Die Beziehung zu ihrem Erzeuger lag in ernsthaften Trümmern.

Jetzt war es endgültig um Mrs Lovflats Beherrschung geschehen. Sie sprang von ihrem Stuhl auf und langte über den Verhörtisch zu Elinor. „Haben Sie meine Tochter bestochen, dass sie das sagt?", fauchte sie und riss an Elinors Halskette. „Was bieten Sie ihr für die Falschaussage?"

Elinor schüttelte Mrs Lovflat ab, ehe Jay oder Peter, zwischen denen sie saß, eingreifen mussten. Sie bedachte Mrs Lovflat mit feurigem Blick. „Ich habe es nicht nötig, irgendwen zu bestechen, Schätzchen. Passen Sie bloß auf, dass Sie niemand absticht."

Die beiden Frauen funkelten einander über den Tisch hinweg an, die Spannung im Raum knisterte wie elektrische Leitungen. Jay beendete sie, indem er den Kopf zu Elinor drehte und erklärte: „Mrs Moncreif, noch eine Drohung aus Ihrem Mund in meiner Gegenwart und ich suche nach keinen Beweisen mehr, sondern sorge dafür, dass Sie wegen kaltblütigen Mordes lebenslänglich erhalten. Habe ich mich deutlich ausgedrückt?"

Maggie setzte sich in ihrem Stuhl auf, Livs Brauen zuckten in die Höhe. Selbst Elinor wirkte überrascht und rührte sich nicht. So unmissverständlich hatte Jay selten gesprochen. Seine Augen flohen nicht in die Weite oder an die Decke, er fixierte damit Elinor. Diese schwieg. Hatte Jay zum ersten Mal, seit sie ihn ermitteln sahen, die Oberhand? Ehe Liv ihm anerkennend zunicken konnte, räusperte er sich und schob sich die Frontsträhnen aus dem Gesicht. Der Schussel war zurück. „Schön, ja, dann gehen wir jetzt zur Schule." Er erhob sich und zog Elinor mit. „Sie warten so lange in der Zelle." Elinor ließ sich kommentarlos abführen. Liv sah zu Maggie und diese grinste kaum merklich. Sie konnte sich eines gewissen Stolzes auf ihren DCI nicht erwehren.

***

Herrje, was für eine Aufregung! Livs Herz schlug im Takt zu ihren Absätzen aufs Pflaster. Sie hatten beschlossen, dass Maggie bei den Lovflats im Präsidium bleiben würde, während Jay, Peter und Liv die SF Primary School aufsuchten, in der Mr Lovflat unterrichtete und sich nach Mutmaßung seiner Tochter im Lehrerzimmer „verschanzte“.

„Allein, weil er sich nicht heimgewagt hat, muss man
davon ausgehen, dass er schuldig ist“, sagte Peter und
Liv stimmte ihm zu, während sie zur selben Zeit mit Jasper telefonierte. Er war seit Stunden allein im B&B und
sorgte sich vermutlich.

„Du bist den Mördern auf der Spur? Es sind mehrere?“, fragte Jasper verblüfft.

„Nein, es stehen bloß mehrere zur Auswahl.“ Obwohl.
„Könnten Elinor und Mr Lovflat nicht auch unter einer
Decke stecken?“, richtete sie ihre Vermutung an Jay.
„Das würde erklären, wie leicht sie Father Smith ans
Kreuz befördern konnten. Zu zweit ist das kein Problem.“

Jay nickte nachdenklich. „Sie konnten ihn beide nicht
leiden, das haben sie deutlich gemacht.“

Ob das ein ernst zu nehmendes Motiv war? Eines, um
gemeinsame Sache zu machen? Liv seufzte schwer, so
verworren, wie all das war. „Weißt du“, sagte Jasper,
den sie fast vergessen hatte, „vielleicht sollte ich besser
zu dir kommen, wenn es gefährlich wird.“

Liv schmolz dahin. „Nicht doch, Schatz, wir kommen
schon zurecht.“

„Davon bin ich überzeugt, ich habe trotzdem ein besseres Gefühl.“ Er war ein wahrer Romantiker, ihr Jasper.

„Wie du meinst. Wir sind jetzt gleich bei der Schule.“

„Ich komme, so schnell ich kann.“

Liv legte mit einem Lächeln auf den Lippen auf, bemerkte Peters Blick und schob das Handy in ihre Tasche. „Hast du etwas zu sagen?"

„Nope. Alles gut. Jay und seine Armee aus Zivilisten. Das wird wieder Schlagzeilen im SFR geben."

Liv klimperte mit den Wimpern. „Es ist eine Radiosendung. Die machen keine Schlagzeilen, sondern Aufhänger."

Die Grundschule kam in Sicht und sie wurden wieder ernst. Bis auf Jay, der war es sowieso ohne Unterlass gewesen. Der Ärmste. Im Grunde war das kein Beruf für ihn.

„Tja, also gut", sagte er, als sie vor dem Haupteingang standen, „laut Moira ist er im Lehrerzimmer. Wir sollten dennoch die Augen in alle Richtungen offenhalten und die Ruhe bewahren, wenn wir ihn sehen. Keine Panik verbreiten, falls noch Schüler oder Kollegen zugegen sein sollten. Hier finden auch nachmittägliche Workshops und Aktivitäten statt. Ja, also Ruhe bewahren."

Peter war ruhig, zumindest äußerlich. Liv konnte nicht leugnen, dass sie eine gewisse Nervosität verspürte, aber definitiv war selbst sie ruhiger als Jay, der sich durch die Haare fuhr und tief einatmete, ehe er die Tür aufstieß.

Im Innern der Schule war es kühl und still. Jedes Geräusch, das sie verursachten, hallte nach. Das Lehrerzimmer befand sich im zweiten Stock, und Mr Lovflat war nicht der Einzige, der noch arbeitete. Oder so tat, als ob. Jay ging zielstrebig auf einen Lehrer mit grauen Haaren und Pullunder zu – der typische Mathelehrer und Folterknecht in Livs Augen – und grüßte ihn mit seinem üblichen Lächeln.

Der Mathelehrer hob die Brauen. „Was wollen Sie hier? Sind Sie nicht dieser Polizist?"

Jay nickte. „So etwas in der Art. Ich bin auf der Suche nach ..." Der Satz verwehte mit dem Aufgehen der Tür zum Lehrerzimmer, aus dem, wie es der Zufall wollte, Mr Lovflat mit einer Tasse Kaffee in der einen und einer Ledermappe in der anderen Hand trat. Der hatte ja Nerven!

Ein Irrtum, wie Liv gleich darauf feststellte.

Er sah sie und sie sahen ihn. Ein Moment des Schweigens und Starrens, in dem die Sekunden laut tickend dahinschritten. Dann ließ Mr Lovflat seine Tasse fallen und stürzte durch den Flur davon. Jay starrte ihm hinterher, Peter reagierte sofort und nahm die Verfolgung auf. Dieses Vorbild hatte Jay scheinbar benötigt, denn er folgte seinem Beispiel und holte ihn trotz kürzerer Beine ein.

Liv lächelte dem Mathelehrer zu und sagte: „Verzeihung. Laufende Ermittlungen", ehe sie ebenfalls losrannte. So viel zu Jays Bitte, Ruhe zu bewahren und keine Panik zu verbreiten. Sie prallte im Erdgeschoss auf die beiden Männer. „Wo ist er hin?"

„Mit dem Aufzug ins Untergeschoss. Vermutlich gibt es dort einen Ausgang durch den Fahrradkeller."

Liv sah Jay überrascht an. „Woher weißt du, dass es einen Fahrradkeller gibt?"

Jay winkte ab. „Ist nicht so wichtig. Einer von uns sollte ihm nach, und die anderen versuchen, ihn beim Ausgang abzupassen. Am besten wir teilen uns auf und umrunden das Gebäude von beiden Seiten."

Liv nickte. „Ich gehe links rum.“

„Ich rechts“, erklärte Peter.

Jay sah vom einen zur anderen. „Gut, ja, dann nehme ich den Keller.“

So war es abgemacht und Liv hastete die letzten beiden Stufen hinunter zum Ausgang, wo sie sich von Peter trennte und nach links weiterrannte. Sie war im Grunde zu alt für so was und hatte außerdem nicht die richtigen Schuhe an. Was sollte es, sie musste trotzdem ihr Bestes geben. Nicht zu fassen, dass dieser Kerl die Flucht ergriff. Das machte ihn endgültig verdächtig. Sie bog um die Ecke und hielt sich die Seite, Zeit für eine Pause fand sie nicht. Wie Jay es prophezeit hatte, kam Mr Lovflat die Rampe, die aus dem Fahrradkeller aufwärts führte, hinaufgesputet. Er entdeckte sie und rannte in die entgegengesetzte Richtung auf die Hauptstraße zu. Liv nahm die Beine in die Hand und die Verfolgung auf. Verfluchte Schuhe, sie schrappten ihr die Fersen wund und verlangsamten jeden Schritt. Zu ihrer Erleichterung kam von der Hauptstraße eine Gestalt auf sie zu. Jasper. Er war nur noch wenige Meter von Mr Lovflat entfernt.

„Jasper, du musst ihn aufhalten!“, schrie Liv. Jasper sah sich um und erkannte sie, verstanden hatte er sie nicht. „Schnapp dir den Kerl!“, rief sie und deutete auf den davoneilenden Mr Lovflat.

Als Jasper endlich begriff, hatte ihn Mr Lovflat bereits mit seiner Schulmappe aus dem Weg gerempelt und überquerte die Straße. Inzwischen verließ auch Jay den Keller und Peter kam von der anderen Seite des Gebäudes angerannt. Sie stießen an der Straße aufeinander. Peter japste und Liv keuchte, Jay atmete relativ ruhig.

Sein Blick fuhr nach links und rechts, machte etwas bei den Fahrradstellplätzen aus, und ohne ein Wort zu sagen, rannte er weiter und direkt auf ein einsam herumstehendes Islabike zu. Es war nicht abgeschlossen, denn Jay sprang auf und radelte los – in die Richtung, in die Mr Lovflat verschwunden war. Wäre die Situation nicht so ernst gewesen, hätte Liv aufgelacht. Es sah absolut ulkig aus, wie er auf diesem Kinderrad die Verfolgung aufnahm.

„Das ist nicht sein Ernst, oder?", fragte Jasper ungläubig.

„Doch", erwiderten Peter und Liv einstimmig. Sie sahen einander an und rannten ebenfalls hinterher. Jasper folgte mit zweisekündiger Verzögerung. „Der Kerl ist nach links, wieso fährt Jay nach rechts?", hörte sie ihn keuchen.

Liv blieb stehen. „Deswegen." Der Weg zu ihrer Linken führte treppab, was definitiv keine angenehme Fahrt geworden wäre. Vielleicht erhoffte sich Jay, ihm von unten den Weg abschneiden zu können. Liv, Peter und Jasper entschieden sich für die Treppen. Gerade, als Liv annahm, sie würden ihn jeden Moment eingeholt haben, warf Mr Lovflat seine Mappe über einen Zaun der angrenzenden Gärten und kletterte hinterher. Liv stöhnte. Peter zögerte nicht, ihm nach zu springen, und Jasper nahm den Fußweg daneben. Herrje. Das war zu viel! Livs Herz trommelte schmerzhaft in ihrer Brust. Sie benötigte eine Verschnaufpause. Tief ein und ausatmend, um sich kein Seitenstechen einzufangen, ging sie weiter die Treppen hinab. Gut möglich, dass sie da unten wieder auf die anderen oder Mr Lovflat stoßen würde, aber auf keinen Fall fühlte sie sich in der Lage über einen Zaun zu klettern. Als sie unten angekommen war, hatte sich ihr Atem so weit reguliert, dass in ihrem Brustkorb wieder Platz für Entschlossenheit war. Wo lang sollte sie gehen? Am besten in die Richtung, in die die Gärten verliefen. Sie beschleunigte ihren Schritt und versuchte gleichzeitig, in die Anlagen zu spähen. War da eine Gestalt? Mr Lovflat konnte sich ja nicht in Luft auflösen, früher oder später musste er einem von ihnen ... Liv schrie auf, als sie urplötzlich von hinten gepackt und festgehalten wurde. Irgendjemand presste ihre Arme fest gegen ihren Körper, sie spürte etwas Kaltes und Scharfes an ihrer Kehle und hörte auf, sich zu wehren.

„Danke, so ist es gut. Ich will keinen Ärger, Mrs Oldstep, verstanden?" Mr Lovflats Stimme zitterte, der Geruch von Schweiß und Angst, wie auch immer sie riechen mochte, drang in ihre Nase, doch da er sie mit einem Gegenstand bedrohte, von dem sie annehmen musste, dass es ein Messer war, nahm sie seine Worte ernst und gehorchte. „Wir werden jetzt zu mir nach Hause gehen, Sie und ich, einverstanden?" Liv gab ein zustimmendes Geräusch von sich und folgte seinen Bewegungen. Während er sie herumdrehte, bemerkte Liv aus den Augenwinkeln Jasper, der im Gebüsch hinter ihnen lauerte. Dem Himmel sei Dank. Er würde Mr Lovflat hoffentlich von hinten überwältigen können. „Ich möchte, dass Sie begreifen, dass ich ein guter Mensch bin. Ich mache das nur, weil ich dazu gezwungen werde." Das klang nicht besonders logisch. Von wem denn? Liv war es einerlei, ihr Herz schlug bis zum Hals, und ihre Knie wurden weich bei der Vorstellung, dass er sie wie Father Smith umbringen könnte. Wo blieb

Jasper? Was ließ ihn zögern? „Ich wollte das alles nicht. Verstehen Sie?" Liv verlangsamte ihren Schritt, um Jasper die Möglichkeit zu geben, anzugreifen, aber Mr Lovflat schob sie weiter. „Verstehen Sie? Das ist ..."

„Keinen Schritt weiter!" Livs Herzschlag setzte aus. Unmittelbar vor ihnen war Jay aufgetaucht, sprang vom Rad, das krachend zu Boden fiel, und zückte seine Waffe. Mr Lovflat verstärkte den Druck des Messers an Livs Hals. Sie wimmerte.

„Bleiben Sie, wo Sie sind, Detective Chief Inspector, oder ich muss Mrs Oldstep verletzen. Das ist ein Schweizer Taschenmesser." Liv konnte nur beten, dass es nicht so weit kam, dass sie mit einem bescheuerten Pfadfindermesser aufgeschlitzt wurde. Jasper würde die Ablenkung sicherlich nutzen.

„Das werden Sie nicht. Wir können über alles sprechen. Legen Sie das Messer weg und wir reden in Ruhe darüber." Jays Stimme klang sehr ruhig, seine Hände, die die Pistole umklammerten, zitterten allenfalls leicht. Rechts von ihnen erschien Peter, Mr Lovflat fuhr zu ihm herum und Peter hob die Hände.

„Reden, ja? Wie denn? Ich bin ja schon umstellt. Ich warne Sie, ich werde dieses Messer benutzen. Ich gehe bestimmt nicht für diese Geschichte ins Gefängnis, mich trifft keine Schuld, die Dinge sind aufs Absurdeste aus dem Ruder gelaufen!" Seine Stimme wurde immer aufgelöster und Liv presste die Lippen aufeinander. Er würde sie vor lauter Panik noch erstechen!

„Ja, das weiß ich, und wir finden eine Lösung. Das hier ist sie nicht, hören Sie mich?", erklärte Jay immer noch ruhig. „Lassen Sie Mrs Oldstep los und ich verspreche Ihnen, es wird sich alles finden."

„Das glaube ich nicht."

Liv spürte einen stechenden Schmerz am Hals, das Messer hatte ihre Haut aufgeritzt. Sie wimmerte und Jays Waffe richtete sich direkt auf ihren Kopf. Keine Ahnung, ob er glaubte, auf Mr Lovflat zu zielen, aber wenn er jetzt schoss, dann wäre das mit Sicherheit ihr Ende. Mr Lovflats Hand zuckte – Jay bewegte sich blitzschnell und drückte ab. Liv schrie. Sekundenlang geschah nichts. Sie spürte weder Schmerz, noch sank sie tot zu Boden. Sie starrte Jay an und dieser zurück. Mr Lovflat ließ sie los und taumelte von ihr fort. Liv drehte sich zu ihm um, blinzelte ungläubig. Er ebenso.

„Sie haben ... mir ins Bein geschossen", sagte er mit hoher Stimme. Anschließend ließ er das Messer fallen und sank zu Boden. Livs Kopf schnellte zu Jay herum. Er atmete langsam aus und ließ die Waffe sinken.

„Danke", hauchte Liv und konnte nicht fassen, was passiert war. Jay nickte bloß und steckte die Waffe weg. Stand er ebenso unter Schock wie sie? Er räusperte sich und ging rasch zu Mr Lovflat hinüber. Dessen Messer steckte er ein. „Halten Sie durch, das ist ein Streifschuss, die Kugel steckt nicht."

„Woher wissen Sie das?", kreischte Mr Lovflat und nun war er wirklich aufgewühlt.

Jay schob Mr Lovflats Hosenbein nach oben und begutachtete die Wunde. „Weil ich es so beabsichtigt habe", erwiderte er. Es klang so überzeugt, dass sich Liv sicher war, dass es stimmte. Unterschätzte sie ihn womöglich allzu oft? Sie sah ihrem Lebensretter bei seinen Handgriffen zu, die nicht die Bohne tollpatschig waren. Er zückte ein Taschentuch und presste es gegen Mr Lovflats Schusswunde, deren Blutung überschaubar schien. „Halten Sie das dagegen. Mrs Rosenburn wird sich der Sache gleich annehmen." Mr Lovflats Hand zitterte. Zweifellos stand er mehr unter Schock, als dass er ernsthafte Schmerzen litt. Livs Hand fuhr zu ihrem pochenden Herzen. Peter trat neben sie, ebenso sprachlos. Das erinnerte Liv an etwas. Sie sah sich um und entdeckte Jasper, der gerade erst aus dem Gebüsch kroch. Er war kreidebleich.

„Ich ... ich ... geht es dir gut?" Liv starrte ihn an. Ein schöner Held war das.

Ihre Augen kehrten zu Jay zurück, der mit Peters Hilfe Mr Lovflat in den Stand zog. „Gut, so müsste es gehen." Jay sah sie alle an. „Das war ja ein Abenteuer, was?" Er lächelte. „Ja, nun, gehen wir zum Präsidium."

Kapitel Zwölf

Jay atmete ruhig ein und aus. Er hatte gerade auf einen Mann geschossen. Um Liv zu retten und im besten Wissen, so wenig Schaden wie möglich anzurichten, aber das änderte nichts daran, dass er auf einen Mann geschossen hatte. Er hatte auf einen Mann geschossen. Er musste aufhören, zu repetieren, dass er auf einen Mann geschossen hatte. Was er niemals beabsichtigt hatte. Auf einen Mann zu schießen. Das sollte nicht Teil seiner Karriere sein. Schusswaffe als Mittel zur Bedrohung, ja; nicht, um zu schießen. Gut, er hatte bewusst auf das Bein gezielt und keine schwerwiegende Verletzung beabsichtigt, ein Schuss blieb es trotzdem. Dankenswerterweise hatte sich Maggie sofort um die geringfügige Blutung gekümmert. Die Kugel hatte eine grabenförmige Wunde aufgerissen, die Blutung konnte allerdings schnell gestillt werden. Maggie hatte alles fachgerecht desinfiziert und verbunden. Da kam ihm ihre Krankenpflegevergangenheit sehr zugute. Immerhin. Er räusperte sich und wusste, dass dieser Tag noch nicht zu Ende war und er es sich nicht leisten konnte, jetzt einzuknicken.

Seine Verdächtigen saßen im B&B. In einem Stuhlkreis zusammen mit Liv, Maggie, Peter und ihm selbst, Jay. Ein offenes Verhör barg den Vorteil, dass er alle im Blick behalten konnte, unberechenbar wie sie waren, und dass sie einander vielleicht gegenseitig vom Lügen abhielten. Das Zimmer im B&B bot sich daher an, es war doppelt so groß wie das im Präsidium. Und er hatte dreimal so viele Menschen zu verhören. Er sah sie der Reihe nach an. Elinor Moncreif, Moira Lovflat und ihren Vater. An denen war was faul und er musste endlich wissen was.

Mr Lovflat saß mit bandagiertem Bein neben seiner Frau und Tochter, und der Schweiß perlte ihm vom schneeweißen Gesicht. Moira litt unter Gefühlsschwankungen, wie man das von einer Pubertierenden erwarten durfte, während Elinor Moncreif nicht den Hauch einer Emotion veräußerte. Sie saß mit unbeweglicher Miene da. Diejenige, die aus dieser Runde eine reißerische Talkshow machte, war Mrs Lovflat. Obwohl sie eindeutig von nichts eine Ahnung hatte und zu keiner Sekunde hilfreich für die Aufklärung dieses Falls war, redete sie seit Minuten als Einzige.

„... und ich bin mir sicher, dieses Biest hat unsere Tochter beschwatzt, dich zu beschuldigen, Darling ...“

„Hat sie nicht!“, widersprach Moira heftig.

„Habe ich nicht“, bestätigte Elinor Moncreif ruhig.

„Pah, Lügen! Alles gelogen. Sie behauptet, du hättest Father Smith ermordet – erst erschlagen und dann aufgehängt, denk dir, so was Grausames würdest du nie tun.“

Moira stöhnte auf. „Ich war dabei, Ma! Ich war dabei, als er es getan hat.“ Sie sah ihren Vater an. „Das war ich, nicht wahr, Dad? Du kannst es nicht leugnen.“

Es sah nicht so aus, als würde dieser es beabsichtigen.

„Du tust keiner Fliege was zuleide!“, rief Mrs Lovflat und sah in die Runde. „Das meine ich übrigens wörtlich. Stattdessen behaupten hier alle, dass du ihn mit diesem Kandelaber erschlagen hast.“

„Nicht ganz“, warf Jay resigniert ein. „Wir haben festgehalten, dass Father Smith damit *nieder*geschlagen wurde, gestorben ist er durch ...“

Aber Mrs Lovflat hörte nicht einmal zu. Sie deutete auf das Beweisstück. „Weißt du, wo der war? Das ...“

„Ja.“

Mrs Lovflat verstummte und starrte ihren Mann an. Für etwa zehn Sekunden herrschte Stille. „Wie bitte?“

Mr Lovflat erwiderte den Blick. „Ja, ich weiß, wo er war. In deinem Friseursalon. Weil ich ihn da versteckt habe.“ Er seufzte und rieb sich über die schweißnasse Stirn. Seine Augen richteten sich auf Jay. „Ich bin mit meiner Familie einst nach Snugford gezogen, weil es eine ruhige Lage, weg vom Stress und ein Leben im Einklang mit einer friedlichen Gemeinschaft versprach.“ Sein Lächeln geriet gequält. „Ich vertrage nicht viel Stress, nicht mehr, meine Nerven sind ... nun ja, im Eimer.“

„Das stimmt, er ist sehr geplagt“, sagte Mrs Lovflat.

Ihr Mann warf ihr einen müden Blick zu. „Bitte, Darling, sei still.“ Sie stierte ihn an, öffnete bereits den Mund, gehorchte dann und er fuhr fort. „Zehn Jahre an einer Schule für straftätig gewordene Jugendliche, das macht etwas mit einem. Wirklich. Wir hätten nach dem ersten Mord gehen sollen, das war mir schon zu viel. Trotzdem dachte ich mir, das war ein schlimmes Unglück, aber so was passiert kein zweites Mal, und Snugford ist ja sonst ein so nettes Örtchen.“

Wem sagte er das.

„Als dieser Priester hier auftauchte, völlig unange-
passt und viel zu jung, fing der Ärger wieder an. Hat mit
meiner Tochter charmiert ...“

„Das stimmt nicht! Valentin hat nie mit mir geflirtet“,
sagte Moira.

„Valentin? So nennst du ihn? Das verrät ja wohl alles.
Außerdem habe ich euch in flagranti erwischt.“

Maggie riss der Geduldsfaden. Jay kannte sie inzwischen gut genug, um längst an ihrer Haltung gespürt zu
haben, dass ihr dieses Gequatsche zu sehr um den heißen Brei herum war. „Jetzt ist mal Schluss mit diesem
Durcheinander! Ständig redet einer rein oder die eine
behauptet dies und die andere das. Der Reihe nach, der
lieben Übersicht willen, und es redet immer nur einer.“
Sie sah erst Jay an, der nichts einzuwenden hatte, und
anschließend Mr Lovflat. „Erzählen Sie uns, was in der
Mordnacht geschehen ist. Von Anfang an.“

Mr Lovflat sah aus, als würde es nun auf direktem
Weg zur Schlachtbank gehen. Dennoch nickte er und
begann zu erzählen.

***

Snugford,

Fest des Lebens, zwanzig Minuten vor zwölf

*Wenn es nach ihm gegangen wäre, lägen sie alle längst im
Bett. Diese Feier war laut, nervenaufreibend und unnötig.
Wieso musste man den Jahreszeitenwechsel überhaupt fei-
ern? Und dann gleich so übertrieben. Mr Lovflat hatte seit*

Stunden Kopfweh und sehnte sich nach seiner Schlafbrille und den Ohropax. Er wollte sich gerade zu seiner Frau herüberneigen, die heute dem Bier gut zusprach und sich seit Ewigkeiten mit den Lockspridges unterhielt, als seine Augen etwas erhaschten, das alles andere unwichtig werden ließ. Sämtliches Sehnen nach Ruhe löste sich in Luft auf, sein Atem stockte, seine Augen quollen fast aus den Augenhöhlen, und er stand auf, ehe er sich bremsen konnte. Weil er seine Tochter entdeckt hatte. Er hatte ihr an diesem Abend ihren Spaß gelassen, hatte sie tanzen und trinken lassen, alles in Ordnung, bis auf das hier. Sie redete schon wieder mit diesem falschen Priester! Father Smith. Der Kerl war alles, außer ein Priester. Jung, charmant, nett – meinetwegen, als Playboy kein Problem, oder als Telefonist oder Klempner. Aber nicht als Priester! Und er hatte es, seit er hier war, auf Moira abgesehen. Sie redete ohne Unterlass von ihm, machte ihm schöne Augen und daraus noch nicht mal ein Geheimnis! Seine liebe, kleine Moira, die einmal so unverdorben und unkompliziert gewesen war. Alles vorbei, seit dieser Scharlatan das Wort Gottes verkündete. Mit der Zunge des Teufels. Mr Lovflat hatte keinen Schimmer, wie es ihm gelungen war, sie von sich zu überzeugen. Na, reden konnten diese Priester ja. Bestimmt hatte er immer wieder zufällige Begegnungen eingeleitet, alle hinter Mr Lovflats Rücken, gesehen hatte er sie nämlich nie zusammen. Dennoch wusste Moira Dinge über ihn, die nur durch ein persönliches Gespräch erklärbar waren.

Gerade entfernten sie sich gemeinsam – und auch noch in Richtung Kirche. Sämtliche Beschützerinstinkte eines liebenden Vaters erblühten in Mr Lovflat, er verbiss den Kopfschmerz und folgte ihnen. Sie setzten sich tatsächlich in die Kirche ab! Wollte er sie dort verführen? Womöglich im

Beichtstuhl? So was hatte er alles schon gehört. Und erlebt. Er hatte die schrecklichsten Dinge in seinen zehn Jahren mit den straffälligen Jugendlichen mitbekommen, schlimme Dinge. Seine Tochter musste er vor solchem Unheil bewahren! Niemand würde ihr so etwas antun. Er beschleunigte seinen Schritt und erreichte das Portal der Kirche. Father Smith machte sich noch nicht einmal die Mühe, die Tür zu schließen. Dem kam Mr Lovflat nach, zog sie rasch hinter sich zu. Niemand sollte mitbekommen, dass hier etwas Ungeheuerliches im Begriff war zu geschehen. Zum Glück hatten ihn seine Augen im rechten Moment zu ihnen gelenkt, sodass er das Schlimmste verhindern konnte. Er hörte ihre Stimmen aus dem Altarraum.

„Valentin", sagte Moira in diesem Tonfall einer Fremden. Ihre Stimme war tief und sanft, nicht die einer Sechzehnjährigen. „Ich weiß, dass du keiner von diesen übertriebenen Heiligen bist. Du bist einer von denen, die wissen, was Liebe bedeutet. Ich kann sie dir schenken. Ich habe mich nur für dich so schön gemacht, und jetzt sind wir hier ..."

Mr Lovflat trat aus dem Schatten in den Mittelgang. Sie bemerkten ihn nicht einmal. Der Priester hatte nur Augen für Moira. „Wissen deine Eltern, dass du hier bist?"

Aha, er vergewisserte sich, dass sie ungestört waren. Moira, das naive Ding, sprach ihm auch noch zu. Er hatte ganze Arbeit geleistet und ihr den Kopf verdreht. „Keine Sorge, ich habe aufgepasst, wir können ungestört reden."

Father Smith seufzte verlangend, seine Hand berührte ihren Arm. „Moira, ich möchte nicht reden, ich möchte ..."

„Rühren Sie sie nicht an!" Hatte er das geschrien? Es musste so gewesen sein, denn seine Stimme hallte noch von den Kirchenwänden zurück, als er auf den Priester zu stob und ihn von seiner Tochter fortdrängte. „Sie pädophiles Schwein, nehmen Sie die Hände von meiner Tochter!"

Father Smith beherrschte die Scheinheiligkeit einwandfrei, er sah Mr Lovflat mit geweiteten Augen an und hob die Hände. „Ich hatte nie ..."

Mr Lovflat ließ ihn seine falsche Zunge nicht einsetzen. „Lügen Sie nicht, Gott hat alles gesehen", schrie er und deutete zum Kreuz des Gottessohnes. „Jesus hat alles gesehen."

Moira versuchte, sich zwischen ihn und Father Smith zu drängen, doch er würde sie niemals wieder in seine Nähe lassen. „Dad, hör auf damit!"

„Mr Lovflat", die Stimme des Priesters klang immer noch ruhig, beruhigend fast, was ihn noch mehr aufbrachte, „ich kann Ihnen versichern, Ihre Tochter und ich ..."

Wie konnte er es wagen? „Es gibt kein ‚Ihre Tochter und ich'! Dieses Stelldichein hätte es niemals geben dürfen!"

„Das ist kein Stelldichein, bitte nehmen Sie Vernunft an ..."

Aber Mr Lovflat sah rot. All die Erinnerungen an Verbrechen von Kerlen, die genauso ausgesehen hatten wie der, dieselben unschuldigen Augen, all das kam wieder hoch, und er folgte einem Instinkt, indem er nach dem Kandelaber auf dem Altar griff. „Sie sind ein Verbrecher. Sie verunreinigen diese Stadt, diese Kirche und meine Tochter!" Einmal schwang er den Kerzenleuchter, zweimal schlug er zu. Father Smith blinzelte, der beschwörende Ausdruck in seinen Augen wich dem Unverständnis. Blut floss aus der Wunde an seiner Schläfe und er brach zusammen, sank vor Mr Lovflat auf den Boden. Moira schrie auf. Mr Lovflat trat über den Priester, den Kandelaber immer noch erhoben. „Gestehen Sie, dass Sie sie unschicklich angerührt haben!"

Die Augen des Priesters brachen, es war kaum mehr als ein Röcheln zu hören. „Das habe ich.“

∗∗∗

„Du Lügner und Wortverdreher!“, schrie Moira und Jay zuckte zusammen. Maggie warf ihr einen scharfen Blick zu, doch Moira schüttelte den Kopf und sagte etwas leiser. „So war es überhaupt nicht.“

Jay seufzte. Mr Lovflats Schilderungen deckten sich mit dem, was der Bericht der Forensik ergeben und die Spuren am Tatort gezeigt hatten. Er wandte sich an Moira. „Was genau hat sich denn anders zugetragen, wenn ich fragen darf?“

Moira setzte sich gerade auf ihren Stuhl. „Einiges.“

∗∗∗

Snugford,

Fest des Lebens, halb zwölf

Was für ein Glück, dass es in diesem Kaff zumindest ab und zu mal was zu erleben gab. Die Leute hier waren nervige Langweiler, aber sie hatten zumindest Ahnung davon, wie man feierte. Moira hatte in den vergangenen Stunden erfolgreich verdrängt, dass sie total angepisst von ihrem Vater, der Schule und diesem Ort war. Tanzen befreite die Seele, und solange man es mit dem Alkohol nicht übertrieb, machte der einfach nur beste Laune. Dass die sich kurz vor Tagesende noch um hundert Prozent steigern sollte, hätte sie nicht erwartet. Als sie plötzlich Valentin entdeckte,

214

wurde aus dem Fest des Lebens von null auf hundert das weltbeste Event. Sie war echt enttäuscht gewesen, dass er nicht aufgetaucht war. Logo stünde ihr auch nicht der Sinn danach, in einem Dorf, in dem alle so blöd zu ihr wären wie zu ihm und man als Priester keinen Spaß haben durfte. Er kam nicht zu ihnen rüber, um ihn zu teilen, sondern ging auf seine Kirche zu. Kein Plan, was er da mitten in der Nacht wollte, Moira jedenfalls ließ sich diese Chance nicht entgehen. Ein Blick über die Schulter verriet ihr, dass ihre Ma mit den reichen Schnöseln von Snugford quatschte und ihr Dad mit Leidensmiene daneben hockte. Sollte der eben heimgehen, man musste ja nicht alles zusammen machen, wo es so schlimm für ihn war. Jedenfalls sah keiner von ihnen zu ihr und daher machte sie sich vom Acker und ging hinter Valentin her.

„Hallo, Valentin! Wie schön, dich zu sehen." *Dass sie nicht mehr so richtig nüchtern war, konnte nicht schaden, so war sie lockerer. Er blieb prompt stehen und sah sie an. Er war einfach süß. Einer dieser Männer, die es nicht nötig hatten, cool rumzulaufen (was ja auch komisch bei seinem Job gewesen wäre), und der trotzdem weltoffen und modern war. Und diese krass blauen Augen. So schön! Wie sehr sie die Firmlinge beneidete, die von ihm unterrichtet wurden. Er hätte echt zwei Jahre früher hier auftauchen müssen. Wobei sie dann noch jünger gewesen wäre, also war es so besser.*

„Woher weißt du meinen Namen?", *fragte er belustigt und sie kicherte.*

„Ich habe recherchiert."

„Wirklich?" *Er lächelte schief.*

Fand er das gut oder eher creepy? Egal, Moira ging neben ihm her, als er seinen Schritt wieder aufnahm. Die Bürgermeisterfamilie kam ihnen entgegen, doch Moira beachtete sie nicht. „Ja. Ich hab mich ein bisschen umgehört. Ich finde deine Predigten wunderbar und die Band ist toll. Stimmt es, dass du selbst mit ihr aufgetreten bist und E-Gitarre spielst?"

Er nickte, überrascht, dass sie so viel wusste. „Ja, hin und wieder. Wenn es sich ergibt."

Also, wenn es sein Amt erlaubte, nahm sie an. „Ich wollte früher mal ein Instrument spielen", erklärte sie. Damals in der Grundschule, danach hatte sich der Wunsch verflüchtigt. Bis sie das mit seiner E-Gitarre gehört hatte. „Ich habe vor, Unterricht zu nehmen, und lerne total schnell. Was denkst du, kann ich dann in die Kirchenband?"

„Oh, ich denke, das müsstest du mit den Mitgliedern der Band besprechen, nicht mit mir." Valentin öffnete die Eingangstüren der Kirche und Moira folgte ihm. Flüchtig stutzte er. Da er es unkommentiert ließ, nahm sie an, dass es ihm gefiel. Erst als sie ihm dabei zusah, wie er zum Sicherungskasten ging, um das Licht im Altarraum zu betätigen, und der alte Kronleuchter den Innenraum der Kirche erhellte, drehte er sich zu ihr um. „Was machst du eigentlich hier? Solltest du nicht feiern?"

„Ich wollte zu dir."

Valentin sah sie an. „Zu mir?" Die Frage kam langsam über seine Lippen. Er schien sich wohl nicht sicher, ob er sich verhört hatte, während Moira nicht sicher war, ob sich dieses Gespräch in die richtige Richtung entwickelte. Sie war nicht blöd, sie wusste, dass er sich niemals gestatten würde, sich in sie zu verlieben, aber sie war überzeugt, dass sich das ändern konnte, und um etwas zu ändern, musste man offensiv sein.

„Weißt du", sagte er und bestätigte ihre Gedanken, „ich wollte eigentlich ..." Er sah sich unschlüssig in der Kirche um. Sein Blick fiel auf seine Stola, die noch auf dem Altar lag. Wahrscheinlich hatte er vergessen, sie aufzuräumen oder so. „Ich müsste hier noch Ordnung machen. Willst du nicht zurück zum Fest?"

Er war echt süß. Das klang so glasklar nach einer Ausrede. Als ob er Lust hätte, hier allein rumzuhängen. Er versuchte trotzdem seinen Priester-Ehrenkodex, oder wie der hieß, einzuhalten. „Nein, ich bin genau richtig hier", behauptete sie und trat einen Schritt auf ihn zu. „Und was wolltest du wirklich mitten in der Nacht in deiner Kirche? Bestimmt nicht diese Stola aufräumen." Vielleicht hatte er ja gehofft, dass Moira ihn fand. Der Gedanke war ein bisschen kindisch, das wusste sie schon irgendwie. Aber andererseits, so wie er sie ansah ... Wer weiß? Jetzt lächelte er sogar.

„Nein, das wollte ich nicht. Ich konnte nicht schlafen, immerhin wird hier unweit von meiner Pfarrei gefeiert und", er seufzte, „manchmal zieht es einen dorthin, wo man glaubt, am besten Zwiesprache halten zu können." Seine Hand glitt über den Altar, die Geste war fast zärtlich. Und Moira fühlte sich plötzlich viel klüger als jede Person in diesem blöden Kaff. Weil sie begriff, dass Valentin ein viel gläubigerer Mann war, als sie alle zusammen von sich behaupteten. Wenn er schon nachts herkam, um mit Gott zu sprechen.

„Die Leute hier sind ungerechte Idioten", sagte sie daher unvermittelt und trat auf ihn zu. „Es tut mir sehr, sehr leid, dass sie dich um deinen Schlaf bringen." Sie fand sich unglaublich einfühlsam, weil sie erraten hatte, was ihn umtrieb.

Er sah sie sprachlos an, wirkte überwältigt von ihrem Mitgefühl. „Sie sind keine Idioten, Moira, sie sind ..."

„Nicht so wie ich. Sie verstehen dich nicht. Ich schon. Ich verstehe dich sehr gut." Sie lächelte aufmunternd.

Seine Augen wanderten über ihre Gestalt und sie wusste, dass ihm gefiel, was er sah. Er räusperte sich und griff auf diesen erklärenden Tonfall zurück, aus dem sie raushören konnte, dass er sie vertrösten oder wegschicken würde. „Moira, du sol..."

„Ich liebe dich." Es war raus. Stille folgte ihrem Geständnis. Valentins Mund öffnete sich, ohne dass er was sagen konnte. Seine Stirn legte sich auf diese sexy Art in Falten, die nur er draufhatte, einen Ton bekam er nicht heraus. Moira biss sich auf die Lippen. Nicht aus Verlegenheit, sondern weil sie ihn dafür liebte, dass er mit sich rang. „Hast du meine Botschaft mit den Rosenblättern nicht bemerkt?"

Zu den Falten kamen die hochschießenden Augenbrauen und machten seinen Anblick perfekt. „Die Rosenblätter hast du verstreut?" Der Blick veränderte sich. „Sag mir nicht, dass du meinen Talar gefärbt hast."

Moira lachte auf. „Nein, ich wollte dir eine Freude machen. Mein ..." Sie wagte den letzten Schritt auf ihn zu, um genau vor ihm zu stehen. „Mein Herz schlägt glühend für dich." Das hatte mal ihre Lieblingsschauspielerin in einer Soap gesagt. Von der kam auch die Idee mit den Rosen.

Valentin atmete aus. „Ich bin Priester, das weißt du ..."

„Natürlich, aber ich weiß ebenso, dass du keiner von diesen übertriebenen Heiligen bist. Du bist einer von denen, die wissen, was Liebe bedeutet, und ich kann sie dir schenken.

Ich habe mich nur für dich so schön gemacht, und jetzt sind wir hier."

Valentin seufzte. „Wissen deine Eltern, dass du hier bist?"

Sie zwinkerte. „Keine Sorge, ich habe aufgepasst, wir können ungestört reden."

„Moira, ich möchte nicht reden, ich möchte ..."

Sie hätte zu gerne erfahren, was er wollte. Kam nicht mehr so weit. In exakt diesem Augenblick kam ihr Vater in die Kirche geprescht und zerstörte jede Romantik, die aufkommen wollte. Er führte sich auf wie ein wildes Tier. Er griff Valentin sogar an, beschimpfte ihn aufs Übelste und ließ ihn keinen Satz beenden. Moira wollte dazwischen gehen, er schüttelte sie ab und ehe sie ihn aufhalten konnte, schnappte er sich plötzlich so einen Kerzenständer vom Altar und schlug damit auf Valentin ein. Moira riss die Augen auf, ihrer Kehle entfuhr ein Schrei, der von ihren Händen erstickt wurde, die sie vor den Mund gepresst hatte. Was passierte hier?

Valentin brach zusammen. Ihr Vater trat mit erhobenem Kerzenleuchter über ihn, seine Stimme war wutverzerrt und Speichel kam aus seinem Mund, als er zischte: „Gestehen Sie, dass Sie sie unschicklich angerührt haben."

Valentin stöhnte unter Schmerzen. „Das habe ich nicht und würde es nie." Er streckte die Hand aus. „Ich bin Priester ..." Die Hand sank herab und er rührte sich nicht mehr. Ihr Vater starrte auf ihn nieder. Sein Körper fing an zu zittern, und er ließ den Kerzenleuchter sinken.

Moira gab einen erstickten Schrei von sich. „Valentin!" Sie stürzte zu ihm, doch ihr Vater packte sie an den Schultern und hielt sie zurück.

„Fass ihn ja nicht an, fass ihn nicht an!" Sein Blick war wild und unberechenbar. Moira stierte zurück. Sie erkannte ihn nicht wieder.

„Du hast ihn umgebracht", schrie sie und taumelte von ihm fort. Die Kirche drehte sich vor ihren Augen, ein ekliges Gefühl stieg in ihr auf, als würde Moira jede Sekunde hinknallen. Sie riss sich zusammen und rannte aus der Kirche. Kein Plan wohin, bloß weg.

***

Moira unterbrach ihre Erzählung, erneut geschüttelt von einem heftigen Heulanfall. Maggie saß ruhig auf ihrem Stuhl, nur ihre schmalen Lippen verrieten, dass sie innerlich beteiligt war. Livs Lippen hingegen zitterten. Sie war hin- und hergerissen zwischen Mitgefühl und Verachtung. Peter warf Jay einen vielsagenden Blick zu. Dieser sah Moira eindringlich an. „Aber das bedeutet, du hast deinen Vater nicht gesehen, wie er Valentin Smith mit der Stola erhängt hat. Habe ich recht?"

Moira presste die Lippen aufeinander, bis sie weiß wurden. Dann schüttelte sie den Kopf. „Aber es hätte gepasst. Er war ja komplett durchgeknallt und irrsinnig. Ich meine, welche kaputte Person schlägt auf einen Priester ein? Das ist krank!" Ihr Kopf ruckte zu ihrem Vater herum. „Du bist krank!"

Mr Lovflat hatte während der Erzählung seiner Tochter in sich zusammengesunken dagesessen. Jetzt fuhr er hoch. „Und das gibt dir das Recht zu lügen? Mich des Mordes zu beschuldigen? Deinen eigenen Vater? Ja, ich

220

war außer mir in dieser Nacht, konnte nicht klar denken, als ich nach dem Kandelaber griff, und kann es immer noch nicht, wie sich gezeigt hat." Er sah zu Liv hinüber. „Es schmerzt mich in der Seele, dass ich die Beherrschung verloren habe, heute ebenso wie an diesem Abend. Meine Seele findet keine Ruhe, ich kann nicht ..." Er sah hilflos in die Runde. „Ich konnte mich nicht stellen. Ich bin kein Krimineller, ich würde keine Sekunde in einem Gefängnis überleben. Und dann kam ja heraus, dass noch jemand da gewesen sein muss, denn aufgehängt habe ich ihn nicht, also habe ich geschwiegen ..."

„Hör auf, rum zu winseln", fuhr ihn Moira an. „Du bist so was von durch, Dad. Ändert aber nichts dran, dass du einen unschuldigen Mann schwer verletzt hast. Dafür muss man gradestehen. Davon abgesehen habe ich nicht wirklich gelogen. Ich glaube dir nicht, dass du es nicht warst. Wieso sollte es auch Witwe Moncreif gewesen sein, die war ja gar nicht da! Ich bin sicher, dass du ihn auch noch aufgeknüpft hast! Redest du nicht immer von Ironie des Schicksals? Diese ironische Geste, Valentin ans Kreuz zu hängen, passt zu dir."

Mr Lovflat sprang auf, wankte dabei leicht. „Das stimmt nicht, verflucht, und ich war es nicht!" Seine Hand fuhr in die Höhe, in der Absicht seine Tochter zu ohrfeigen. In diesem Moment geschah etwas, das die Szenerie massiv sprengte. Jedenfalls aus Jays Sicht, der bei plötzlichen Wendungen immer einen sekundenlangen Schockzustand in sich spürte. Elinor Moncreif sprang auf und packte Mr Lovflat am Handgelenk.

„Was ist in Sie gefahren, Mr Lovflat?", brüllte sie und die Knöchel ihrer Hand traten weiß hervor, während ihre Finger Mr Lovflats Gelenk umklammerten. Dieser wollte sich ihrem Griff mit weit aufgerissenen Augen entwinden, doch sie hielt ihn mit einer Kraft fest, die keiner in ihr vermutet hätte – oder jedenfalls nicht Jay. „Sie erheben Ihre Hand gegen Ihre eigene Tochter? Sie schlagen Ihr Kind? So etwas Niederträchtiges tun wir hier nicht!" Ihre Augen richteten sich furios auf Moira. „Selbst wenn sie es verdient hat."

Moira öffnete den Mund, aber ihre Mutter war schneller. „Lassen Sie auf der Stelle meinen Mann los, Sie Ungeheuer! Mit welchem Recht urteilen Sie über unsere Familie?"

„Mit dem Recht derjenigen, die gezwungen ist, dieser entsetzlichen Familientragödie beizuwohnen. Ich ertrage nicht länger, was Sie einander antun. Sie mit Ihrer vollkommenen Fehleinschätzung Ihrer Tochter und Ihres Mannes! Sie sind so blind wie ein Maulwurf und so intelligent wie ein Faultier!", ereiferte sich die Witwe mit anschwellender Stimme. „Sie hingegen habe ich für klüger gehalten, Mr Lovflat, aber Sie sind nichts weiter als ein feiger Schwachmat, der seine Tochter beherrschen will. So irregeleitet dieses Mädchen auch ist, das kommt von der falschen Erziehung!" Damit schubste sie ihn zurück auf den Stuhl, dass dieser quietschend über den Boden rutschte. Mr Lovflat war stumm vor Entsetzen.

„Elinor, du vergisst dich!" Maggies Stimme klang scharf, und als sie Anstalten machte, sich zu erheben, fuhr Elinor Moncreif wie eine Furie zu ihr herum. „Du hältst dich da raus, du neunmalkluge Pseudoermittlerin. Ich habe endgültig genug von diesem Affentheater!" Sie drehte sich in der Mitte des Stuhlkreises einmal um die eigene Achse, um jedem von ihnen einen Blick aus todbringend blitzenden Augen zuzuwerfen. Sie sah aus, als hätte sie endgültig den Verstand verloren, und so einschüchternd das war, Jay wusste, er durfte jetzt nicht eingreifen. Warum? Aus demselben Grund wie immer. Weil Monologe von Verdächtigen eine Menge über dieselben aussagten. Weil sie im Eifer des Gefechts alles aussprachen, was ihnen in den Sinn kam, und deshalb früher oder später unbedacht wurden, und dann entwischte ihnen was, das sie eigentlich nicht hätten sagen wollen.

Nun blieben Elinors Augen an Mr Lovflat und Moira hängen, und hinter ihnen öffneten sich die Tore zur Hölle. „Ich verachte Menschen wie Sie! Ja, das tue ich. Sie haben einander noch, könnten einander Ihre Liebe zeigen, und stattdessen zerfleischen Sie sich, fallen einander in den Rücken und verursachen Chaos und Zerstörung in Ihrem Leben! Wie können Sie nur? Wie können Sie das, was Sie haben, so sehr mit Füßen treten?" Sie atmete rasselnd ein und ihre Stimme wurde leiser, schneidender. „Haben Sie überhaupt eine Vorstellung davon, wie es ist, einen Menschen wahrhaft zu lieben? Mit ihm jeden Lebensabschnitt zu teilen und ihn so zu akzeptieren, wie er ist? Mit all den Stärken, den Schwächen, den verdammten Krankheiten und dem allmählichen, körperlichen Zerfall? Haben Sie eine Ahnung davon, wie es ist, wenn dieser Mensch auf einmal fehlt? Mein Mann war nicht perfekt in jeder Sekunde seines Lebens, aber so gut wie, und er hat aus mir einen besseren Menschen gemacht. So etwas wie bei Ihnen hätte es zwischen uns nicht gegeben. Er war niemals verräterisch, er war niemals falsch, er war ehrlich mir und seinen Mitmenschen gegenüber *und* vor Gott! Es gab keinen gottesfürchtigeren, keinen respektableren Mann als ihn. In dem Augenblick, in dem er gehen musste, hat er sich voller Vertrauen den gütigen Armen des Herrn zugewandt. Etwas, wozu keiner von Ihnen je in der Lage wäre. Ihm war das Paradies garantiert, er war so tadellos, dass die wenigen Schwächen vor Gottes Augen mühelos aufgewogen werden konnten!" Sie klang wie ein fanatischer Prediger, der nun zu Jay herumfuhr, sodass dieser sich beherrschen musste, nicht zusammenzuzucken. Ihre Augen veränderten sich und loderten jetzt wie Flammen. „Aber ist er dort gelandet? Im Paradies? Nein! Nein, das ist er nicht, er, der es von allen Menschen verdient hätte! Weil dieser nichtswürdige, dieser versagende, stümperhafte Priester, Father Smith, mit seiner desaströsen Bestattung ohne Verständnis für die korrekte Liturgie und Abfolge alles ruiniert hat! Mein Mann sitzt demgemäß im ewigen Fegefeuer, statt durchs Paradies zu wandeln!" Speichel schoss durch ihre geöffneten Lippen und Schaum trat in die Mundwinkel, sie ballte die Hände zu Fäusten, und die letzten Worte spie sie zischend hervor. „Father Smith war eine Höllenplage. Er hat bekommen, was er verdient hat!"

Über Jays Arme zog sich eine Gänsehaut bei ihrem Anblick. War sie leibhaftig verrückt geworden? Sie sah Moira mit einem diabolischen Grinsen an. „Du warst dabei, sagst du, Schätzchen? Du hast gesehen, was geschehen ist?" Sie schüttelte den Kopf. „Du warst nicht bis zum Ende da. Ich schon."

Snugford,

Fest des Lebens, zweiundzwanzig Minuten vor zwölf

Elinor war müde. Die Trauer war kräftezehrend, ebenso die Wut. Dieses Fest war zum Davonlaufen. Es war ekelerregend, wie alle feierten. Hatten sie vergessen, dass einer der ihren gegangen war? Nicht wie erwartet, zum Herrn befehligt, sondern im Fegefeuer schmorend? Es zerriss ihr Herz und Seele, und die Leute saßen hier und lachten, soffen und fraßen! Sie hatte es lange genug mit angesehen. Als Peter vor einer Stunde in die Kirche gegangen war, um zu überprüfen, ob keine halb trunkenen Idioten wiederholt auf dumme Gedanken gekommen waren (zumindest einer, der seinen Job ernst nahm), hatte sie sich unbemerkt ebenfalls reingeschlichen. Seither saß sie im Beichtstuhl und fand doch keine Worte. Sie hätte allerhand beichten können. Es wollte nicht über ihre Lippen. Sie wollte den Herrn anschreien, seine Vergebung war ihr egal, alles egal. Ohne ihren Liebsten hatte nichts mehr einen Sinn. Seine Beerdigung war so verkorkst gewesen, dass seine Seele auf alle Zeiten verloren war! Jahrelange Gottesfürchtigkeit, ein Leben in Demut und Beherrschung, all sein Bestreben, dem Herrn nah zu sein – versaut, verdorben, verloren! Sein Weg war geebnet, ja, vorgeschrieben gewesen! Elinor erzitterte unter der Wut, dem brodelnden Hass. Das Lebensziel des anbetungswürdigsten Mannes, den sie kannte, war zu guter Letzt zerstört worden. Verflucht sei dieser Priester. Elinors

Inneres brannte. So lange waren sie und ihr Mann zusammen durchs Leben gegangen. In Gottesfurcht und ewiger Liebe füreinander – und für Gott! Sie hätten gemeinsam gehen müssen. Keiner sollte vor dem anderen geholt werden. Im Grunde wollte sie nichts anderes, als ihm folgen. Gedanken, die immer vehementer in ihr wurden. Dennoch gab es noch Dinge hier auf der Erde, die sie regeln musste. Dinge, die ohne sie aus dem Ruder laufen würden. Snugford war ihr fast so wichtig wie ihre Ehe. Sie lebte schon immer hier. Sie konnte nicht zulassen, dass es zerfiel, weil die falschen Leute in wichtigen Positionen saßen. „Also bleibe ich noch", flüsterte sie, „wir werden uns wieder sehen. Versprochen. Nur noch nicht jetzt."

Später würde sie es Schicksal nennen, dass gerade in dem Moment, in dem sie den Beichtstuhl verlassen wollte, dieses Geschwür von einem Priester in die Kirche kam. Und mit ihm die kleine Lovflat. Törichtes Ding, das aus irgendeinem Grund, der einzig durch ihre Jugend und Naivität erklärt werden konnte, auf diesen Kerl flog wie die Fliegen zur Scheiße. Auch in dieser Unterhaltung schmiss sie sich förmlich an ihn ran, und er war natürlich zu weich, zu nett und unfähig, dem Gör klipp und klar zu sagen, dass sie sein Amt nicht zu beschmutzen habe. Sie konnte es ihm hoch anrechnen, dass er nicht auf ihr tief ausgeschnittenes Kleid reinfiel und zumindest den Versuch unternahm, sie zum Gehen zu bewegen. Was für ein Versager. Ein Skandal allerdings käme Elinor entgegen. Snugford würde in die Geschichte eingehen, als das Dorf, in dem sich die Priester nicht beherrschen konnten. Eventuell war das in Kauf zu nehmen, wenn es das Ende von Father Smiths Amtsperiode wäre. Selbst schuld, würde es so weit kommen, da er sich noch nicht mal gegen eine Teenagerin wehren konnte.

Doch dann kam alles anders. Niemand außer Elinor bemerkte, dass noch jemand in die Kirche trat und leise die Tür hinter sich schloss. Es war der besorgte Familienvater, und seine Hände zitterten vor Zorn. Sie neigte sich in ihrem Sitz nach vorn und beobachtete das Geschehen mit angehaltenem Atem.

„Keine Sorge", sagte die Kleine gerade, „ich habe aufgepasst. Wir können ungestört reden."

Der ärmste Father. Musste er von seinem sorgfältig gehegten Freundlichkeitsgehabe abfallen und Tacheles reden? „Moira, ich möchte nicht reden", erklärte er und entfernte ihre Hand von seinem Arm, „ich möchte ..."

Aber die Geste wurde katastrophal fehlinterpretiert – und zwar von Mr Lovflat. Er sah die Hand des Priesters auf der seiner Tochter und rastete aus. Wie eine Naturgewalt. So hatte sie den Dorflehrer nie zuvor gesehen und bestimmt niemand sonst. Elinor saß im Beichtstuhl, bleckte die Zähne und konnte das Grinsen nicht zurückhalten, das sich beim Anblick seines Auftritts in ihre Mundwinkel fraß. Vielleicht gab es doch noch so etwas wie Gerechtigkeit. Vielleicht war Moiras Vater zum rechten Zeitpunkt hierher gesandt worden, vielleicht von Gott persönlich, um den Priester seiner Strafe zuzuführen, weil er Gottes Werkzeuge so schändlich missbrauchte. Ja, sie sah Mr Lovflat zu und fühlte in sich die tiefe Genugtuung, dass endlich einer seine Hand erhob gegen dieses Übel, das über die Gemeinde gekommen war!

Ein Kichern entfuhr ihr, ja es war ein Kichern, eines des Triumphs, als sie das dumpfe Geräusch vernahm, das der Kandelaber verursachte, der gegen Father Smiths Schläfe krachte – sie zerfetzte und entstellte. Sie sah mit lodernden Augen zu, wie der Father zu Boden sackte und sich nicht mehr rührte. Sie hörte Moira schreien und am Beichtstuhl vorbeirennen. Mr Lovflat stand bewegungslos über seinem Opfer, zitterte und heulte wie ein Tier. Er sah sich um. Möglicherweise dachte er eine Sekunde daran, das Richtige zu tun. Die Feigheit siegte. Sehr zu Elinors Freude. Das Richtige war relativ. „Oh Gott, vergib mir", stieß Mr Lovflat hervor. Er ließ den Priester am Boden liegen und rannte seiner Tochter hinterher. Den Kandelaber in der Hand.

Es war still in der St. Luke's Church. Totenstill. Elinor rührte sich nicht. Eine schiere Ewigkeit, die keine war, wie sie später erkannte. In Wirklichkeit war sie recht schnell aus ihrem Versteck aufgestanden und zu ihm hinübergegangen. Sie blickte auf ihn herab. Father Smith. Er lag da auf dem Boden, fast friedlich. Ein friedlicher, kleiner Junge. Ein dummer, kleiner Junge. Der hier nie etwas zu suchen hatte. Der Schuld daran trug, dass ihr Liebster keine Ruhe fand. War es ein Grollen oder ein Lachen, das durch die Kirche hallte? Stammte es von ihr? Ja, das tat es, denn sie genoss den Anblick dieses toten Mannes, wie sie nie etwas anderes im Leben genossen hatte!

„Ich konnte dich nie leiden", zischte sie. „Du verdienst dieses Ende."

Sie wollte auf ihn spucken, doch da regte sich plötzlich etwas in seinen Zügen. Heilige Mutter Gottes, der Bursche war noch nicht hinüber! Seine Lider öffneten sich flatternd. Elinor Moncreif starrte den Priester an – und er sie. Sie sah in diese tiefblauen Augen eines verirrten Kindes. Er wagte es, noch am Leben zu sein? Seiner Strafe zu entgehen? Niemals! Ihre Augen rasten umher, fanden den Herrn Jesus am Kreuz. Erkannten die Stola des Priesters, die auf dem Altar lag. Unaufgeräumt. Ha! Sollte sie ihm zum Verhängnis werden! Elinor handelte instinktiv, das Feuer in ihr loderte, der Hass brannte und machte jede ihrer Bewegungen entschlossen, erfüllte sie mit einer Kraft, die sie nicht kannte, mit Gedanken, so selbstverständlich. Sie schnappte sich die Stola. Sie holte die Leiter aus dem Kabuff. Schleifte Father Smith unter das Kreuz, stellte sich auf die Leiter und hievte den Priester hinter sich her. Sie wickelte die Stola um seinen Hals und anschließend um den Körper der Jesusfigur. Sie zurrte sie fest. Spürte die Anstrengung nicht. Nur Hass und das Gefühl von Gerechtigkeit. Sie war der Racheengel! Der alles in Ordnung brachte, der dafür sorgte, dass das Übel in diesem heiligen Dorf ausgerottet wurde. Sie glitt an den Beinen des Toten vorbei von der Leiter und schob sie zur Seite. Ja. Sie war ein Racheengel. Sie, Elinor Moncreif. Sie hatte Gerechtigkeit nach Snugford gebracht und alles würde gut werden. Die Welt war befreit von allem Übel. Spuren würde sie keine hinterlassen, dafür sorgte sie.

Als sie ihr Werk beendet hatte, schaute sie zu dem Erhängten hoch. Und empfand endlich etwas wie Frieden. Es war getan, und es war gut so.

■■■

Den Worten der Witwe Moncreif folgte Stille. Jay nickte, ohne sich darüber bewusst zu sein. Ja, so war es abgelaufen. So ergab es Sinn. Auch wenn es ihn bestürzte. Alles. Der Vorteil von Gruppenbefragungen hatte sich aufs Schockierendste bestätigt. Oder hätte Elinor Moncreif je ihr irres Gesicht gezeigt, hätte sie ihm allein gegenübergesessen? An ihrem Verstand musste er zwar inzwischen zweifeln, doch änderte das nichts an ihrer Tat.

„Wie kannst du so sein?", flüsterte Liv und starrte Elinor an. „Wie kannst du immer noch denken, dass es gut ist, einen Mann zu töten? Was stimmt nicht mit dir?"

Elinor Moncreif richtete ihre Augen auf Liv. „Wie, fragst du?" Sie lachte freudlos. „Oh, ich verstehe schon, dass du das nicht nachvollziehen kannst. Du ersetzt deine Männer so häufig wie deine Kleidungsstücke. Ich hingegen habe mein gesamtes Leben lang nur den einen geliebt, ich habe alles mit ihm geteilt, und jetzt ist er weg. Das verändert deine Sicht der Dinge, es verschiebt Bedeutungen oder hebt sie gar auf."

Jay blickte sie an. Er konnte sich nicht erklären, weshalb, denn er konnte jegliche ihrer Handlungen weder begreifen noch entschuldigen, aber ein bedauernder Ausdruck mischte sich in seine Züge und eine Erinnerung schlängelte sich in sein Bewusstsein. Das Bild seiner Mutter, wenige Monate nach dem Unfalltod seines Vaters. Dieser Schmerz in ihrem Gesicht, in dem der Lebenswille erloschen war. Elinor Moncreif schien ihr in diesem Moment so sehr zu ähneln, dass es ihn bekümmerte.

Sie bemerkte seinen Blick und ihre Lippen verzogen sich zu einem Lächeln, das Jay nicht deuten konnte. *„Leicht verirrt ein armes Schäfchen sich, Sobald der Schäfer von der Herde wich.* Sagt Ihnen das etwas, DCI Jameson?"

Selbstverständlich. „Es ist ein Zitat aus Shakespeares Komödie *Die beiden Veroneser.*"

Maggie unterdrückte ein Stöhnen, Elinor nickte. „Father Custom war ein guter Schäfer. Er mag in Ungnade gefallen sein, ich bin nichtsdestotrotz davon überzeugt, er hätte diese Herde nicht verkommen lassen. Er hätte meinem Mann die Ehre erwiesen, die ihm gebührt. Dieser Father Smith dagegen hat seine Beerdigung, das feierliche Abschiednehmen von einem geliebten Menschen, restlos versaut. Es hätte ein besonderes Fest sein müssen, auf keinen Fall geprägt durch ein Nichteinhalten wichtiger kirchlicher Riten." Sie seufzte. „Für mich hat das eine Bedeutung. Ich habe gefehlt, wie Father Custom. Ich konnte und, ja, ich wollte nicht anders. Außerdem war Father Smith so gut wie tot, als ich ihn fand. Gestorben wäre er auch ohne meine Hilfe."

„Ja, aber mit deiner Hilfe hätte er überleben können", sagte Peter, die Augen unendlich traurig.

Elinor sah ihn an. „Hörst du mir nicht zu? In ihm sah und sehe ich den Grund für den Schmerz, der in mir tobt. Als das Einzige, das mir bleibt." Sie richtete ihre Augen auf Jay. „So. Das war mein Geständnis. Es war ein langer Tag und ich seit Stunden nicht auf der Toilette. Ist es mir gestattet, sie aufzusuchen?"

Jay nickte. Gerade noch rechtzeitig fiel ihm ein, dass er sie besser nicht ohne Aufsicht aus dem Raum lassen sollte, und er erhob sich. „Ich bringe Sie dorthin."

Sie verzog die Mundwinkel. „Zu gütig." Ihrem Gang gleichwohl war keinerlei Stolz und Erhabenheit mehr anzumerken. Sie ging langsam und in sich zusammengesunken zur Toilette. Im Flur hielt sie an Maggies Sekretär inne, auf dem das Telefon stand und die Post lag. Sie stützte sich kurz gegen ihn, doch ehe Jay sich nach ihrem Befinden erkundigen konnte, setzte sie sich wieder in Bewegung.

„Eine Frage hätte ich noch“, fiel ihm ein, während er neben ihr herging. „Waren Sie es, die Peter in der Kirche niedergeschlagen hat?“

Elinor Moncreif schnaubte. „Oh, Sie haben gut aufgepasst. Ich war tags zuvor so erbost, dass es Sinn ergeben würde, nicht? Ach, ich will ehrlich mit Ihnen sein. Ja. Er war mir zuwider und ich hatte Lust, ein Zeichen zu setzen. Also habe ich mit Frederick gesprochen und der war so nett, seinen Sohn darauf anzusetzen. Es sollte lediglich ein kleiner Denkzettel sein. Ihre Unterstellung, wir steckten unter einer Decke, ist nicht zu weit hergeholt, der Gemeinderat hält zusammen. Kommt es hart auf hart.“ Ihre Augen blitzten im dunklen Flur. „Was mich angeht, ich bin, was Liv in mir sieht. Ein rachsüchtiges Ding. Und Sie sind zu gutmütig.“

Ihre Lippen verzogen sich zu einem Grinsen, ihre nächste Geste kam für Jay unerwartet, und so blinzelte er einen Moment verstört, ehe der Schmerz in seiner Brust entbrannte. Sein Blick wanderte zu ihr hinab und er erkannte, dass darin der metallene Brieföffner steckte, der auf dem Sekretär gelegen haben musste. „Was ...?“ Schwindel erfasste ihn und er taumelte gegen die Wand zurück.

Elinor blickte ihn kalt an. Er rutschte an der Wand hinab und sie sah ihm dabei zu. „Sie habe ich auch nie gemocht, Sie DCI, Sie!“, zischte sie ihm giftig ins Gesicht. Damit drehte sie sich um und hastete durch den Flur davon. Jay stöhnte und wollte sich aufrappeln, aber die Formen und Farben um ihn herum verschwammen bereits vor seinen Augen. Er versuchte, sich am Hutständer hochzuziehen. Die Geste geriet zu ungelenk, der Hutständer stürzte geräuschvoll zu Boden und Jay mit ihm. Danach wurde alles schwarz.

***

Im Flur krachte es. Maggie und Livs Blicke fanden sich. Beide ahnten auf der Stelle, dass etwas geschehen sein musste. Sie stürzten aus dem Zimmer und Liv schlug die Hand vor den Mund, derweil Maggie keine Sekunde zögerte und sich über den am Boden liegenden Jay beugte. Ihr Brieföffner steckte in seiner Brust, das Blut tränkte sein Hemd. Maggie wusste auf der Stelle, dass ihre Dienste als Krankenschwester allein ihm nicht helfen würden.

„Wir brauchen sofort einen Arzt!", schrie sie. Liv gelang es, ihren Schock zu überwinden und zum Telefonhörer zu greifen. Inzwischen stürzte Peter in den Flur und Maggie deutete zur offenen Haustür. „Elinor entkommt. Los, hinterher!"

Das ließ sich Peter nicht zweimal sagen und sputete los. Unterdessen rief Liv bereits den Krankenwagen und Doktor Flight, der versprach, in fünf Minuten da zu sein. Mehr konnte nicht getan werden, außer die Blutung zu stoppen. Das konnte Maggie ihrer Freundin zumuten, eine weitere Verfolgungsjagd nicht. „Los, sieh zu, dass er nicht noch mehr Blut verliert, bis ärztliche Hilfe eintrifft, und bleib hier. Ich gehe mit Peter." Sie drückte Liv den Verbandskasten in die Hand und beeilte sich, die Verfolgung aufzunehmen. Elinor hatte bewiesen, dass sie es mit Männern gleichgültig welcher Größe und Statur problemlos aufnehmen konnte. Peter würde womöglich Hilfe benötigen. Maggie überschätzte dabei nicht ihre Ressourcen, oh nein, auch sie hatte trotz ihres Alters noch einiges zu bieten. Sie schnappte sich ihre Handtasche und rannte los.

Natürlich hatten die beiden einen Vorsprung und Maggie war nicht die Schnellste. Dennoch rühmte sie sich für eine gewisse Intuition, nicht mal weiblich, sondern einfach hilfreich, und diese sagte ihr, sie solle die Straße abwärts zum Ende der Wohnsiedlung nehmen. Die Straßenlaternen beleuchteten mittlerweile den Hang, Maggie legte einen Zahn zu und beglückwünschte sich schon nach wenigen Metern für ihre Eingebung. Elinor und Peter kamen schnell in Sicht. Peter musste die alte Hexe bei der Bushaltestelle daran gehindert haben, sich aus dem Staub zu machen. Hatte sie ernsthaft gehofft, sie könnte sich mit dem Bus absetzen? Jetzt stand sie mit dem Rücken zu Maggie am Brückengeländer der Snugstream-Bridge. Peter versperrte ihr den Weg den Hang hinab.

„Gib auf, Elinor, an mir kommst du nicht vorbei, und wir haben längst Verstärkung gerufen."

Elinor lachte. „Welche Verstärkung? Die, die grundsätzlich nicht aufkreuzt, wenn der DCI sie anfordert? Ich bitte dich."

Peter ließ sich nicht aus der Ruhe bringen. „So machst du es nur noch schlimmer, und ich garantiere dir, an mir kommst du nicht vorbei." Er bemerkte Maggie, die dem Gespräch atemlos folgte. Ihre Hand umklammerte ihre Tasche. Dankenswerterweise ließ sich Peter nichts anmerken und redete weiter. „Komm mit mir zurück. So wird es immer verfahrener für dich."

Elinor warf einen Blick über das Brückengeländer. „Was machen wir, sollte ich da runterspringen?"

Peter schüttelte den Kopf. „Du brichst dir den Hals. Was du bestimmt nicht willst. Denn so müde bist du deines Lebens nicht, sonst wärest du nicht abgehauen."

„Mag sein. Aber du irrst dich. Ihr Männer seid alle gleich. Ihr glaubt, eine schwache, alte Frau stünde euch gegenüber. Täusch dich nicht. Vielleicht landest jeden Moment du im Bachbett und ich ziehe meiner Wege."

Maggies Hand glitt in ihre Handtasche. Sie fand in Sekundenschnelle, was sie benötigte, und trat hinter Elinor. Ihre Bewegung war schnell und zielsicher. Auf Knopfdruck floss der elektrische Strom zwischen den beiden Kontakten ihres Selbstverteidigungsgeräts durch Elinors Körper, nachdem Maggie es an ihrem Hals angesetzt hatte. Es war verblüffend. Die Alte zuckte unter der Spannung, die in ihren Körper fuhr, und ging in die Knie.

„Was zur Hölle …?"

Maggie löste ihren Elektroschocker von Elinors Hals und nickte zufrieden. Faszinierendes Ding. „Das ist die Verstärkung", erklärte sie und grinste zu Peter hinüber.

Er schüttelte den Kopf, ehe sich ein Lachen aus seiner Kehle befreite. „DCI Jamesons Armee. Einfach unschlagbar."

Kapitel Dreizehn

Überm Wald stand die Sonne am Himmel, strahlend schön und die Blätter und Früchte an den Bäumen und Sträuchern liebkosend, was Jay derzeit nicht mit einem Lächeln anerkennen konnte, denn diese Mittagszeit verbrachte er an einem Ort, der ihm vollkommen unbekannt war. Alles rings um ihn war weiß und in ein Licht getaucht, das er milchig nennen würde. Vielleicht, weil es ihm noch schwerfiel, die Augen offen zu halten. Oder täuschte er sich? Waren seine Augen weit offen und dies das Jenseits? War er gestorben? Konnte man selbst als Toter noch mit schmerzendem Kopf vor sich hin grübeln? Das machte die Jenseitsvorstellung mal wieder reichlich unattraktiv.

Ein leiser Pfeifton in seinem Ohr ließ ihn von dieser Idee abkommen. Dazu mischte sich die Erkenntnis, dass er in einem Bett lag, dass das Fenster in dem Raum, in dem er sich befand, gekippt war und Stimmen von draußen zu ihm hereinhallten. Außerdem stieg ihm ein angenehmer Geruch in die Nase, ein Geruch nach Himbeeren und Blumen – will heißen, ein schöner Blumenduft. Er öffnete vollends die Augen und zuckte zusammen. Zoey Bloom saß an seinem Bett, und wie immer war sie schöner, als er es in Worte fassen konnte. Nicht mal Shakespeare hätte das vermocht. Er runzelte die Stirn. Aber wenn sie an seinem Bett saß, hieß das eventuell doch, dass er tot war – oder träumte. Anders konnte er sich nicht erklären, dass sie an seinem Bett saß. War das sein Bett? Nein, stellte er mit einem Blick durch den Raum fest, das musste ein Krankenzimmer sein. Seine Augen kehrten zu Zoey zurück. Sie lächelte und ein Kitzeln erfüllte seinen Bauch. Spätestens da wusste er, dass er nicht träumte – und am Leben war.

„Sie machen Sachen“, sagte Zoey. „Ich war besorgt um Sie.“

Besorgt? Jays Stirn schmerzte unter den Runzeln. Ehe er sich über die Vorstellung freuen konnte, sie wäre um ihn in Sorge, kehrten die Erinnerungen zurück. Hastig richtete er sich auf. „Die Witwe Moncreif! Sie ist auf und davon. Wir müssen …“

„Sch, beruhigen Sie sich, es ist alles unter Kontrolle.“ Sie drückte ihn sanft aufs Bett zurück. Etwas, das seiner verletzten Brust zugesetzt hätte, wäre nicht gleichzeitig dieser warme Schauder über ihn gekommen, weil die Berührung so wunderbar war.

„Was meinen Sie damit: Es ist alles unter Kontrolle?“ Unter wessen Kontrolle und warum nicht unter seiner? Er war ein miserabler Detective Chief Inspector, so viel stand mal fest und so ehrlich musste er mit sich sein.

„Mrs Moncreif konnte von Peter Coleman und Maggie aufgehalten werden.“ Sie zwinkerte. „Ich hatte meinen Anteil daran, nimmt man es genau, denn Maggie hat die Witwe Moncreif mit meinem Elektroschocker außer Gefecht gesetzt.“

Jays Augenbrauen schossen in die Höhe. „Hat sie?“ Die Frau war unglaublich. Beide Frauen waren das – oder alle drei.

„Ja", fuhr Zoey fort, zu erzählen. „Mrs Moncreif hat die Nacht über in der Gefängniszelle verbracht. Mr Lovflat im B&B, nur zur Sicherheit. Heute Morgen war Ihr Vorgesetzter von der Dienststelle in Whitehaven hier." Ach ja, das musste Commissioner Swoan gewesen sein, der ihn dereinst eingestellt hatte. „Er hat sich der beiden angenommen. Das Gericht wird darüber entscheiden, was für ein Strafmaß sie zu erwarten haben. Für Elinor sieht es nicht gut aus. Wahrscheinlich wird ihr Geisteszustand überprüft werden. Obwohl ich persönlich sie für eine eiskalte Killerin halte. Mr Lovflat war wenigstens kooperativ, zu guter Letzt – stimmt es, dass Sie ihn angeschossen haben, um Liv zu retten?"

Eine unangenehme Wahrheit. „Na ja, ja, kann sein", nuschelte er, „so kann man es nicht sehen …"

Zoey legte ihm eine Hand auf die Brust. „Seien Sie nicht so bescheiden, Jay. Sie stecken voller Überraschungen."

Er blickte sie an, fühlte ihre Hand neben seinem Herzen, hörte ihre Worte nachhallen und fand keine eigenen. War sie wirklich hier? „Warum sind Sie hier?" War ihm diese Frage rausgerutscht? Zoey nahm sie ihm nicht übel, ihr Lächeln erwärmte ihn von den Haar- bis zu den Fußspitzen.

„Ich musste mich davon überzeugen, dass es stimmt und Ihre Stichwunde heilt."

Jay nickte, ohne seine Gesichtszüge zu beherrschen. Aller Wahrscheinlichkeit nach grinste er dämlich. „Tut sie es?" Er hatte keine Kenntnis, wie es um seine Gesundheit stand. Sie besserte sich mit Sicherheit, nun, wo Zoey hier war.

„Die Ärzte sagen, dieser Brieföffner hat keine lebenswichtigen Organe getroffen und steckte weniger tief, als Ihr Blutverlust vermuten lassen hat. Es wird eine Narbe zurückbleiben, mehr nicht. Das erleichtert mich sehr.“

Ja, er grinste dämlich. „Mich auch.“

Daraufhin herrschte einmal mehr Schweigen. Dabei hätte Jay nur allzu gerne etwas Geistreiches gesagt. Zumindest irgendetwas sollte er sagen, um nicht wieder in ausgedehnter Stille zu schweigen. „Zoey, ich ...“ Er räusperte sich. „Ich ... habe keine Ahnung, was ich sagen will, ich würde etwas sagen, etwas Kluges oder Witziges oder so und ... ach je, jetzt geschieht das Gegenteil.“ Er verstummte und schüttelte den Kopf. Eine Katastrophe in allen Lebenslagen.

Zoey schmunzelte. „Wo ist Ihr Freund Shakespeare geblieben?“

„Oh“, Jay hüstelte, „stumm, für den Moment, wie es scheint.“

Ihr Zeigefinger strich hin und her, ein wunderbares Gefühl. „Seien Sie unbesorgt. *Wer Worte macht, tut wenig.* Und sie hatten jede Menge zu tun. Die Worte sparen Sie sich auf.“

Sie war fast so versiert in Shakespearezitaten wie er. Dennoch galt sein primäres Interesse etwas anderem. „Auf wann?“

„Na, auf den Moment, wenn Sie hier rauskommen und mich im Teeladen besuchen“, sagte sie. Ob er versprechen konnte, dass diese Worte klug oder witzig werden würden, blieb dahingestellt, aber die Vorfreude pulsierte trotzdem in seinen Adern. „Das werden Sie doch, oder?“

„Sobald ich entlassen bin", versicherte er.

Zoey löste ihre Hand von seiner Brust. „Schön." Sie erhob sich und der Verlust ihrer Hand schmerzte ihn. „Na dann, wir sehen uns."

Er nickte und sah ihr nach. Wie sie in ihrem geblümten Hängerkleid über einer Dreivierteljeans zur Tür ging. Leichtfüßig und selbstsicher zugleich. Gerade als sie die Hand auf die Klinke legen wollte, schwang die Tür auf und Maggie, Liv und Peter quollen in den Raum. Sie nickten Zoey zu, Liv und sie tauschten ein Zwinkern, derweil Maggie auf Jay zuschritt. Zum ersten Mal, seit er sie kannte, wirkte sie aufrichtig erleichtert, ihn zu sehen.

„Junge, Junge, hast du uns einen Schrecken eingejagt. Da bist du gerade noch mal davongekommen, was? Ein Glück!"

Jay lächelte. „Was dank dir nicht für Elinor Moncreif gilt – du hast sie mit dem Elektroschocker lahmgelegt?"

Maggie grinste verschmitzt. „Ja, eine großartige Erfindung. Der Rest war Gemeinschaftsarbeit. Ich hätte das alte Biest nicht ohne Peter zurückschleppen können."

„Was bin ich froh", sagte Jay mit einem Seufzen. Außer Gefecht gesetzt durch einen Brieföffner war schon Schande genug, aber wenn ihm die Schuldige darüber hinaus entwischt wäre – eine Katastrophe! „Ich danke euch allen. Ohne euch wäre dieser Fall niemals gelöst worden." So ehrlich musste man mit sich sein.

Maggie winkte ab. „I wo, du warst gut. Deine Recherchearbeit lässt sich sehen, der Fingernagel war ein überragender Fund und stammt, wie inzwischen erwiesen wurde, von Elinor. Man ist sich einig, dass auch der lila Splitter im Gewebe der Stola Teil ihres Nagels ist." Ja, der Fund, auch so eine Sache … „Die Leute aus Whitehaven waren sehr beeindruckt von deiner Arbeit."

„Was sie nicht davon abgehalten hat, dir noch mehr davon aufzuhalsen. Da kommt noch was auf dich zu, mein Freund." Peters Miene entnahm Jay, dass es nichts Erfreuliches sein würde …

„Ja, ja, erst mal wirst du gesund und dann folgt die Arbeit. Dieser ganze Schriftkram, bei dem ich dir gerne unter die Arme greife. Außerdem wirst du vor Gericht bestimmt als leitender Ermittler in den Zeugenstand gerufen." Oh Gott. Er im Zeugenstand? Das war sicherlich keine gute Idee. Daher Peters mitfühlender Gesichtsausdruck! „Schau nicht so", sagte Liv mit einem Lachen. „Wir kommen natürlich mit, als moralische Unterstützung."

„Nun, ja, gut. Immerhin etwas."

„Die gute Nachricht ist", lenkte Peter das Gespräch in eine neue Richtung, „der Bürgermeister überlegt, dich zum Ehrenbürger zu wählen."

„Mr Wolverton?" Das bezweifelte Jay ernsthaft.

„Ja, zwei gelöste Mordfälle in so kurzer Zeit, das gab es noch nie in Snugford und findet er beachtlich."

Tja, nun. Es gab seines Wissens bislang nie Grund und Not irgendwelche Mordfälle aufzudecken. Das dürfte zu viel der Ehre sein. Zumal er verletzt im Krankenhaus lag, während andere seinen Fall zu Ende gebracht hatten.

„Einzig von Mrs Wickelson wirst du dir einen bösen Blick einfangen", erklärte Peter und schaffte es nicht, ein Grinsen zu unterdrücken.

Jays Augenbrauen zogen sich zusammen. „Wieso?"

„Das Islabike ihres Sohnes hat einen Kratzer davongetragen, als du damit Mr Lovflat verfolgt hast.“

Ach, richtig, völlig vergessen. Das hatte er dazu entwendet ...

„I wo, der Bub hätte es abschließen sollen. Er kann froh sein, dass es sich Jay geborgt hat und nicht irgendeiner, der es übler zugerichtet oder noch schlimmer: geklaut hätte.“ Maggie konnte Mrs Wickelson nicht leiden. Deshalb war sie nie zum Tee eingeladen. Trotzdem. Jay rieb sich über die Stirn. Mrs Wickelson würde sich nicht davon beeindrucken lassen, dass das Fahrrad ihres Sohnes dazu beigetragen hatte, einen Mörder – oder so ähnlich – zu fassen.

„Vergiss es. Ich kann ja mit der Guten reden.“ Liv setzte sich auf den Rand seines Bettes.

„Na, nun, du kannst es versuchen.“ Er runzelte die Stirn. „Wo ist eigentlich Jasper?“

Liv machte eine wedelnde Handbewegung. „Ach, ich habe ihm den Laufpass gegeben. Er hat ihn dankend angenommen, es war ihm wohl alles ein bisschen viel hier, und somit bin ich wieder eine freie Frau.“ Sie lachte und tätschelte seine Hand. „Ich finde, nach diesem Abenteuer hast du dir eine Auszeit oder meinetwegen Freizeit verdient. Was hältst du von Urlaub, Jay-Jay?“

Er hüstelte. Was er davon hielt? „Ich weiß nicht, ob ich es mir leisten kann. Snugford ist weit weniger friedlich als gedacht.“

Peter schüttelte den Kopf. „Ach was, du hattest Pech.“

„Oder ich ziehe das Chaos an.“ Das fand Jay logischer.

Liv zuckte mit den Schultern. „Ich würde annehmen, das ist kein größeres Problem, wenn es bedeutet, dass du auch Bewunderer anziehst. Sogar ins Krankenhaus.“ Sie zwinkerte, und Jay hörte die Alarmglocken schrillen.

„Oh je, es wartet draußen nicht etwa wieder das Snugforder Radio?“

„Nein, nein, ich spreche von Zoey.“

Schlagartig wurde Jay rot. „Ach so, ich denke nicht, dass sie ...“

Liv hob einen Finger. „Du sollst das Denken lassen, weißt du nicht mehr?“

Er nickte, zumindest vorübergehend konnte er das versuchen. „Tja, bis zum nächsten Fall vielleicht.“ Der sicher nicht lange auf sich warten ließ.

Liv schenkte ihm ein Zwinkern. „Kein Grund, so besorgt auszusehen. So schlimm ist Snugford nicht. Und falls es zu einem erneuten unwahrscheinlichen ...“

„Sehr unwahrscheinlichen“, warf Peter ein.

Maggie sagte nichts dazu, Liv nickte und fuhr fort: „... sehr unwahrscheinlichen Fall kommen sollte, hast du immerhin ein unschlagbares Team.“

Jay sah sie alle drei an. Ein Lächeln grub sich in seine Mundwinkel. Das hatte er allerdings.

Trotzdem durfte sich dieser nächste, sehr unwahrscheinliche Fall gerne Zeit lassen, wenn es nach DCI Jay Jameson ging. Was Maggie betraf, nun, das stand auf einem anderen Blatt ...

Ende

Glossar

Ein jedes Ding muss Zeit zum Reifen haben.
- Ein Sommernachtstraum

Nicht jede Wolke erzeugt ein Gewitter.
- Zitat von Shakespeare

Ist Lieb' ein zartes Ding? Sie ist zu rau,
Zu wild, zu tobend; und sie sticht wie Dorn.
- Romeo und Julia

Liebe ist dein Meister, denn sie meistert dich!
- Zwei Herren aus Verona

Die Hölle ist leer, (...) und alle Teufel sind hier.
- Der Sturm

Behauptung ist nicht Beweis.
- Othello

Kein Wesen gibt's, das nicht gebunden wär.
- Die Komödie der Irrungen

Hoffnung ist oft ein Jagdhund ohne Spur.

- Die lustigen Weiber von Windsor

Die Bosheit wird durch Tat erst ganz gestaltet.
- Othello

Der Narr hält sich für weise, aber der Weise weiß,
dass er ein Narr ist.
- Wie es euch gefällt

Leicht verirrt ein armes Schäfchen sich,
Sobald der Schäfer von der Herde wich.
- Die beiden Veroneser

Wer Worte macht, tut wenig.
- Zitat von Shakespeare